战魔王

FIGHTING DEVILS

赖尔 著

长江出版传媒 | 长江文艺出版社

新出图证（鄂）字03号
图书在版编目（CIP）数据
战魔王／赖尔 著
武汉：长江文艺出版社，2013.10

ISBN 978—7—5354—7001—0

Ⅰ.战… Ⅱ.赖… Ⅲ.长篇小说—中国—当代 Ⅳ.I247.5

中国版本图书馆CIP数据核字（2013）第229336号

出　　品：漫工厂
总 监 制：刘学明　南派三叔　　总 策 划：陈　文
责任编辑：孙　琳　　统　　筹：夏　萍　李　徽
责任校对：陈　琪　　封面绘制：牧童的短笛　町
装帧设计：李志恒　　责任印制：左　怡　邱　莉

出　　版：長江出版傳媒｜长江文艺出版社
地　　址：武汉市雄楚大街268号　　邮　　编：430070
发　　行：长江文艺出版社
电　　话：027—87679360
http://www.cjlap.com
印　　刷：湖南翰林文化商务有限公司

开　　本：787毫米×1092毫米　1/16　　印　　张：13.5
版　　次：2013年10月第1版　　2013年10月第1次印刷
字　　数：189千字

定　　价：23.80元

目录

CONTENTS

PART 01 刚上线就遇见大魔王

碧蓝的天幕下，淡粉色的樱花花瓣随风舞动。明媚的阳光透过翠绿的叶片，投映在碧草上。修长的草叶轻轻摇曳，一滴露珠顺着叶片尖端滑落，在日光下反射出晶莹的光点。

“那个……其……其实我……”

身穿水手服的少女，不安地叠起双手。悦耳的声音里，夹杂着紧张的意味。娇小的她低垂了脑袋，似乎是鼓起了全身所有的勇气：

“其实我……对学长你……一直……一直都……”

远处响起悠扬的乐曲。然而那优美的乐声，在李瑞耳中，却似乎是从遥远的天际传来一般。他的心脏像是被谁提起来了一样，似乎要蹦出胸膛：扑通、扑通、扑通……

他不由得吞了吞口水，就在他缓慢地、沉重地按下确认键，等待听完那纯情少女的告白时，忽然，一道黑影笼罩在眼前。下一刻，青空、樱花、碧草，全部离他而去。少女曼妙的身姿渐渐远去，一只微黑的大手正握在闪烁的屏幕上，彻底掩住了少女的身体。

啊！我的美夕！被肮脏的男人手碰到了啊啊啊！

李瑞在心中爆出愤怒的无声呐喊。他骤然抬起头，怒气冲冲地瞪向那个从他手中夺走PSP的家伙。但是，当他透过厚厚的框架眼镜看清对方的长相后，迅速在心中默念三遍“我不气、我不气、我不气”，继而换上了一脸不那么真心诚意的笑容：

“萧遥老大，找我有事吗？”

皮肤微黑的瘦高个儿，有着立体的五官。棱角分明的下巴，使他的脸型脱离了少年的行列，正向青年发展。如同他在校园中的评价一样，从他脸上不屑的表情中，就可读出“叛逆”两个字。

萧遥，班级里有名的“刺头”，他的存在令班主任神经性胃疼，令任课老师折断了手中的粉笔——脾气火爆的英语老师，曾经一怒之下用半截粉笔头砸向萧遥的脑门。萧遥竟然以惊人的反射神经接住了这“暗器”，并且迅速向男老师回击，命中了对方的左脸。课堂上有同学用手机记录下了这震撼的一幕，最后结果大出同学的意料：“袭师”的萧遥只是被批评教育了一番，而被粉笔头砸得左脸一片白的英语老师，被校方严重警告，还扣了当月的奖金。

从那之后，萧遥便成为了“个性”的代名词。班上的同学分成了两派：一种人认为萧遥是“班级英雄”，是“勇于向恶势力挑战的勇者”，抱有这种想法的大多是成绩够差、爱玩爱闹、被老师归类为“差生”的家伙们；而另外一部分以学习为本分的学生，则将萧遥及其追随者们视为洪水猛兽，避之唯恐不及——李瑞就属于后者。

与“反骨仔”萧遥完全不同，李瑞是个完全不会让老师操心的“乖孩子”。从来不会唱反调的他，在学习成绩上也保持着中等水平。不过，在“循规蹈矩”的评价之下，实际上，李瑞有一个老师们所不知道的称号——

宅男。

是的，李瑞是个究极宅男。沉迷于ACG（动画AMINE、漫画COMIC、游戏GAME）的他，是个相当狂热的动漫爱好者。他痴迷于少年向动画与漫画，对动漫角色的游戏手办有着特殊的感情。他的房间里，摆放了许多机器人和美少女的模型，再有就是各式各样的游戏机。除了电脑，PS3、PSP、NDS、Wii都是他热爱的游戏平台。

在所有游戏作品中，恋爱养成游戏是他的最爱。

花了十几天观察恋爱养成游戏《心动之樱》里美夕的爱好，琢磨每一个数值和选项分支，终于让他研究出“攻关”办法。就在可爱的美少女——村田美夕，即将向他告白的那一刻，突然出现的萧遥却剥夺了他心动的快感。面前的人，在李瑞心里简直是等同于恶魔一般的存在。然而，迫于萧遥及其“党羽”的积威，李瑞还是挤出勉强的笑容。

萧遥举起抢来的PSP，扫了两眼，随后歪了歪嘴角，露出轻蔑的笑。

“萧遥老大，那个，”李瑞挤着笑容，请求道，“能还我吗？”

萧遥瞥了李瑞一眼，不屑地扬了扬手里的掌上游戏机，并按动了确认键。

啊啊啊啊啊啊！他的美夕啊！他等待已久的告白啊！

无声的呐喊再次在心中爆发，李瑞死死地瞪着那被萧遥的黑手遮挡了大半的屏幕，几乎有一种要昏厥的冲动：他的美夕……他期待了好久好久的告白，竟然献给了这个挫人！神啊，降一道雷劈死这浑蛋吧！

显然老天爷的接收信号并不是那么优良，教室明亮的玻璃窗外，依然晴空万里，没有哪一路神仙愿意替天行道的样子。李瑞觉得自己的心里有什么东西破碎了，他几乎可以用Q版画面来表现自己此时的伤痛：教室、课桌、周围的同学都似乎已逐渐远去，无边的黑暗中，三头身、苦逼脸的他，正抱着双膝坐在虚无的空间里；在他的身侧散落着一片一片闪亮的残片，那是他碎裂成渣渣的玻璃心……

眼见李瑞昂着头张大嘴巴、好似三魂七魄都飞了出去的模样，始作俑者萧遥丝毫没有愧疚和怜悯。他在唇边勾勒出轻蔑的弧度，冲李瑞晃了晃PSP：

“喂，死宅男，想要PSP，晚上11点，给我到后山北门。”

惨了！李瑞于心中发出无声的悲鸣：完蛋了，我怎么那么倒霉啊啊啊，这群疯子为什么会整上我啊啊啊！

以萧遥为首的五个不良少年，也被称呼为“雅北五虎”。在雅北高等中学，那就是地头蛇一般的存在。据说这五个疯子每个星期都有一场试胆大会。当然试验的不是他们几个的胆，而是可怜同学的胆。被他们选中的人，必须按照他们的命令，在半夜走进后山，取回他们事先放在密林里的物品。他们就以戏弄同学、看可怜人士的惊惧反应为乐。可如果不去后山的话，第二天一定会被五人组恶整：曾经有一个不怕死的家伙，拒绝了五人组的命令，第二天就从笔袋里抓出了一个鲜血淋漓的鸡头……

想到这里，李瑞恨不得召唤出死神或者猎人或者海盗或者圣斗士或者蜘蛛侠或者变形金刚——不管是耶稣基督还是如来佛祖还是玉皇大帝，派个正义使者来拯救他吧！把这群可恶的家伙暴打一顿，打得他们不敢上学，打得“雅北五虎”变成“雅北五虫”！

然而，这番真挚的祈祷只能被压抑在胸腔中。面对萧遥的戏谑目光，李瑞深吸一口气，挤出歪斜的微笑：

“我明白了，萧遥老大。”

“明白你妹啊！”

伴随着苦闷的怒吼，音响中传出爆炸的轰鸣声。24 英寸的液晶显示器上，炽热的火焰不断燃烧——那是火系的终极魔法“祝融之怒”，从天而降的火神将灼热挥洒至大地，爆裂的火球撕裂了一切，也将阻挡在他面前的敌人燃烧成了灰烬。

大约十平方米的小房间里，单人床、电脑桌、书架、小衣橱将屋里撑得满满当当的。李瑞的书包被随意丢弃在地上，本该摆放着书本的书架却半本书都没有，一大排动画漫画游戏的人物手办模型占据了整个书架。在这些姿势各异的人物当中，既有手拿大刀的战士，也有身材高大的机器人，但最多的还是各种类型的美少女。与一尘不染的手办模型相比，那些可怜的参考书无辜地躺在地上，早已落上了薄薄的一层灰。屋内的墙面上贴满了巨幅海报：大眼睛的卡通美女，笑容满面地望向前方，似乎正在注视着坐在电脑前奋战的人。

随着战斗胜利的欢快音乐，李瑞看着屏幕上的自己——帅气的男剑士——以及自己的同伴们。这是一个为宅男设计的 RPG 单机游戏，名为《虹之彼岸》。队伍中除了主角是一名男性之外，剩下的四人都是各式各样的美女：高贵纯洁带有禁欲气息的牧师，脾气火爆身材更火爆的魔法师，娇小可爱 Loli 型的盗贼，成熟美艳御姐型的弓手。在队友之中，李瑞最爱的就是魔法师阿娜，原因很简单：巨乳啊！

“啊哒哒哒哒哒！”

此时此刻，李瑞却没有欣赏阿娜丰满身材的心情，他只是一边爆发出李小龙式的吼叫，一边操控着游戏角色，不断放出魔法绝招。面前敌人的面孔，好像都幻化为面目可憎的萧遥的模样。伴随着敌人一个一个地倒下，李瑞感觉到无比的快意，更是加重了敲击键盘的力度——

“轰！”

再次爆发的火系魔法，将整个电脑屏幕都映成了燃烧的红色。澎湃的热量扑面而来，热浪掀动了李瑞额前的刘海。

“咦？”

李瑞怔怔地凝视着自己的刘海，过近的距离几乎让他成了对眼，但这并不妨碍他对现实的观察——跳动的火焰正肆意地吞噬着他的发丝，伴随而来的，还有一股焦糊的味道……

火？哪来的火？

刹那间，李瑞的大脑陷入了当机状态。就在他呆呆地凝视着头发上不知从何而来的火焰时，那小小的火苗也沿着“导火索”迅速向他的脑门靠近——

“喂，傻缺了啊？”

耳边忽然响起了清脆的女音。两张“纸片”一上一下地“抓”住了李瑞刘海上的火苗，将之熄灭了。

没错，是用“抓”的。从那两张纸片的颜色和大小来看，似乎是食指和拇指。李瑞顺着那平面绘画一般的手指望去，只见显示屏中慢慢探出了一“张”熟悉的脸——

“啊啊啊啊啊啊啊啊！”

悲鸣自他口中发出，惊惧的哀号在房间里回荡。李瑞震惊地望着面前的景象：火爆魔法师阿娜，正从电脑显示器中爬出来。

最可怕的还不是这犹如贞子一般的出场方式，而是这个正在往外爬的不知道能不能称之为“人”的家伙，竟然是以“张”这个数量词来计算的！

完全是一个纸片一般没有厚度的人！

仿佛是精致的卡通图案一样，阿娜竖起食指，冲李瑞摆了摆手，发出不满的声音：

“切，就你这个四眼傻缺，还当什么骑士啊！”

游戏里同伴的话，重重地打击了李瑞的自尊心。被看不起的郁闷，甚至超过了目睹灵异事件的恐惧感。就在他打算反驳“又没有规定说骑士不能近视”的时候，忽然，“嘭”的一声，屋门被踹开了。系着围裙、手拿锅铲的母亲问道：“怎么了？”

“啊、呃……”李瑞发出了短暂的、没有实际意义的语气助词。他慌张地摆了摆手，想赶紧撇清自己和身边的美女魔法师之间的关系，“妈，我没……那个我没……”

他的话还没有说完，母亲的视线已经落到了阿娜的身上。

完了，这下子跳到黄河也洗不清了。要怎么跟老妈解释电脑里钻出个美少女啊？万一她以为他带女生回家还玩COSPLAY魔法师的游戏，一定会被教训的啊啊啊！

李瑞有一种撞墙的冲动。他耷拉下脑袋，惴惴不安地等待着母亲的教训。

“说了不知道多少遍了，”母亲用手中的锅铲指向阿娜，“让你不要老买什么海报和抱枕！这么大的人了，成天看卡通片，像什么样子……”

母亲喋喋不休地教育着，李瑞惊讶地抬起头，这才意识到，对方将阿娜当成了海报。

难道是他眼花了，将海报看成了灵异事件？李瑞眨了眨眼，向阿娜看去。一动不动的女魔法师，正挺着傲人的胸部，目不斜视地直视前方。而从侧面看，魔法少女则成了一道平面的线条，完全没有“厚度”可言。

“什么嘛，原来是海报啊……”

李瑞喃喃道。然而下一刻，剧烈的痛感就让他再度“嗷嗷”了起来：阿娜纸片一般的指头，狠狠地拧起了他的大腿。

“你这孩子，怎么总是一惊一乍的。”母亲疑惑地说，李瑞慌忙捏造了个借口：“没、没什么，体育课拉到筋了，腿有点疼。老妈，没事啦，我躺一会儿就好了！”

拒绝了母亲“擦点药油”的提议，将她送出门外，李瑞慌慌张张地关上了房门，悄悄地锁上了内锁，这才转过头。那“张”人一改先前装海报的模样，此时正坐在椅子上，用没有厚度的右手扇着风。

“阿……阿娜？”李瑞小声地确认。

“废话！不是我还能是谁，”阿娜白了他一眼，“你个傻缺，我看你提前进入老年痴呆了吧！”

虽然在游戏里面，阿娜的台词一直就是这样嚣张火爆，她的字典里根本就没有“礼貌”这两个字，但是当“真人”在他面前说出这些话的时候，李瑞仍产生了从未有过的“很受伤”的感觉。被阿娜的话噎得半天说不出话来，李瑞只能生硬地转移话题：

“你怎么会……”说了一半李瑞说不下去了，总觉得完全无法用言语来描述现在的状况：游戏中的角色怎么会跑到现实世界来？这简直是天方夜谭！想到这里，他不由自言自语地道：“难道我在做梦？”

“哼哼，要不要让我来告诉你，究竟是不是在做梦？”

阿娜的语气中充斥着不怀好意的味道。只见她举起右手，指尖已经孕育出一团闪亮的火球。李瑞完全有理由相信，这家伙会在下一秒直接将火球摔在他的脸上，烧得他下半生不能自理。

“不不！绝对不是做梦，”李瑞慌乱地摆了摆手，“冷静！阿娜你冷静啊！”

阿娜打了一个响指，火球应声熄灭，变为一缕青烟消散。阿娜跳下凳子，冲到李瑞面前，用那没有体积的手指狠狠地戳向他的脑袋：“你个啰里啰唆的胆小鬼！我看需要冷静的是你吧！”

额头被戳得好疼，李瑞不由自主地将脑袋撇向一边。突然，在他的脑中蹦出一条物理学公式：压强等于质量除以受力面积。虽然阿娜没有体积，却有相当的力度，而被戳的地方只是一条线的受力面，所以压强简直是无穷大啊，难怪脑袋这么疼……话说回来，既然能从电脑游戏里爬出来，为什么阿娜会是一张纸啊？

“什么一张纸，”阿娜放下手，给了他一个鄙视的眼神，“这不是理所当然的吗？因为这是2D游戏啊！”

李瑞瞪大眼，发出“咦咦咦咦”的声音：她竟然能知道他在想什么，难道是传说中的读心术吗？

“不是读心术，”阿娜坐回椅子上，从正面看，的确像是摊开在椅子上的一张海报，“我之所以会从‘创世界’来到你的现实世界，之所以能听见你的心声，是因为：我是你的导师。”

“导师？”李瑞怔怔地重复阿娜的说辞。导师不是大学生的老师吗？怎么会是一个嚣张的魔法师啊，这又不是霍格沃兹魔法学院！还有，那个“创世界”又是什么玩意儿啊！

阿娜眯起了眼：“嚣张？哼哼！”

看见阿娜的指尖又凝聚起耀眼的火花，李瑞慌忙合掌道歉："啊啊！对不起！"——呜呜，腹诽一下都不行吗？再说他说的是实话……啊！不能想不能想不能想！

强行打断了漫无边际的联想，李瑞强迫自己集中精神，听阿娜说起缘由来——

"你个傻缺听好了，我只讲解一遍哦！'创世界'就是我们所居住的创作世界，每一部小说、漫画、游戏，都会有一个与故事对应的创世界……李瑞同学，你可以发言了。"

眼见李瑞高高地举起了胳膊，阿娜推了推鼻梁上不存在的眼镜，摆出一副老师的架势。

"那个，如果说每部作品都有一个世界与之对应的话，那岂不是有无数的'创世界'了？"

阿娜点了点头，回头指了指电脑屏幕上的RPG游戏——此时队伍中已经没有了骑士和魔法师的身影，剩下的牧师、盗贼、弓手美女们，正站在原地像是讨论着什么。阿娜毫不在意李瑞心疼的感受，重重地敲击了那24英寸的超大液晶显示屏，说道："没错，理论上说创世界是有无穷多个的。"

"那、那那，"李瑞激动得结巴起来，"那就是说，每个动漫游戏人物都是活生生的了？那我的美夕也是活的？也可以从创世界中到现实来？"

阿娜斜了他一个白眼："你激动个毛线啊！不是每个创世界人物都会来现实的好不好？再说《心动之樱》也是2D游戏，就算那个什么美夕能来现实，也只是个二维人物啊。"

一句话就让李瑞断了电。他欲哭无泪地垮下脸来，不甘心地望向女魔法师原本应该用"壮观"来形容的胸部：他所爱的巨乳，现在只有两道代表沟壑的二维线条而已，根本就是个悲摧的平面！

"想死可以直说。"

阿娜阴森森地发表着死亡宣言。下一刻，灼热的火球击中了李瑞的面部，他惨叫一声向后倒去。不过预期中的疼痛并没有袭来，只有头发烧着的焦糊味道。脾气火爆的美女魔法师还是手下留情了，不过却也将同伴的刘海烧得一干二净。

现在不是哀悼自己发型的时候，为了防止自己被做成烤肉，李瑞正襟危坐，以异常虔诚的目光望向阿娜，谦卑到有些谄媚地说："导师，您请继续！"

阿娜“切”了一声，继续解释道：“原本无数个‘创世界’是相互平行、互不干涉的。但是最近有一种名叫‘同人创作’的东西，打破了创世界之间的阻隔，使得创世界之间相互穿越、干扰……”

李瑞不住地点头。“同人”他明白，就是以前人的故事为背景，展开新的加工和创作。比如说有人以《哈利·波特》的故事为背景写出新的故事，又在这个故事中出现了《变形金刚》的角色的话，那邓布利多和擎天柱谁比较厉害，伏地魔和威震天谁比较可怕，这个……好难说啊。

“没错，就是这样，”阿娜点头道，“原本相互独立的创世界，因为同人的关系有了串联，原本的故事世界自然要乱套了。孙悟空和蝙蝠侠谁比较狠，葫芦娃与圣斗士谁更强，‘创世界’已经陷入了关公战秦琼式的混乱之中。可更糟糕的还不是这个，有些同人创作是以你们的现实世界为背景的，就将‘创世界’和现实联系到了一起。”

“原来如此，”李瑞拍了巴掌，“就相当于创世界和现实之间，发生了时空混乱，所以有些动漫游戏角色就进入了现实中——啊啊！这是多么美好的事情啊！”

“好你妹啊，你个宅男，”阿娜毫不留情地指出李瑞的“御宅”属性，“创世界的人很多都有超能力的，进入了这个平凡的现实社会，他们能够颠覆世界的！”

李瑞这才意识到问题的严重性，只能发出无意义的“呃”声。

只听阿娜继续解释：“各种创世界的角色开始穿越到现实，他们的存在不但会引起轩然大波，而且还会滋养由人类妄想而生的梦魇之神。如果梦魇那家伙变成实体，事情就更糟糕了，每个人的心灵都会被恐惧包围，三次元世界就要大乱啦！所以，作为你的导师，我会带领你，去收拾那些乱跑的家伙，将他们赶回原本的创世界！”

那……那不就是维护世界和平？李瑞的脑海中出现了神圣的光芒，他觉得自己简直是插了翅膀的天使，向着正义的神明飞奔而去。可就在飞升的过程中，一道雷电劈中了他，将他击落：

“不可能的不可能的，阿娜你开什么玩笑，我只是一个普通学生耶！怎么可能跟那些超能力者相比啊！”

面对李瑞的拒绝，阿娜冷笑一声，光点已经在她的手中聚集。李瑞认得，那正是超高级的魔法“祝融之怒”发动的前兆——

“啊啊啊！我做！我做！”

迫于“淫威”，李瑞糊里糊涂地成了拯救现实与创世界的斗士。

神啊，既然要他战斗，那干吗不派个3D游戏的美女角色来做他的导师呢？还是三维的软妹子美啊，2D人物根本没有“三围”可言嘛。

在心中如此抱怨的李瑞，下一刻就受到了强力火焰的攻击——

“炎之矢！”

“啊啊啊！阿娜我错了我错了！救命啊！”

PART 02 逃不掉的试胆大会

莫名其妙成为创世界和平卫士的李瑞，还没有感受到正义使者的责任，却先一步陷入了危机之中——虽然阿娜的出现是他人生十七个年头中最为奇妙的事件，但也不能掩盖他即将面对“雅北五虎”试胆大会的悲惨境遇。

晚上十点，李瑞装作想睡觉的样子，向父母说了“晚安”之后便关上了房门。轻轻摁下门锁，他蹑手蹑脚地走向窗边，偷偷摸摸地打算爬窗而出。谢天谢地，他家住在一楼，不然怎么跟父母交代半夜三更出门的原因，简直是要他耗光脑细胞。

“喂，傻缺！”

就在李瑞一脚踩上窗框的那一刻，昏暗的屋中忽然响起清亮的女声。做贼心虚的他在这一喊之下，差点从窗台上摔了出去。李瑞哀怨地回头，望向那个抱着双手的平面魔法师：“又……又怎么了？”

“既然不想去，那就不去好了嘛！”阿娜完全不能理解李瑞的做法：明明是怨声载道怕得要命，却还是选择提心吊胆地赴会，这小子真的是傻蛋外加缺心眼吗？

阿娜的说辞让李瑞垮下脸来："要是可以不去就好了！可是那群浑蛋会报复的啊。去只是遭一次罪，不去试胆大会的话，我会给他们整到死的！"

说到这里，李瑞又想起那个同学从笔袋中摸出一个鲜血淋漓的鸡头的场面，不由浑身一哆嗦。而阿娜，作为李瑞的导师，她的脑子也在同一时刻接收到了这幅画面。对于阿娜来说，这只是一个很小的恶作剧罢了，毕竟小小鸡头比起魔法世界的战争来说，简直微不足道。可是这一次，阿娜却难得地没有对李瑞作出"胆小鬼"的评价，而是说：

"我也要去。"

李瑞刚在脑中闪过"这不好吧"的念头，阿娜已经举起了右手，晶莹的冰雪碎屑像钻石一般闪亮，那是水系魔法"暴雪冰封"的起手式。李瑞慌忙将所有反驳和抗议都吞进肚里，认命地点了点头："好啦好啦！我明白了，一起去就是，你冷静啊！"

迫于魔法师的威力，李瑞再一次妥协。不过当他与阿娜一起翻出窗台之后，他才意识到自己的想法是多么天真——身为二维平面的美少女，正以诡异的姿势向前迈进。那薄纸般的两条腿交替前行，这场景根本就是B级恐怖片嘛！

"阿娜，你不能就这么走到大街上啊，会吓死人的！"

面对李瑞的抗议，阿娜难得地认真考虑了一番。她来现实世界是为了制止混乱，不是为了制造混乱的。出于这种考虑，阿娜破天荒地同意了李瑞的说法，只见她忽然伸手打了一个响指，整个人一下子矮了下去。仿佛动画特效一般，阿娜的身体迅速卷起，变成了一个圆筒。

"这下子，真的成海报了。"李瑞小声嘀咕着，从地上捡起了阿娜，插进了背后的书包里。

二十分钟的车程之后，李瑞背着"卷纸"阿娜，来到了雅北高中。

不同于灯火通明的正门，右侧的小道上并没有多少路灯，因而略显昏暗。路上一个行人都没有，李瑞可以清楚地听见自己的鞋底敲击在水泥地面的声响。越是接近后山的位置路灯就越是稀少，羊肠小道被黑暗笼罩着。一种难以言喻的寒意爬上李瑞的脊背，让他觉得从骨头里阴冷起来。李瑞不自觉地放慢了步子，吞了吞口水。

"胆小鬼。"

背后传来熟悉的声音，阿娜不屑的评价让李瑞委屈，却又无法反驳。虽然同伴的声音在一定程度上缓解了夜半小路的诡谲气息，可是仔细想想，一“张”能被卷起来的人，这才是真正的恐怖吧！简直跟《聊斋》故事里的“画皮”一样嘛！

“不要拿我跟那种破皮囊相提并论！”

后颈传来微热的温度，不用回头，李瑞就可以确定，此时阿娜一定吟唱起火系魔法的咒文，打算教训他一番了。

“我错了，我错了。”李瑞迅速低头道歉，这才缓解了阿娜的怒气。

大约步行了一刻钟之后，后山的小门已出现在李瑞的视野之中。此时“雅北五虎”都还没有到场，李瑞不安地搓着双手，徘徊在铁门前。为了防止有人误闯，进山的路口上竖起了这道铁门，红褐色的锈蚀彰显着这道门的年龄，然而，它的存在并不能阻挡好事者的脚步。似乎有人用蛮力拉开了两个铁栏杆，刚好空出了一个人可以钻过的间隙。

透过这不大的空隙，李瑞向山里望去，只见树林里漆黑一片。黑暗而静谧的林中，只有虫鸣的声音。不知名的大树支起形态各异的树枝，像是嶙峋的鬼手，伸向无边的暗夜。一股寒气从林中袭来，惊得李瑞倒退两步。

“呦，四眼。”

就在这时，雅北著名的不良少年们从小路那边走来。四个半大不小的男生嬉皮笑脸地盯着李瑞，一脸看好戏的神色。然而，让李瑞感到意外的是，这四个人中并没有萧遥的身影。

头上抹了一斤发胶的少年A，模仿日本动画里的角色，将头发梳成了冲天的造型。“冲天发”嘴里叼着一根牙签，大摇大摆地走了过来，看样子痞气十足。他一把拎起李瑞的衣领，重重地“呸”了一声之后，夺下了李瑞身后的书包，向同伴丢了过去。

啊！阿娜还在里面！

想到这里，李瑞忙不迭地向“冲天发”扑去。就在他的手快要碰到书包的那一刹那，“冲天发”咧嘴勾出歪斜的笑，一扬手，将书包丢给了同伴。接过书包的“三角眼”，故意等李瑞跑过来，然后将包抛给了“瘦条儿”。李瑞转身过去，书包又抛到了“青春痘”手里。

就这样，四名不良少年玩起了拙劣的游戏，他们将书包抛来抛去，观赏着李瑞像条狗一样跑来跑去，一脸悲惨的表情。

可他们并不知道，李瑞的悲惨神色并非为了自己，而是为了不明真相的他们——

啊啊啊！完了完了！阿娜给他们丢来丢去，肯定要发火啊啊啊！惨了惨了，虽然他很讨厌“雅北五虫”，可是万一他们被阿娜杀了，那就是刑事案件了啊啊啊！

善于“脑补”的李瑞，迅速在脑中勾勒出了这幅场景：戴着手铐的他，在警察的押解下钻入警车，并流下悔恨的泪水，他不该带阿娜来的……

李瑞一哆嗦，他停下脚步，合掌向“冲天发”请求道：“拜托你，把包还给我，我求你了！”

可如果能轻易地听从他人的恳求，那不良少年也就不叫“不良”少年了。“冲天发”痞痞地一笑：“想要？那就跪下来求我！”

话音刚落，忽然，一阵阴风吹过。只听一阵“噼啪”之声，远处小道上的路灯竟然尽数熄灭，四周陷入一片黑暗之中。

紧接着，“啊——”一声凄惨的哀号，划破了寂静的夜空。

短短几秒钟的工夫，路灯又重新亮了起来。在灯光的映照下，只见原本站在那里的“青春痘”，正仰面倒在地上，发出痛苦的号叫。鲜血在他的脸上肆虐，顺着脸颊流淌下来，染红了地面。

李瑞和小混混们同时惊呆了！

凶……凶杀？！

脑中蹦出最坏的念头，李瑞带着哭腔叫了出来：“阿娜，住手啊！”

“住个毛手啊！”

2D平面的女魔法师，突然从包里跳了出来。她霸气地叉着腰，斜了李瑞一个白眼：“我又没出手！”

此言一出，李瑞登时傻了。而剩下的三名不良少年，在看见了会动的“纸片人”之后，异口同声地爆发出尖锐的惨叫：

“鬼啊——”

被人称呼为“鬼”的阿娜，露出了极度不爽的表情。可就在她开始吟唱咒文之前，阴风再度席卷，一道黑影“唰”地划过半空——“冲天发”精心打理的发型，被削成了可悲的平顶。更糟糕的是，中间那一块是贴着头皮削掉的，曾经耍酷的少年成了可怜的秃顶，他此时的模样活像神话故事中的河童。

然而此时显然不是在意形象的好时机。“冲天发”——哦不，“河童”发出惊惧的悲鸣。堪称“灵异”的事故让他们陷入了极度慌乱之中，眼看着逃生路线被那个恐怖的“纸片人”拦住，“河童”一头扎进了铁门里，向后山深处狂奔而去。“三角眼”和“瘦条儿”也追随他的脚步，冲过铁门奔进后山，只留下满脸是血的“青春痘”一动不动地躺在地上。

“是‘撕裂’的力量，”阿娜沉声道，“咱们追！”

追？追什么啊啊啊！如果不是阿娜动的手，那就是真的鬼啊啊啊啊啊！他还年轻，他不想死啊啊啊啊啊啊啊！

在心中如此哀号着的李瑞，真的很想掉头逃离这仿若凶杀案一般的血腥现场。可是他的导师——阿娜一把抓住了他的胳膊，将他拽进了栅栏的缝隙之中。

薄薄一片的阿娜不费吹灰之力就穿过了铁门，不情不愿的李瑞打着哆嗦跟了上去。小小的铁门像一道结界一样，将山内和山外阻隔成了截然不同的时空。

暗夜、密林、午夜时分，这一切要素都让李瑞心里头直打鼓。更让他觉得不寒而栗的是，林子里安静得可怕，也丝毫听不到先前三人的脚步声。时间似乎在此停滞了一般，他一点都感觉不到“生”的气息。

踏在树叶铺就的山道之上，无垠的寂静之中，只有脚下叶片被踩踏发出的微弱声响。小小的声音在暗夜里被放大，让人觉得无比诡异。李瑞握紧双拳，低头对自己说“我不怕、我不怕、我不怕”，可就是这眨眼的工夫，当他抬起头时，本该走在他前方的阿娜却消失了踪影。

唯一的伙伴消失在黑暗之中，李瑞顿时崩溃了。双脚开始不由自主地发抖，他跌跌撞撞地走了两步，脚下忽然一绊——

乌云微移，露出阴冷的月光。李瑞低头看向绊倒自己的东西——分明是一双人腿。

“啊！”李瑞登时发出了惊恐的呼声。倒在地上的，是“河童”！月光将他的秃头和面容映得一片惨白，也映出他嘴边的黏稠白沫，显然是昏了过去。

李瑞突然有种想哭的冲动，早知道会这样，就算被恶整一学期，他也绝不来这个试胆大会了。究竟是怎么回事，究竟发生了什么啊！

对于他内心的疑问，沉默是唯一的回答。幽暗的林中，唯有风声，让这恐怖的夜晚更加阴冷。

“阿娜！阿娜！”

李瑞呼唤起同伴的名字，2D纸片人也好，胸部是平面飞机场也好，此时此刻，他只想找到那个火爆的女孩，找到他唯一的伙伴……

神明仿佛听到了他的祈祷一般，忽然，前方的密林中，闪过一点零星的火光。

是阿娜的火焰魔法！

意识到这一点，李瑞慌乱地向那火星明灭之处狂奔而去——

火焰越来越近，李瑞终于看见了同伴的身影。少女魔法师正对着一个人吟唱法术咒文。距离他们交战地点的不远处，地面上躺着“三角眼”和“瘦条儿”，那两人显然已经不省人事了。当李瑞将视线重新投向那个“敌人”时，他大吃一惊——

是他的同班同学——陈广浩！就是当初被“雅北五虎”恶整、摸到血鸡头的那个人！

“陈广浩——”

李瑞大声呼喊同学，可回答他的，是一阵阴沉刺耳的笑声：

“桀桀桀桀桀桀……”

那笑声简直不能用“刺耳”两个字来形容了，像是钉子划在毛玻璃上的声响一般，那是一种令人从心底产生严重不适的笑声。原本熟悉的同学，此时面容狰狞，五官歪斜，露出陌生的邪恶意味：

“汝等小虫，竟敢挡在本座身前！”

低沉的声音，嚣张的语气，李瑞被对方强大的压迫感压倒了，不由自主地颤抖起来。

“他被魔王附身了，还跟他废话什么！”阿娜冲“魔王”丢去一个火球，可被魔王附身的陈广浩只是轻轻一挥手，那火球就消失得无影无踪。阿娜一扭头，冲李瑞吼道：“傻缺，上！”

“上个屁啊！”脏话脱口而出，李瑞几乎崩溃了：他奶奶的，他就是一个普通高中生，让他去打魔王，不如让他去跳楼比较干脆！

接收到了李瑞的心声，阿娜皱眉道：“快用‘精神创造’！”

什么“精神创造”啊！李瑞还没来得及问出口，那一边的魔王却露出了饶有兴趣的表情：

“人间小虫，汝竟有精神创造的力量，倒算是有些趣味。”

魔王发出这等评价，随后露出扭曲的笑容。他缓缓地抬起手，一团深黑色的仿佛黑洞一样的混沌物质在半空中凝聚——

“闪开！”

阿娜大声道。面对魔王的攻击，她忽然侧过身——没有厚度的二维身体，轻易地躲过了对方的混沌力量。可在她身后的李瑞，可没有这么变态的闪避方法。眼见自己的同伴就这么轻而易举地侧身闪躲，将可怕的魔法丢给他来解决，此时此刻，李瑞的心声只有三个字：

“我擦嘞！”

悲愤欲绝的感慨之后，李瑞满脑子都是一个结论：要死了要死要死了……

然而，预期中的恐怖力量，并没有降临到他的身上。只听暗夜中炸开一声惊雷，然后那闪电自天空中直击而下，像是在天地间降下锋利的三叉戟。金色的电火花聚集在李瑞身前，发出“噼里啪啦”的声响。望着那闪烁的电光，李瑞意识到，这是阿娜的雷系魔法“雷电之壁”。

雷电铸就的墙壁，迸射出耀眼的光芒，阻隔了魔王施放的混沌力量。然而，这道屏障似乎并不能彻底化解魔王的进攻，雷电的力量逐渐被混沌之力压倒。阿娜吟唱出“魔力增幅”的咒语，额角渐渐沁出汗珠——二维的汗珠像是小纸片剪成的水滴形状，挂在她的额头上。眼见黑洞正一点一点地吞噬电流，阿娜大骂道：“你还愣着干什么！快用‘精神创造’对付他！”

“什么精神创造？究竟是个什么玩意儿？！”急疯了的李瑞大吼。

“想象，构造相应的创世界！”

阿娜的回答实在太过简洁，却不够明了。明明每一个字每一个词都是听得懂的，但是连在一起，就让李瑞有一种抓狂的冲动了。想象他会，但是什么构造世界，这他喵的什么意思啊！

“人间的小虫，就让汝一睹血之地狱的景象，桀桀桀桀……”

魔王用阴沉的语调缓缓说道。从他那不怀好意的声音，李瑞完全可以猜测出这个血之地狱肯定不是什么好地方……等等！血之地狱？那不是一本小说中描写的罪恶深渊吗？

“啊，是你！小说《血殇》中的最终BOSS，魔王雷泽！”

终于辨识出对方身份的李瑞，大声喊出魔王的姓名。忽然之间，许许多多的画面像是潮水一样，排山倒海一般地涌入他的脑中。那是小说《血殇》中的文字所描绘的场景：

蛮荒大地孕育出野性的生命。弱肉强食，优胜劣汰，这是一片没有“正义”可言的土地，生存是物种们永恒的斗争。在那原始的密林之中，肉食性的植物和动物，展开一场殊死搏斗。哪怕一条最不起眼的藤蔓，也是死神的绞绳，能够扼杀一切靠近的生命。就在这片野蛮、恐怖、残酷的死亡之所，一个婴儿降生了。一个世纪之后，这个婴儿成了王国的噩梦，人们称他为“雷泽”。

与恶魔交换了契约的男人，藐视一切人类，他的声音直接在李瑞脑海中响起。

人间的虫蚁，就凭汝等，竟妄想击败本座？

就在李瑞回忆起小说《血殇》中那些文字的时候，忽然，他周围的空气中产生了淡淡的光华，像萤火虫一样闪烁着五彩光芒的粒子渐渐聚集在一起，仿佛全息画面一般，一幅幅场景在魔王的面前展开：

幽暗的森林中，死去的动物倒在地上，被撕扯得残缺不全的躯体上，爬满了白色的蛆虫。那是残酷的死亡之所，也是雷泽降生的地方；

被野兽扯下了一条腿的少年，并没有等待死亡的降临。不甘心的他拖着血肉模糊的下身，艰难地在地上爬行。忽然，一道阴影笼罩了他，戴着铁面的恶魔，向他伸出了右手；

青年剖开了尚未断气的人体，取出了新鲜的肝脏。遵照契约，他双手捧起那滴着血的脏器，奉给铁面恶魔；

勇者高举光之剑，法师和牧师们吟唱着咒语，奋力向着魔王的巢穴进发。神圣的光剑击破了雷泽的盔甲，也将贴在他心脏处的契约之石击得粉碎。拥有无上之力的魔王，终于颓然倒下。他的双腿首先化成了飞灰，他的脸上爬满了深深的沟壑。恢复了老者形态的雷泽，用双手支撑着自己，在地上爬行："本座不想死，本座不会死……"

五彩光点组成的幻象，展现在众人眼前。占据了陈广浩身体的魔王，发出痛苦的嘶吼。他用颤抖的双手遮住面孔，不愿再看那些过往的幻影。然而，李瑞"精神创造"的力量却不是闭上双眼就能阻隔的，那些画面还是直接倾入了魔王雷泽的脑海之中，让他再次经历了死亡的景象。

"就是现在！"阿娜掏出法杖，闭上双眼，沉声念出禁忌的咒语：

来自亘古的火焰，
来自永恒的海洋，
来自狂怒的暴风，
来自瞬息的雷电……
以万物之名，唤万物之力，
将不属于明世的生命，
召回！

描绘着幻象的光点，忽然变得异常明亮，继而爆发出耀眼的光芒。

偌大的光圈将魔王包围，只听他痛苦地嘶吼着，只见他狂暴地挥舞着臂膀，凝聚混沌之力击向光芒。

可是最终，他还是被光明所吞噬。

几乎让人睁不开眼的耀眼光圈逐渐黯淡。当光芒褪去之后，陈广浩的身体软软地瘫倒在地。

李瑞慌忙上前抱住同学，轻轻拍打着他的脸颊："喂，你没事吧？"

"安啦，这小子没事的。"阿娜打了一个响指，收起魔杖，"OK，搞定！"

见陈广浩呼吸正常，李瑞松了一口气，这才抬头望向阿娜："这究竟是怎么回事？为什么魔王雷泽会附身到陈广浩的身体上？"

阿娜撇了撇嘴，指向昏倒的学生："大概是因为这家伙对不良少年们心存怨恨吧。强烈的感情，对于创世界的人来说，就像是信号发射器一样，不停地在说‘在这里！在这里’，所以雷泽才会找到这家伙。因为收到了他的怨恨，作为契约交换，雷泽也会帮他报复那群小浑蛋们。”

“原来如此。”李瑞恍然大悟。想起先前的景象，他的手忽然颤抖起来，“天啊，真的不敢相信，我们竟然打倒了魔王耶！竟然打倒了《血殇》里的最终BOSS，天啊，天啊！”

沉浸在震惊与兴奋之中的李瑞，很快就被阿娜泼了一盆冷水。“那是理所当然的事情吧！如果这种程度的小角色你都搞不定，我看你可以直接跳河去了。”平面的美女魔法师，丢给少年一个白眼。

“什么？小角色？”李瑞惊异地瞪大了眼，“你说魔王竟然是‘小角色’？”——天啊，那什么才是所谓的“大角色”，难道是《变形金刚》里的反派BOSS威震天吗？

收到李瑞脑中的疑惑，阿娜思考了两秒钟，然后说：“你所想的威震天，究竟厉害不厉害，那要视版本而定。如果是漫画和早期二维动画版创世界中的威震天穿越到现实，那就是一般般的水准啦。如果是电影版的3D威震天，那我看，这个城可以提前报销了。”

这番说辞让李瑞糊涂了，他怔怔地望着阿娜，还在消化对方口中的信息。

“傻缺，你这什么理解能力啊，”阿娜淡定地解释道，“比如说这个雷泽吧，他虽然是小说《血殇》里的大魔王，是里面最厉害的角色，可他是来自小说创世界的人物，是没有实际形体的，所以必须附身到普通人的身上。‘附身’这个过程，本身就会消耗掉他们的大部分能量，而被附身的普通身体，也无法做出很多高难度的法术，所以他才会这么好打发啦。”

李瑞琢磨了好半天，忽一拍手，道：“你的意思是，小说里再强悍的人物，哪怕是《哈利·波特》里的伏地魔，都可能斗不过漫画里的普通杂兵？”

“没错，看来你还不算太笨，”阿娜扬起唇角，“这是维度问题，维度本身就是‘质’层面的实力差距。至于傻缺你嘛，就是因为了解ACG，这方面的知识比较广，所以才会被选中成为战士的。再加上善于YY和脑补，能想起小说或者动漫游戏里的文字，然后用‘精神创造’构建出立体的场景画面，这样我就能实施‘召回’法术了。”

我擦嘞！说来说去，原来会选上他当什么拯救创世界的正义战士，是因为他够“宅”啊……

李瑞觉得自己的自尊心破碎了。在陷入极度哀怨状态的同时，他突然想起一件事：“糟了！那些浑蛋没事吧？他们不会是被魔王杀掉了吧？”

“那种垃圾，就算被杀掉也无所谓吧。”阿娜摊了摊手，一脸无关紧要的模样。

“喂喂，他们的确很可恶，但也没做杀人放火的事情，也不至于要死啊！”李瑞扭头就要往林外跑，去找“河童”他们。

“安啦安啦，那些杂碎没事。”阿娜露出了有些遗憾的表情。

“可是，刚刚那个人满脸是血，血流不止的话会出人命的！”

面对李瑞的反驳，阿娜“哼哼”地冷笑一声，抬手在下巴那儿比了一个“八”字：“放心啦，那是青春痘。”

“啊？”

“是青春痘破啦！”

李瑞彻底被击败了，不由得做出了“ORZ”失意体前屈的动作。搞半天那淋漓的鲜血，竟然是因为青春痘被撞破造成的，看着跟命案现场似的……

就这样，脑补能力异常强大的宅系少年、二维平面巨乳的美女魔法师，翻开了现实与创世界历史的新一页。

然而，他们并不知道，此时此刻，在阴暗的林中，正有一双凌厉的眼，将他们的一举一动全部收进了眼底。

“主上，要拦住他们吗？”

月光之下，一个身形魁梧、发冠高束、剑客打扮的男人，低声询问身侧的黑影。

潜藏在黑暗之中的人，只是勾勒出冷酷的笑容：

“那个四眼宅男吗？哼，越来越有趣了。”

PART 03 校园恐怖片来袭

被擦洗得光可鉴人的玻璃窗外，是漫天晚霞。落日余晖温柔地笼罩着大地，仿佛轻盈的薄纱，将那橙红的颜色印染在教学楼的墙壁上。晚风拂动轻纱质地的窗帘，摇曳出优雅的舞姿。暮日透过木质的窗台，将它最后的温暖投入室内。桌椅被拉出斜长的阴影，静静地等待着夜幕的降临。靠着北面墙壁的那张桌子上，放置着一个玻璃鱼缸，几尾金鱼漂浮在水面上。

门外突然响起急促的脚步声。伴随着“糟糕！完全忘掉了”的自言自语，“咣”的一声大门被推开。一个板寸头的男孩子，急匆匆地奔向桌边，观察金鱼的状况——

红色、金色、银色、黑色，原本应该在水中自由游曳的金鱼们，此时却统统翻着肚子，仿佛破烂的木片一样，毫无生命气息地漂浮着。

“惨了，”男孩歪了头，咂了咂嘴，一脸苦恼的模样，“这下子要怎么跟柳老师交代啊！”

生物老师柳书鸿，是一位难得的在学生中备受好评的老师。他三十出头，温文尔雅，就算是对待普通同学也非常客气，从来不端出老师的架子责备学生，因此颇受同学们的爱戴。五天前，柳书鸿代表学校参加一个学术会议，临走前交代生物课代表，请他代为照顾鱼缸里的金鱼。

前几天，男孩都记得按时来给金鱼喂食。可从前天开始，忙于模拟考试的他，完全将这档子事抛在了脑后。直到今天下午考试结束，在回家的路上，他才想起柳老师的嘱咐。于是，他立刻跑回生物实验室，但却已经来不及了。

面对鱼缸，男孩露出烦恼的神色。他伸出食指，轻轻地戳了戳那条红色金鱼的肚子。小鱼被他戳得往水里沉了沉，当外力消失的时候，便又重新漂回了水面。

“怎么办啊……”纠结的少年狠狠地抓了抓自己的脑袋。他倒不是怕柳老师责骂，事实上柳老师从不责骂学生。可是，辜负了老师的信任，让这位课代表备感自责。得想个办法解决——他对自己说。

“啊，有了！”脑中忽然灵光一闪：只要买几条同样颜色的金鱼放进鱼缸不就好了？反正鱼嘛，长得都差不多，不仔细看一定察觉不出被人掉包啦！

这个完美的主意，让男孩得意起来。他拿起挂在鱼缸边的网兜，将那些死去的金鱼一条一条地捞出来，然后，转过身将死鱼扔进了垃圾袋。就在他打算把垃圾袋拎出去毁尸灭迹的时候，少年并不知道，在他的背后，那空荡荡的鱼缸中，忽然凭空伸出一双手……

两只手纤细而白皙，水珠在伸出的赤裸手臂上滑过。

滴答、滴答——

白色的手臂，无声无息地、缓缓地靠近少年的后背——

滴答、滴答——

水珠滴落在地面上，打湿了地板。实验室中的空气渐渐潮湿起来，一种水沟的腥味弥散开来。少年没来由地感到一丝寒意，他不安地转过头：

“啊啊啊啊啊——”

惨烈的叫声在室内回荡。紧接着，便是重物落地的声响。

少年从窗口摔落，一动不动地躺在地面上。鲜血从他的背后缓缓流出，渐渐染红了地面。他无力的右手，还死死地抓着那只装着鱼尸的垃圾袋。

“唉——唉唉——唉唉唉——”

“吵死了！再唉声叹气的，我烧你了！”

美女魔法师凶悍地发表赤裸裸的威胁言论，成功地阻止了宅系少年的叹息。李瑞的肩膀不自觉地垮了下来，微微驼起了背，他像个小老头一样，一脸无奈地望着前方的朝阳，喃喃道：

“世界如此美好，我却如此烦恼，这样，不好……”

以卷筒形态藏身于书包里的阿娜，忍不住想要对同伴使用暴力。如果不是此时正身处大街，她一定会跳起来狠狠地K李瑞的脑袋。为了不在光天化日之下上演恐怖片，阿娜只有强忍下“真人PK”的冲动，默念起火焰系的咒文……

“啊啊啊！烫！烫！”

原本垂头丧气走在路上的少年，忽然火烧屁股似的跳了起来，并不停地拍打臀部。这诡异的动作引得路人侧目，仿佛是以李瑞为圆心画了一个圈，路人们不约而同地空出了一大块位置。还有胆小的女生，瞥见少年猛拍屁股的猥琐场面，顿时花容失色，忙低下头抱着小包，一溜烟地快步逃离。

被鄙视了。

意识到这一点的李瑞，红着脸赶紧站好，一边在脑子里向阿娜抱怨：

“阿娜阿娜，拜托，不要在大街上玩我啦，我会被人当成神经病的啊！”

“切，谁叫你那么没用！欠债还钱，天经地义！不就是向那个萧遥要回PSP吗？这么点小事你都不敢，啧，胆小鬼，以后别说是我阿娜的徒弟，脸都给你丢尽了！”

自称是“精神导师”的阿娜，可以用脑波与李瑞进行沟通，因为脑波沟通有范围限制，在阿娜的坚持下李瑞不得不带着卷筒阿娜上学。当李瑞苦恼于怎么和萧遥谈判要PSP的时候，这个念头也传入了阿娜的脑海里。然而，同伴的苦恼在阿娜看来简直是可笑至极，对她而言，就像她说的那样，欠债还钱天经地义，要回自己的东西是再正常不过的事了，只要走到对方面前说一句：“喂，把我PSP还我。”——就这么简单。

可在李瑞的脑中，这一句话却像是有千斤重，他怎么也不敢向那个不良少年中的头目开口。从三天前，他就一直在脑中演练各种场面，在想象中与萧遥进行对话。虽然脑补给予了李瑞一定的力量，但是当他真正走进教室，瞥见萧遥似笑非笑的脸时，所有的演练都化为天边的浮云，勇气在顷刻之间便烟消云散了。

“唉——”少年不由自主地再度叹息出声。

阿娜在理智与“再烧他一遍”的冲动中，不停摇摆着。幸好，最终还是理智上了些许上风：

“喂！胆小鬼，你连追回美夕的胆量都没有吗？还说什么‘美夕是你的最爱’，现在装有你最爱的美夕的PSP在别人手上啊，你连要回来的勇气都没有，还说什么‘最爱’？别笑死人了！”

深知同伴的软肋所在，阿娜毫不客气地祭出了永久有效的激将法。

“美夕”的名字加上阿娜嘲笑的口吻，果然让李瑞浑身一震。那天好不容易打到关键处，眼看着美夕就要向他告白了，萧遥竟抢了他的PSP——回忆起当时萧遥的黑手遮住了屏幕上美夕温柔美丽的面容，李瑞不由得再度悲愤起来。他握紧了拳头，深吸一口气，狠狠地将拳头举过头顶：

“为了美夕，今天一定要把PSP抢回来！”

少年的呐喊让阿娜满意地点了点头，向来嘴巴不饶人的她，难得地给他鼓劲：“这才像点样子嘛！再说了，好歹你也是打赢魔王的人啊，连个不良少年都搞不定，那也太逊了吧！”

阿娜的话让李瑞生出了自信和勇气：对，阿娜说的没错，连雷泽都能打败，萧遥有什么好怕的！怀着这份信念，李瑞挺直腰板，将背上的书包向上托了托，随即昂首挺胸，大步向学校的方向走去。

清晨的校园，学生往来不绝，本该是活力四射的气氛，可今天却显得相当奇怪。校门口停着一辆警车，红蓝相间的警灯还在不停地闪烁。几位老师站在大门两边一字排开，审视着每一名进校的学生。这反常的情景，让李瑞不由得放慢了步子。就在他跨过大门的那一刻，瞥见警车中走出一个人来——

柳老师。

李瑞惊异地瞪大了眼。教生物的柳书鸿柳老师，是性格超好、对学生非常友善的好老师，他怎么会上了警车？发生了什么事啊？！

就在少年大为疑惑的同时，开车的那名警察向柳老师交代了几句。平时总是笑眯眯的柳老师，此时却是一脸凝重，严肃地点了点头。随后，他走进校门，开始与站在门口的教导主任说话。

李瑞的疑惑，一直到了教室里，才得到解答。

教室里乱哄哄的，大家成团地扎在一起，交换着特大新闻：

“……那家伙根本没道理自杀嘛！成绩那么好，真不知道有什么想不开的。”

“什么自杀啊，哪有人想自杀还带着金鱼一起跳楼的啊？搞不好是谋杀！”

“哇，谋杀案啊！”

学生中爆出一阵惊呼。李瑞把书包往课桌上一蹾，赶紧将脑袋凑进人群：“怎么了？到底出什么事了？”

班上著名的“大嘴巴”一脸神秘兮兮的表情：“二班的胡可跳楼了！从七楼跳下来的！”

跳楼？不是吧？李瑞登时惊了，虽然进校园的时候已经感觉到有什么不好的事情发生，但他怎么也没想到会这么严重。

“那那那……那他有没有……”李瑞支吾了好久，才将那一个“死”字问出口。

“大嘴巴”一偏头，摊了摊手，似乎有些遗憾的模样：“没死掉啦，听说是给树干挡了一下，但好像也挺要命的。二班老班去医院看了，那家伙脑袋摔了一个洞，一直没醒过来呢！”

听他这么一说，李瑞这才松了口气，可随即又皱起眉头来：一个学校的同学，还是经常见到面的同学，忽然跳了楼，让他难以想象。光是去揣测那个人有什么不如意，就觉得心里相当沉重。李瑞“唉”地叹一口气：“到底发生了什么事情，要到跳楼的地步呢……”

“其实，”他的感慨落到ACG同好顾霖的耳中，后者趴在李瑞的耳边，小声说道，“警察怀疑是谋杀。”

“谋杀？”李瑞更震惊了，他忽然想起刚刚的警车，忙问，“这事跟柳老师有什么关系？”

“因为那几条鱼，”微胖的顾霖撇了撇嘴轻声说，“柳老师出差让胡可帮他喂鱼，昨天胡可就是在生物实验室门口跳楼的，手里还抓着柳老师养的金鱼……”

那一头，“大嘴巴”还在眉飞色舞地“说书”，女生中不时发出“好可怕”的惊呼，这似乎鼓舞了“大嘴巴”，他将他听来的小道消息一一往外倒，越说越得意：

“……还有人说啊，”他故意压低了声音，“胡可好端端地忽然跳楼，可能和不良少年有关……”

“咳、咳！”忽然有人剧烈地咳嗽起来，打断了“大嘴巴”的话。咳嗽兄一手放在唇边，假装咳不停的样子，一边冲围着听八卦的几人使使眼色。大家顺着他的目光望过去，只见萧遥站在门边，也不知听了多久。

五官俊朗的黑面少年，一脸不屑的神色，那仿佛小刀一样锋利的目光，一一扫视众人。大家给他这一盯，全都噤了声。“大嘴巴”灰溜溜地钻回自己的座位上，拿起课本，装模作样地看了起来，大伙儿也纷纷作鸟兽散。

萧遥冷酷的表情、犀利的眼神，让李瑞打了一个寒战：刚才同学说，胡可跳楼可能和不良少年有关……难道是他？不会的！绝对不会的！虽然这家伙是个坏痞子，还抢了他的PSP，但是他怎么也不会相信，自己的同学会犯下谋杀的罪行！

李瑞猛地摇了摇头，像是要把那些关于谋杀的可怕传闻全部甩出脑袋。直到眼睛发花、脑袋发昏，李瑞才停下摇头的动作。他定了定神，深深地吸了一口气，一边向萧遥的方向迈开步子，一边在心里给自己打气：

加油！没什么好怕的，没什么好怕的！就跟他说“请把PSP还给我”就好了！嗯，对，就这么说！请把我的PSP还给我！

不停地在脑中演练着说辞，明明不到十个字的一句话，李瑞却硬是背了不下十遍。当他慢吞吞却坚定地走到萧遥的课桌边时，李瑞捏紧了拳头，张开了嘴，一字一顿地说：

“请、把、P（屁）……”

气势十足的请求戛然而止，脑中一片空白，少年张了张嘴，却说不出半个字。脑门上沁出一层薄薄的汗水，李瑞努力尝试着把话说完整，可脱口而出的内容，却和原先的演练大相径庭：

“请吃屁。”

= 口 = ！话一说出口，李瑞就被自己雷翻了：他在说什么啊啊啊！他是要道歉啊，不是要挑衅啊啊啊！不对，他不是要道歉啊啊啊啊，他是要东西啊啊啊啊啊！

萧遥眯起眼，细长的眼中迸出不怀好意的凶悍意味。一声冷冷的“嗯？”显得意味深长。

QAQ ！李瑞掩面泪奔了。他想也不想地奔出教室，试图逃离那可怕的低气压：

完蛋了完蛋了！他竟然让那个不良少年萧遥去吃屁，他他他……他会不会被杀啊？

先前听见的关于同学跳楼是被谋杀的传言，此时又再度回到李瑞的脑中。原先还坚信学生不会犯下如此罪行的李瑞，此时却不由得在脑中描绘出这样的画面：

萧遥狞笑着一把拽起他的衣领，将他从窗台上往外推："想死是吧？想死你就直说，我成全你。"

——想象中的场景让李瑞不由打了个哆嗦。这一刻，就连他"最爱的美夕"，都不能给他走回教室的勇气。少年茫然地走在校园里，晨风拂面，却不能驱散他心中的郁闷。

阿娜说得对，他是个胆小鬼。

垂头丧气的李瑞，低着脑袋，看着自己迈步的双脚：明明有想好该怎么说，又不是电视里的台词，那么简单的一句话他都说不出口。看到萧遥的脸，感受到对方冷酷的气势，他的大脑就瞬间当机了。真是……好没用啊。

阳光透过枝叶繁茂的梧桐树，将光与热投映在地面上。小路边上的花坛里，开满了鲜艳缤纷的三色堇。洁白的葱兰点缀在路旁，碧绿的草丛映衬着纯白的花朵，别有一番恬淡的美感。

校园内渐渐安静下来，早读开始了。已经赶不回去的李瑞，偷偷对自己说：就让他违反一次规定吧，十五分钟就好。他会去上第一堂课的，他只是想趁这段时间散散心，他想说服自己不是胆小鬼。

李瑞不知道这番心声是不是借口，是勇于打破规定，还是因为惧怕萧遥而故意逃避。或许这个"翘早读"的决定，反而是他胆小的证明。想到这里，李瑞更哀怨了，他长长、长长地叹了一口气：

"唉——"

扑通！扑通！

忽然，心脏剧烈地跳动，他的脑子像是被什么东西猛地击中了一样，一种奇异的感觉令李瑞猛地抬起了头。

他不知所措地望向不远处，只见"体育馆"三个金色大字，在阳光下闪闪发光。

难以言喻的感觉，引着李瑞向体育馆的方向走去。好像天地间存在着一条无形的细线，从体育馆中延伸出来，拴住了李瑞。那是一种强烈的预感，无法形容，无法描述，他能做的，只有走近。

推开擦拭得一尘不染的玻璃大门，李瑞走进了体育馆。在右侧的游泳馆中，传来一声声极有规律的哨响。紧接着就是水声。

如果被体育老师发现他早读的时候跑来遛弯，肯定会被骂的。想不出合理解释的李瑞，只有小心地站在游泳馆的门边，向那碧蓝的池水望去。

六名少女先后触及岸边的瓷砖，然后借助不锈钢的扶手，漂浮在水面上。站在台阶处的体育老师，一手抓着秒表，一手指着成绩簿，正向少女们公布这次的成绩。

虽然平时不太关注体育，但李瑞还是认出了，这是学校女子游泳队。因为六名少女都是校内有名的美人，所以有“游泳队六朵金花”之称。尽管这个称呼显得相当老土，但它还是在男生之中流传开来。

游泳队真辛苦啊，这么一大早就要搞训练。李瑞不由得在心中感慨，不过这种带有钦佩意味的感慨并没有持续多久，他的注意力就被女孩子们玲珑有致的身形吸引住了。此时李瑞的眼中，只有那名穿着蓝色泳衣的少女。

那是“六朵金花”之首的顾珊珊。与别的队员相比，她的皮肤显得异常白皙，似乎阳光与池水都对她特别优待，游泳这项运动并没有带给她黝黑的肤色。她坐在岸边，水珠滑过她白嫩的胳膊。因为游泳而格外柔韧的腰肢，显得纤细却有力。

李瑞不由地吞了吞口水，下一刻，这个宅男慌忙摇了摇头，握拳坚定了信念：虽然顾珊珊很漂亮没错，但是绝对没有他的美夕漂亮！

如果顾珊珊知道自己败给了2D游戏世界中的美少女，不知道会作何感想。此时此刻，这位美丽的运动女孩，听着教练报出的成绩，露出了灿烂的微笑。

大约休息了五分钟之后，女孩们开始了新一轮的训练——

“嘘！”

伴随着一声哨响，姑娘们齐刷刷地跳进了水中，像是鱼儿一般蹿了出去。

碧蓝的池水中，波光粼粼。透过清澈的水，甚至能看见底面一块块的白色瓷砖，更别提身穿泳装的少女们了。顾珊珊雪白的胳膊划破水面，水珠随着她的动作散开，绽放出一朵朵白色的水花。

另外五名女孩也不甘示弱，疾速向前游动。顾珊珊率先回身，她就像童话故事中的人鱼公主一样，摆动着腰肢迅速回转，长腿在瓷砖上一蹬，鱼儿一般地游曳。

游泳队的女生们在水中畅游，你追我赶，先后向岸边冲刺。

就在领先的顾珊珊游到泳道一半位置的时候，突然，她的动作扭曲了一下，整个人沉了下去！

不同于平时畅游时的游刃有余，此时顾珊珊的脑袋已经埋进了水中，她的胳膊慌乱地挥舞着，不多时也被池水覆盖。清澈的池水下，顾珊珊像是抽了风一样，胡乱地摆动着手脚。她挣扎着想将头探出水面，可是整个身子却越来越向下坠落，仿佛有无形的手拉住了她。

体育老师大惊失色，一个猛子扎进水里，抢救自己的学生。其余游到岸边的女生，也发觉情况不对，纷纷向池中游去。

在一片混乱中，体育老师抱住顾珊珊，将她拖上了水面。然而这名校队的游泳健将，此时却已经昏迷不醒。老师将她平放在地面上，按压着她的腹部。有一名女生跪在地上，帮不省人事的顾珊珊做人工呼吸。更多的人则是手足无措地呆立在原地，还有哭喊的、忙着拨打 120 的……

慌乱紧张的气氛充斥着整个游泳馆。李瑞瞪大了眼，惊异地望着那无人的池水——

在晃动的水面下，在粼粼波光闪动之处，他依稀瞥见了一只手。

一只煞白煞白的手……

“我敢保证，那只手肯定和创世界有关！”

宅系少年一回到教室，就向以卷筒的形式躺在书包里的少女魔法师阿娜如此报告。由于和精神导师思维相通，所以这段话李瑞只是在脑中想了一遍，阿娜就已经清楚地接收到了。

“喂，你不是逃跑了吗？什么手，乱七八糟的！给我好好说清楚，到底发生了什么？”

面对阿娜毫不留情的指责，李瑞小声地反驳了一句“我才不是逃跑”，随后他开始回忆刚才在游泳馆中看见的场景。伴随着他回想的过程，阿娜也清晰地瞧见了之前的景象。当李瑞脑中回忆的镜头，流连在顾珊珊动人的身姿上，并开始作慢镜头播放状时，阿娜忍不住抽搐了嘴角，有种想将同伴海扁一通的冲动。如果这不是在课堂上，她一定已经祭出了火系魔法，让李瑞好好体会一下，什么叫作“色字头上一把刀”。

“喂！你这胆小鬼，色胆倒是挺大的！说重点！”

脑中传来阿娜的斥责，李瑞终于恋恋不舍地结束了关于顾珊珊身材的回忆画面，紧接着展现她后来无端溺水的场面，以及他所瞥见的，游泳池中那只凭空出现的手。

水中的胳膊带有一种几近病态的白皙。流动的水光里，看不到任何躯干的影子，只有那孤零零的一只手，像是从空间的裂缝中伸出，又悄无声息地消失了踪影。这幅景象，怎么看也无法用现实的物理学知识来解释，理所当然的，真相只有一个：是创世界角色搞的鬼。

阿娜思索了片刻，在脑内向同伴发出指令："白天人多，没法使用魔法，等晚上没人了再去游泳馆，一探究竟。"

"晚……晚上啊？"李瑞的心声显得迟疑，"晚上不好吧，万一老爸老妈发现我不在家……"

"臭小子，怎么萧遥让你半夜到后山，你就没这么多废话！"解释的话还没有说完，就遭到了阿娜无情的驳回。不良少年的名字，再度刺激到了李瑞。他只能哀怨地小声解释：

"那……那不一样，萧遥他是坏人……而且那天是周末……"

阿娜冷哼一声："哼，所以，好人的话不用听，坏人的话就必须听吗？还真是人善被人欺，马善被人骑啊！"

谁敢欺负你啊？再说了，你说的"好人"是谁啊？好人会毫不犹豫地使出"炎之矢"对付同伴吗？这根本就是邪恶的狂暴法师嘛！

——李瑞忍不住在内心中如此吐槽。这番心声落入阿娜的脑中，被冠以"邪恶"和"狂暴"这种贬义形容词的少女魔法师，用脑波传递出了更为邪恶与狂暴的画面：

万里无云的晴朗天空中，忽然闪烁起红色的火光，烈焰迅速汇聚成漫天的火云。在那片不断燃烧的火云中，一条狰狞的火龙从天而降，向地面喷吐滚滚火舌，顿时，地面上的一切都被燃烧成了焦土……

是"炎龙气息"。李瑞打了一个寒战，那是游戏《虹之彼岸》中阿娜的招牌法术，是燃尽一切罪恶的终极火系魔法。李瑞丝毫不怀疑，燃尽罪恶的同时，阿娜也会将看不顺眼的同伴一起做成烤肉 BBQ。

呜，这是赤裸裸的威胁！少年敢怒不敢言，他所能做的，只是转头望向课堂上正在讲解《出师表》的语文老师——换句话说，逃避是也。

晚上九点半，迫于同伴的“淫威”，李瑞向父母撒了一个“有重要课本丢在教室里，必须去拿”的谎，再次来到学校。

此时的校园里，人还没有走光。高三学生刚刚结束晚自习，正三三两两地离开校园。因为学校外围都装有摄像头，所以想要翻墙进入是不太可能的。李瑞也只有看准这个时机，趁着高三的学长学姐们放学的时候，混在人群中，偷偷溜进学校，然后偷偷藏在厕所的隔间里。直到外面喧哗的声音渐渐消失，李瑞才走出厕所。

这是一个无月之夜，夜幕笼罩着大地，带来属于黑暗的诡异气息。夜半的校园里，白天郁郁葱葱的梧桐树，此时却像是幽冥中的鬼影一般，向天空伸出嶙峋的鬼手。出于节电考虑，在学生离开之后，校园里的所有路灯都被关闭了。黑暗，死寂，此时的学校和白天时活力十足的气氛截然不同，显得相当阴沉而恐怖。

伸手不见五指的长廊内，每走一步，都像是踏入了无边无垠的黑暗深渊。一种莫名的寒意爬上背脊，李瑞浑身一哆嗦，忙取下背上的书包，将呈纸筒状的阿娜“请”了出来。

2D平面的美女魔法师向前跳了一步，伸展开了身体。她站定在李瑞面前，以清脆的声音呼唤：“火球！”

空气中闪烁出数个光点，汇聚成一个球形，燃烧着的火焰照亮了长廊。阿娜冲李瑞乜了一个白眼，走在了同伴的身前。

火球的光芒有限，只能映照出二人周边的环境，而远方则被映衬得格外黑暗。在光明与黑暗相间的地带，长廊左右的教室，一扇扇相对着的门，像两列沉默着的卫士，又像是通往异世界的入口。门的那一边，好似随时会钻出什么可怕的东西……

李瑞猛地摇了摇头，想把这些可怕的想法甩出脑海。他加快步伐却又坚定地站在阿娜的正后方——只有这个角度，才能看清阿娜的背影，而不是看成什么诡异恐怖的纸板人。

其实，这暗黑的校园，以及身边二维平面的同伴，究竟哪个更恐怖，真的很难说啊……

少年陷入了苦恼之中：不跟着阿娜吧，觉得好不安；跟着阿娜吧，火光映照下，丝毫没有阴影和起伏的脸孔，同样让他觉得不安。唉，苍天啊，大地啊，如果真的要给他一个拯救世界的使命，为什么不能派一个 3D 美女给他呢？

心中无声的呐喊，无奈又凄凉。被委以重任的少年，此时却陷入了深深的哀怨当中，直到同伴毫不留情地敲上他的脑门：

“喂！这么光明正大地腹诽，想死啊！”

阿娜怒目而视，那动漫风的大眼睛，此时显得格外炯炯有神。超乎正常比例的五官，让李瑞的心脏停了一拍。随后，这个被称为“宅男”的少年，一边猛拍着胸口顺气，一边发出哀怨的控诉：

“阿娜，拜托你不要突然靠这么近……吓死我了……”

宅男李瑞完全无法抑制地在脑海中满屏播放着“我要 3D、3D、3D……”的呐喊，下一秒还是被阿娜的火球砸到了脑门。吃痛的李瑞擦擦脸，只好哀怨地继续往前走。

走出先前藏身的教学楼，两人向体育馆的方向进发。

远处忽然有亮光一闪而过，那是手电筒的光线。李瑞慌忙躲到树后，隐藏了自己的身形。而阿娜毫无压力，她只是冲光芒所在的方向侧过身，就轻而易举地躲过了保安的目光。看来有学生跳楼，让学校加大了保安的巡查力度。

阿娜此时也感受到了来自体育馆的奇异气息。避过保安之后，两人穿过幽暗的小路，走到体育馆的门口。面对上锁的体育馆，李瑞垮下脸来，而阿娜却抬起了手……

“等等，”李瑞慌忙拦住了阿娜的动作，“这是公共财产，轰坏了要赔的！”

“谁说要轰了？”阿娜特鄙夷地瞥了他一眼。随即，这位平面魔法师，一侧身，轻松地从门缝之中钻入体育馆里，然后从里面打开了门锁。

好厉害！这种时候，李瑞不由得赞叹起平面的优点来了。他赶紧跟着阿娜钻进体育馆，然后小心地掩上了大门，这样从外面就看不出任何异状了。

两个人来到右侧的游泳馆门前，如法炮制地顺利进入。空荡荡的馆内，水面显得平静而沉寂。李瑞来到游泳池边眯起眼，想努力在昏暗之中看清楚水下的动静。就在这时，身边的火爆美女魔法师，已经高声吟唱出火系魔法咒文：

“炎之矢！”

阿娜张开手臂，在虚空中拉开无形的箭矢。随着她的咒文，火焰构成的箭，已破空离弦！

火箭射入游泳池的水面，绽放出红色的艳丽花朵，随即被池水所吞噬。水面依旧平静，仿佛刚才的攻击从未存在过一般。

沉寂，还是沉寂。

幽暗的池水，像一个幽深的黑洞，似乎能吞噬一切生命。

不知道对手是什么，李瑞的“精神创造”也就无从谈起。他只能无助地望向阿娜，只见阿娜挑了挑眉。她摊开手掌，无声地动了动嘴唇。寒气袭人的冰晶开始在她的手中凝结，那是水系法术“暴雪冰封”的前兆——

突然，池中爆出一道水花！伴随着激烈的水声，一只手猛地抓住阿娜的脚踝，将她拽进了水里！

这一切发生得太快，不过一眨眼的工夫，李瑞甚至来不及作出任何反应，阿娜就已经被拖入泳池之中。因为这番惊变，阿娜的咒文并没有吟唱完，冰华消散在空中。而当进入水中，就算是实力超强的少女魔法师，也不得不陷入劣势——吟唱咒语是要动嘴的，可是只要阿娜一张开嘴，水就源源不断地灌了进去，打断她的吟唱。

咦？说起来，阿娜既然是平面的，那水究竟是灌去了哪里啊？

——这个疑问窜入李瑞的脑中，不过眼下并非探究生物或物理问题的好时机，他蹲在岸边，一手抓住不锈钢扶栏，一手向阿娜伸出去：“抓住我！”

水面疯狂地涌动着，巨大的浪花不时飞上半空，又重重地跌落回池中。

馆内太过昏暗，李瑞费力地去看，却始终看不见水中阿娜的动向。到了这时候，他再也无法顾及被发现并被保安抓住的危险，三步并作两步地奔至墙边，摁下开关打开了所有的灯。

室内骤然明亮起来，在白色的灯光映照下，游泳池中的争斗清晰可见。阿娜挥舞着双臂，却始终无法自水底脱出。而水底的瓷砖处凭空生出的两只煞白的手，死死地拽住了阿娜的脚踝。

无法吟唱魔法咒文，阿娜从怀中掏出法杖，重重地击向那只抓住她的手。可是，池水的阻力化解了大部分力道，完全不能给那只手带来任何打击。阿娜挣扎着挥舞法杖，可一波又一波的巨浪砸在水面上方，似乎要将她永远禁锢在水底一般！

不会游泳的李瑞，看见阿娜的状况，心急如焚。他飞奔到角落，扔下背上的书包，抄起一个游泳圈套在腰上，毅然跳下水去，手脚并用地划动着，试图靠近阿娜所在的水域。

然而，无端掀起的巨浪，将李瑞打得东倒西歪，好容易接近了一点点，又被一个浪花狠狠推开。

李瑞急得眼眶都红了，他一边大声呼唤着“阿娜、阿娜”，一边坚定地向池中游去。他的动作简直可以用“可笑”来形容，腰上挂着游泳圈，同手同脚地摆出“狗刨式”的姿势，湿透的头发和衣服软趴趴地黏在身体上，眼镜也歪歪斜斜地挂在耳朵上，镜片上全是水珠，扭曲了他的视野。

“阿娜！”

少年笨手笨脚地向前游动。一个浪头打来，狠狠地将李瑞拍进了水底！

水顿时灌进口鼻，冰冷而汹涌的水流将李瑞包围。腰上的游泳圈，给予他向上的浮力，可浪潮却将他一次又一次地拍回水中。他试图伸直身体，让头颅探出水面，可就这么一个简单的动作，却耗费了他全身的力气，并且始终无法达成。李瑞整个人歪斜地横在水中，脚够不到池底，头伸不出水面，呛了一口水的他，剧烈地咳嗽起来，却让更多的水灌入肺里……

要……要死了……

天旋地转，脑中一片混乱，唯有这个意识逐渐清晰起来。

他是不是要淹死在这里了……

朦胧之中，有个愤怒的声音在呐喊：

——笨蛋！快起来！

那声音不是通过耳朵传输的，因为李瑞的耳中只能听见水声，听见那将自己吞没的汹涌的水声。那个声音是直接在脑海中响起的，像炸雷一般，划破了李瑞迷乱的意识：

——快起来啊！

是阿娜！李瑞费力地探出手，想抓住什么。就在这时，忽然，汹涌的浪潮，停止了。

水面恢复了平静。不再有巨浪的拍打，游泳圈很快将李瑞的上半身送出了水面。

猛咳了几声之后，李瑞张开眼，只见明亮的游泳馆中，碧蓝的水面像是镜子一样，安静而平整。

“你在这里干什么？”

耳中传来熟悉的男声。李瑞慌忙回头去看，只见游泳馆的门口立着一个人——生物老师——柳书鸿。

柳老师微微皱起眉头，打量着他。

李瑞慌忙直起身子——这个时候，他的双脚很轻松地踩到了地面，整个人从水中站了起来。他尴尬地意识到，原来刚刚险些淹死自己的地方，不过是不足一米的浅水区。

“呃……我……”李瑞支吾了半天，却想不出合理的解释。最终，他痛苦地闭上眼睛：完蛋了，半夜三更在学校逗留，还跑到游泳馆划水，会不会被要求请家长啊……

少年陷入了极度的苦恼之中，他可以轻易地想象出老爹老妈暴跳如雷的愤怒模样。

柳老师走近泳池，向李瑞招招手。李瑞忐忑地向岸边走去，就在他惴惴不安地等待着老师宣判“请家长”这个决定的时候，出乎他意料的事情发生了。

柳老师伸手将李瑞拉上岸，帮他扶正歪斜的眼镜，沉声道：“有没有衣服换？”

“啊？”

面对少年疑惑不解的眼神，柳书鸿拍了拍他的肩膀，说：“我办公室有件T恤，去换上吧。”

李瑞这才反应过来，忙慌乱地摆起双手：“不……不用了，不用了！”

柳书鸿思索了片刻，点点头：“也行。现在这天气不冷，不至于着凉……你还愣着干什么？赶快回家啊！”

没想到柳老师非但没有“请家长”的意思，还担心他会不会着凉。李瑞顿时舒了一口气，感动得要命。他正想说句“谢谢”，可柳老师接下来的话，却让他的心脏停了一拍：

“咦？怎么水里有张海报？”

顺着柳书鸿的目光，李瑞看见清澈的泳池池底，阿娜横躺在那里。他赶忙开启脑内通信：

“阿娜阿娜，没事吧？”

“我没事啦，赶紧忽悠过去啊！”

少女魔法师元气十足地回答，让李瑞放下心来，然后开始随口胡诌：“呃，那个……是动漫社啦，动漫社说要美化校园，所以……所以搞了一些海报！”

学生结结巴巴的回答，让柳书鸿挑了挑眉。在瞥了一眼水底那颜色艳丽的海报之后，他一巴掌拍上李瑞的后背：“这么晚了，赶紧回家吧。”

李瑞背上书包，忙不迭地点头，头发上的水珠随着他的动作四处乱飞。

眼下的情况，柳老师似乎是打定了主意，得看着他离开才会放心。李瑞只好在脑内和阿娜进行沟通，两个人说定了，在门口等。

果然，柳书鸿关上游泳馆的电灯领着李瑞走出体育馆，一直将他送到校门口才转身走回校园。在短暂的交谈之中，李瑞得知，柳老师是被安排在今晚值班，中途去超市买了点东西，回来瞥见体育馆的灯开了，于是赶紧过来查看。说话之间，柳书鸿还问了问“最近学习感觉怎么样”“有没有什么不如意的”之类的问题，试图探寻李瑞半夜三更游泳的原因。面对这些问题，李瑞一律装傻：他实在想不出什么借口可以解释他的行动。幸好柳老师也没有刨根问底，在确认李瑞马上回家之后，终于离开了。

李瑞躲在校门外的墙壁后面，等了大概五分钟，阿娜那单薄到极致的身形终于出现了。少女湿漉漉的头发纠结在一起，她一边低声咒骂着，一边用魔法召唤出火球烤干自己平面的衣服。

“阿娜，没事吧？”李瑞急切地迎了上去，担心地上下打量着自己的同伴。

阿娜一手拽直自己的长发，一手凝结风系魔法“微风之灵”，制造出了一个无形的吹风机来。只听她愤愤地说：“哼，要让我找出那家伙的原形，一定要他好看！”

少女愤怒的表情，让李瑞心中的石头落了地：还好还好，还是那个火爆又冲动、脾气暴躁的阿娜。

“喂，你也想讨打吗？”阿娜斜了他一眼。

“不是不是，”李瑞慌忙摆手，露骨地转移话题，“那个……到底是什么东西啊？难道说创世界中存在只有两只手的角色吗？”

烘干工作全部完成的阿娜，一手叉腰，一手拍上李瑞的脑袋：“枉你阅ACG无数，哪里存在只有手的家伙？再说了，能来现实世界的，怎么都得是智慧生物啊！没脑子怎么智慧？”

自己的“御宅”素养被质疑了，李瑞哀怨地垂下脑袋。这一垂头，倒让他忽然发现了不同寻常之处——

“阿娜，你看！”

顺着李瑞手指的方向，阿娜向地面望去。只见地面上凝着一条微灰的印记，那是水滴浸湿水泥路面的痕迹。那道不明的水迹，一路向校园里延伸，指向了办公楼的方向……

是柳老师离开的方向！

李瑞和阿娜对望一眼，脑波统一步调地向对方传达出一个字：

追！

PART 04 奇幻生物不科学!

李瑞和阿娜的追击计划，并没有能顺利执行。当少年背着书包再次走到校门口的时候，遭到了门卫大爷严肃的、犀利的眼神攻击。再加上此时已经临近十一点，再不回家的话，爹妈一定会冲到学校来找人的。虽然李瑞兼职起“现实和创世界和平斗士”的工作，但从本职上来说，他只是一名受爹妈和老师管教的苦学生。思来想去，李瑞也只有另作打算，决定等第二天上学再说。

翌日，李瑞一早就到了学校，可值晚班的柳书鸿已经下班回家了，据说要到下午才会来授课。扑了个空的李瑞，心不在焉地混完上午的课程，虽然表面上正襟危坐，脑子里却是满满的疑问：那个怪手，究竟是个什么玩意儿啊？

这个问题，自然没有人可以回答。

“唉——”

李瑞长长地叹了一口气，随即无精打采地抬起头，却正对上一双冷酷的双眼。萧遥正靠在墙边，冷冷地望着这边，脸上透露着一种不屑的意味。

李瑞一惊：怎么把这人给忘了。阿娜说得对，萧遥不就是个不良少年嘛，能和创世界那些个穷凶极恶的BOSS相提并论？等到这个怪手的事情解决，他一定要光明正大地面对萧遥，把PSP要回来！

想到这里，李瑞第一次无所畏惧地直视萧遥。

面对李瑞反常的表现，萧遥忽然扬起唇角，无声地笑了。

他的笑容，让李瑞刚刚重拾的勇气，登时逃逸到九霄云外去了：啊啊啊，那是什么笑法啊，就像是猫见了老鼠似的！这家伙简直就像动漫里反派的BOSS！

很孬地，李瑞忙别过脑袋，再也不敢用眼神向萧遥挑衅了。

到了下午临近上课的时间，听说柳书鸿回到了办公室，李瑞抓起装着阿娜的书包就往门外奔，可刚走到班级门口，就被数学老师堵了个正着。“和平斗士”在对方紧迫盯人的目光下，灰溜溜地回到自己的座位上。更凄惨的是，数学老师搞突击测试，他抓出一套模拟卷，在同学们哭爹喊娘的抱怨声中，将试卷发了下去。

在“考试”与“和平”中摇摆的创世界斗士李瑞，不得不面对残酷的现实，在万恶的代数几何之中绞尽脑汁。这一考就是一下午，好容易熬到了放学，他才终于有空开始自己的“追击大业”。

背着书包，李瑞偷偷地埋伏在楼梯间里。从他这个角度，可以看见生物办公室里的动静：柳书鸿正在整理鸟类标本。

李瑞眯起眼，专注地望着柳书鸿的背后。半空中看似什么都没有，但地面上却出现了一条细微的水痕，就像昨晚见到的那样。

“阿娜，你说，柳老师会不会被附身了？”李瑞在脑中询问。

“不会，他身上没有创世界的气息，”阿娜毫不留情地批评同伴，“喂，我说你多动动脑子好不好，昨天的事你也看见了，姓柳的一到游泳馆，水浪就停止了。虽然这次事情和他有关，但不可能是他下手的啦！”

火爆的少女魔法师，一如既往地不懂“温柔”为何物。面对她的批评，李瑞愁眉苦脸地回答：“可是咱们蹲到现在，也不知道究竟要面对什么东西啊。只能确定那家伙一直跟着柳老师，连他是方的还是圆的都不清楚，难道那家伙真的是隐形人？”

阿娜凝视着那道可疑的水痕，思索片刻之后，说：“跟我来！”

顺从的少年，跟随魔法师的指示，偷偷地潜入办公楼这一层的厕所里。选择了最靠近门的那一间隔间，李瑞回身锁上插销，然后放下书包。卷轴状的阿娜凌空一跃，“啪”地打了一个响指，瞬间将身体伸展开来：

“蹲下！”

虽然不明白对方的意图，但李瑞还是乖乖地蹲下了。厕所里的隔间是由木板隔开的，但并没有完全封闭，最下方留有大约5厘米宽的空隙。

阿娜指了指那空隙处，李瑞终于明白了对方的意思，登时垮下脸来：“不是吧，阿娜，你不会是让我贴在厕所地面上看吧？这……好脏的……”

凶悍的2D魔法师双手叉腰，一脸的不容置疑：“就是因为脏才让你做啊！难道这种脏活，你要推给爱干净的女孩子吗？”

“呜……”少年无言以对。的确，将身体贴在地面上偷窥，这种事情怎么也不能推给女孩子做，可是自觉的“谦让”，和被严厉的“要求”，这两种心态根本不一样嘛！他怎么那么命苦，摊上这么个导师……

一脸苦逼模样的少年，哀怨地压低身体，从那缝隙中向门口看去。与此同时，阿娜开始吟唱水系法术“暴雪冰封”的咒文。空气中凝结出点点冰华，晶莹透亮的冰晶逐渐凝聚起来，在阿娜摊开的手掌上形成一个闪闪发亮的球体。

可就在咒文即将吟唱完毕的时候，阿娜却忽然闭上了嘴，将那个发动法术的“封”字吞进了肚里。而那冰华组成的球体，就停留在阿娜的手中，旋转的同时，落下片片纯净的雪花。

门外传来脚步声，那是皮鞋后跟敲击大理石地面的声响。紧接着，厕所的门被推开，一双黑色大头皮鞋，出现在李瑞的视野中。少年试图通过皮鞋和裤脚的颜色，来分辨这个男人是否就是目标人物柳书鸿，可就凭这点少得可怜的信息，实在无法确认对方的身份。就在李瑞急得抓耳挠腮，恨不得冲出去看看那究竟是什么人的时候，拳头重重地敲上他的头顶：

“笨蛋！看人干什么！看的是水迹！”

暴力的少女魔法师，通过脑波训斥同伴。李瑞这才意识到自己的做法的确是本末倒置了。他哀怨地揉了揉被揍疼的脑袋，继续观察工作。

大约二十分钟的时间里，男厕进进出出十几人，柳书鸿却仍没有出现。其中有一个黑皮鞋、红袜子、褐色长裤的家伙，来来回回出现了四次。这是李瑞唯一能确认身份的老师：肯定是教物理的霍老头，那家伙上一堂45分钟的课，中途要离开两次。班上的同学都喊他“霍二泡”——一堂课两泡尿的意思。

就在李瑞腹诽的时候，厕所的门又被推开了。擦得锃亮的黑皮鞋，以稳健的步伐跨入门中。就在距离他身后大约十厘米的地方，一摊奇异的水渍，在瓷砖地面上缓慢地散开。

“来了！”

在脑中向同伴传达消息的同时，李瑞专注地凝视着那摊水渍，眼睛都不敢眨一下。随着柳书鸿的动作，那摊水渍小幅度地移动着。当柳书鸿解决了民生大计，打开门走出厕所的刹那——

“就是现在！”

“封！”

李瑞冲出隔间。比他更快的，是阿娜手中的冰晶，如利箭一般射向门边的水迹！

狭小的空间内，雪花自天花板处缓缓飘落。水系魔法“暴雪冰封”，以闪亮的冰晶，将厕所门内那摊水渍，冻结在地面上。已走出男厕的柳书鸿，完全不知道就在自己的身后、就在门的那一边，发生了一场超越现实物理学的战斗。

李瑞抄起角落里“正在打扫”的牌子，奔出厕所挂在门外，闪身进门，从里侧扣上了门锁。然后，他上上下下地打量起那块晶莹透亮的冰块——的确是透亮没错，他可以通过冰块，清晰地看见对面的马赛克墙壁，却看不出任何奇异生物的痕迹。

“难道失败了？”他轻声嘀咕着。可是被冻结的地方，分明就是奇异水渍所在之地啊，从理论上说应该没错才对。

阿娜挑了挑眉。这位天才魔法师，并没有像李瑞那样盯着冰块打量个不停。她只是抬起右手，吟唱起火系魔法的咒文——

火焰在她的掌上剧烈地跳动着。阿娜扬起唇角，唇边勾勒出极度嚣张的微笑：“不管你是什么东西，马上给我出声！否则，我不管你有什么理由，立刻烧死你！”

冰块没有回答。脾气火爆的阿娜没有再说任何多余的话，只是干脆地将手中的火球丢向冰块——

“烫！烫死了！我说！我说！”

忽然响起的声音，竟然是个女孩子！李瑞忙拉住阿娜的胳膊，制止她纵火的动作。

“我可没有什么耐性，给我现出原形！”

说话的同时，阿娜再度祭出“暴雪冰封”的法术，将整个厕所的门窗都冻住了。这样，就算那个玩意要什么花样，也绝无跑出房间的可能。

阿娜非常帅气地坐下，跷起了二郎腿。只可惜由于地方所限，她所坐的并非什么黄金宝座，而是一个白色的马桶盖。可就是这么个破马桶盖，阿娜都能坐出女王的气势，这让李瑞不得不感慨，人和人的差距还真是好大……

眼看厕所被冻结成了密不透风的牢房，阿娜“啪”地打了一个响指——只听一声脆响，冻结了不明生物的冰块应声碎裂。细小的冰晶，像碎钻一样，反射着耀眼的光芒，缤纷坠落。

在那冰晶闪耀之处，渐渐浮现出一个身影。

那是属于幻想世界的生物——

人鱼。

网络上曾盛传一个拙劣的段子，那是一个问题和两张图片：图片其一，是美貌、长发、丰胸、细腰的美人，只不过她的下半身是一条长长的鱼尾巴；图片其二，是拥有细腰、丰臀、美腿的……完全不能称之为“人”的东西，她的上半身是一条鱼。面对两只人鱼，段子的问题只有三个字：“你选谁？”

此时，出现在李瑞和阿娜面前的，是一条属于幻想世界的生物——人鱼。

可悲的是，这条人鱼，正是段子中描述的第二种。

晶莹剔透的冰晶还在飘落，碎钻一般闪亮的美丽场景中，那条上半身是鱼、下半身是人、并且鱼背上还长着两条纤细白皙胳膊的怪胎，华丽丽地登场了！

“我嘞个去！”平日里懦弱的宅系少年，眼下却忍不住爆出了强烈的语气助词，他痛苦地闭上了眼睛，愤愤地说：“这简直是恐怖漫画啊！”

那种感觉，就像是世界小姐选美大赛的最后一关，在好莱坞的闪亮舞台上，镶嵌着水晶和亮片的幕布缓缓开启，在万众瞩目与期待之中，身穿鱼尾长裙的美人一回头——伏地魔！还是电影版的！

李瑞觉得自己的眼睛被闪瞎了。人鱼的出现，断送了他对童话世界的所有美好幻想，脑中所有的期待，都转往恐怖惊悚的方向，就像骑上了传说中的神兽草泥马，绝尘千里，一去不回头……

少年露骨的厌恶与嫌弃，让人鱼小姐“呜呜呜”地哭出声来。她抬起两条纤细的胳膊，用她白皙的双手，遮住了自己鱼头上的眼睛——鱼是没有眼皮的，因此她连闭眼这个简单的动作都无法做到。

“呜呜……我……我也不想啊……呜呜……”

人鱼小姐哭得伤心欲绝，大滴大滴的眼泪，扑簌簌地掉落在瓷砖地面上。泪水顺着她细瘦的胳膊，滑向上身的青色的鱼鳞。

看多了少年、少女漫画的李瑞，向来有一颗怜香惜玉之心。但这怜香惜玉的对象，并不包括这只长得很像鱼头砂锅的东西。然而，随着人鱼小姐呜咽之声，原本大声感慨“我嘞个去！”的李瑞，也无法再继续谴责对方的出现是欺骗观众的感情。他只能大声打断对方：“好啦好啦，别再哭了！”

面对少年不耐烦似的劝阻，人鱼小姐哭得更伤心了：“呜呜……我……我也不想这么丑啊……”

这一句悲惨的泣诉，让李瑞愣住了。虽然对方是奇形怪状的丑陋生物，但毕竟是个女孩啊，他这样明目张胆地表现出自己的厌恶，是不是太伤人了……

就在少年于心中如此进行自我反省的时候，同是女性、完全不需要怜香惜玉的暴力魔法师阿娜，再度“啪”地打了个响指。伴随着她的动作，艳丽的火苗在她的指尖闪烁。只见阿娜咧嘴一笑，笑得完全称不上是“善意”：

“喂，鱼头，你是想变成烤鱼吗？”

这句话成功地制止了人鱼小姐的哭声。那名……不，那“条”拥有细嫩手臂、修长美腿的鱼人，抽抽嗒嗒地望向阿娜和李瑞——李瑞不得不承认，被鱼眼盯住的感觉，实在是太糟糕了。为了转移注意力，缓解生理上不适的感受，李瑞打开了话匣子，提出他最大的疑问：

“你会隐形？”

人鱼小姐摇了摇头，伴随着她这个动作，鱼鳞上的水滴滑落到地面，打湿了地板。这就是不明水渍的真相。人鱼小姐以与外貌不符的细柔声音，回答道：“不是的，我……我不会隐形……”

这个答案让李瑞更为困惑。阿娜斜了他一眼，伸出中指弹向他的脑门：

“笨蛋，她也是2D创世界中的角色，身处二维平面。从理论上来说，可以无限对折。”

无限对折？李瑞愣了几秒钟，随即恍然大悟：这就好比一张白纸，对折，再对折，再对折……这样面积就会无限缩小。从理论层面来假设，对折到无数次，纸张的表面积就会无穷小，小到只是一根细线。想必人鱼小姐就是采用了这种方式，成为半空中一道不易察觉的黑线，达到了伪隐身的效果。

“好主意，”李瑞不禁拍了巴掌，“如果这样的话，阿娜你也不用变成卷轴啦，直接对折成竖线，咱们就可以一起走了嘛！”

信奉暴力美学的阿娜，冷冷地“哼”了一声，一字一顿地说：“你，说，什，么？”

“呜，我什么都没说，什么都没说！”李瑞忙不迭地摆手。他又欠抽了，让阿娜无限对折，这种有损形象的做法，还不如先对折了他比较快！

阿娜抛给李瑞一个白眼，然后转而望向人鱼小姐，口气不善地说：“鱼头，你应该知道，这个地方不是你该来的！”

人鱼小姐用双手捂住脸，她的声音再度呜咽了：“我……我也不想的……可是我的世界好可怕好可怕，呜……我不想待在那里了，我喜欢这里……呜呜……”

“你的世界究竟是哪里啊？动画、漫画，还是游戏？”李瑞好奇地问。

“呜……是《诡魂窟》……”

“我嘞个去！还真是恐怖漫画啊！”身为动漫圈“百晓生”的李瑞同学，脑海中立刻出现了《诡魂窟》的相关信息：那是知名恐怖大师车田的作品，是被评为“比《剪刀手爱德华》《死神来了》《人体蜈蚣》更为恐怖、更为变态”的惊悚漫画。故事的背景设定在18世纪的奇幻世界，一名变态杀人狂在伦敦大开杀戒，他每掳获一名美貌女郎，都要活剥人皮，制成人皮外套。

然而，无论李瑞怎么回忆，也想不出来《诡魂窟》中有人鱼角色：“我不记得你在漫画里有出现啊。”

“是……是第375页，第二张分格里，杀人狂披着人皮大衣，拎着尸体来到下水道，下水道里聚集着一群鱼人……”

“神哦，不愧是恐怖漫画，场景这么变态！”李瑞喃喃道。

阴暗的下水道里，挤着一群长相恐怖的怪鱼，和被活活剥皮、全身血肉模糊的女尸……光是想象那副画面，李瑞就觉得快要吐了。说实话，他倒是很能理解人鱼不想回到恐怖漫画世界中的心情，那种鬼地方，谁愿意待啊！

“我……我从小就喜欢听《安徒生童话》，我好喜欢《海的女儿》里的人鱼公主。她那么美，那么漂亮，她还遇见了王子……呜呜呜呜，可是我……我只能生活在下水道……”

听了人鱼小姐的哭诉，李瑞不禁在心中吐槽：喂喂，这根本没有可比性好吧？哪个王子遇见了你，还不得吓昏过去！

当然，这番心声李瑞并没有说出口，他只是静静地听人鱼小姐继续说下去：

“我……我好向往那么漂亮的世界，有大海，有王子……我不要待在那个只有变态杀人狂的下水道……呜呜呜呜……我好想离开那里，我绝对不要回去！”

“所以，当现实和创世界发生混乱、产生空间裂缝的时候，怀着强烈执念的你，就借着这个时机，逃离了《诡魂窟》的创世界，来到了现实。”

面对阿娜的推断，人鱼小姐点了点她那与“美丽”半点不沾边的鱼头。眼泪随着她点头的动作，再度滑落：“那里太可怕了……我绝对绝对不要再回去！”

李瑞静静地凝望着哭泣不止的人鱼小姐。到了这个时候，他竟然开始同情这个家伙了。虽然是丑丑的鱼人，但他完全能理解，她毕竟是女孩子，自然不想居住在那种恐怖的漫画当中……可是，就算是这样，她也不能出手伤人啊！

“来到现实世界也就罢了，你为什么要在游泳池里拽住顾珊珊，害她溺水？”李瑞大声地指责对方，“既然你只是想留在现实世界，怎么能害人呢？”

听到李瑞的指责，人鱼小姐停止了哭泣。她松开了捂住双眼的手，喃喃道：“因……因为……因为她也喜欢王子大人……”

“王子大人？”

“王子大人？”

阿娜和李瑞异口同声，发表了相同的疑问。两人面面相觑，同时陷入了迷惑当中。

人鱼小姐将她煞白的、细长的双手，交叠在一起，不安地晃动着手指。令李瑞恶寒的是，他竟然从那只鱼头上，读出了忸怩的神色。人鱼小姐扭动着属于人类的腰部，鱼鳍随着她的动作，一摇一摆。

“王子大人……就……就是……柳大人啦……哎呀，好害羞！”

人鱼小姐再度捂住了脸孔——不，是捂住了她的鱼头。

直到此时，李瑞才明白过来，原来人鱼小姐看上了生物老师柳书鸿，所以才会一直跟在他的身边。而校游泳队六朵金花之首的顾珊珊，被人鱼小姐视作情敌，于是这位出生于恐怖漫画的家伙，毫不留情地打算铲除对方。

“王子大人他……他好温柔，”人鱼小姐咧开了鱼嘴，两腮微微地翕动着，“他会好温柔地逗弄金鱼……有一次，我偷偷藏在鱼缸里，他伸手给小金鱼撒好吃的，拿着小勺子追着它们玩……”

明明是一只鱼头，李瑞硬是从那变得红彤彤的鱼鳞上，读出了“少女怀春”的意味来。这个认知让李瑞打了一个寒战。同时，另一个念头闯入他的脑海，问道：

“金鱼？难道说，胡可的事也是你做的？”

人鱼小姐瞪大眼睛，疑惑地问：“胡可是谁？”

“就是那个二班的生物科代表，跳楼的那个。”

“哦，他呀，”人鱼小姐毫不在乎地回答，“他饿死了王子大人的金鱼，我要代替王子大人，惩罚他。”

“你有没有搞错，”李瑞登时跳将起来，气愤地叫嚷，“你竟然就为了这个推他坠楼？你差点害死了一条人命啊！你到底有没有在反省！”

人鱼小姐显得更疑惑了：“为什么我要反省呢？在我眼里，当然是金鱼的命比较重要啊。他杀了金鱼，我为什么不能杀了他呢？”

天真又残酷的回答，让李瑞彻底无语了：想想也对，这家伙属于鱼类，肯定把同类的性命看得比较重要……可是，她也不能为了这种理由，就谋杀啊！

李瑞深深地吸了一口气，在望了阿娜一眼之后，少年正色劝说道：“虽然我很同情你的境遇，但这并不是你试图谋杀的借口。幸好顾珊珊和胡可命大，没有死，否则……其实我也不能把你怎么样，但是，你拿人命不当命的想法，实在太恐怖了。不管怎么说，我必须送你回‘创世界’。”

听了少年的宣判，人鱼小姐又开始了新一轮的哭泣。

“你哭也没有用，”阿娜斩钉截铁地下达了禁制令，“你想弄得现实里天下大乱吗？你这种怪胎，只会被送去实验室进行研究吧！”

“呜呜……我……我不是怪胎……”

人鱼小姐的哭声，丝毫没有打动阿娜：“对现实世界来说，我们都是怪胎！我不管你恋爱不恋爱，不管你恐惧不恐惧，在现实造成这么大的骚动，回创世界是你唯一的选择！还是说，你想直接被灭掉呢？”

面对阿娜的威胁，人鱼小姐只能一百零一遍地哭着重复："不……我不要回去……我不要回去恐怖漫画……"

虽然同情对方，但是李瑞也无法原谅人鱼小姐伤人的举动。无声地叹息着，李瑞开始在脑内回忆漫画故事《诡魂窟》中的景象——

"精神创造！"

空气中产生了淡淡的光华，像是萤火虫一样，那些闪烁着五彩光芒的粒子渐渐聚集在一起，组成了一幅幅全息画面：

阴暗的下水道中，肮脏腥臭的污水缓缓地流淌着。黑暗之中，有一群奇异的东西在蠕动，摇动的背鳍自阴影中逐渐清晰起来，那是一群诡异的人鱼……

幽暗的甬道中，一个诡异的身影渐渐靠近。那是一个笑容满面的青年，他的身上穿着肉色的外套，那是女性白皙的、细嫩的皮肤。而他的手上，提着一个血肉模糊、失去了脸皮的人头……

"呕！"

还没有将人鱼小姐送回创世界，运用"精神创造"构造画面的李瑞，自己先呕吐了出来。他趴在马桶上，一手捂着喉咙，痛苦地干呕。

阿娜乜了同伴一眼，无奈地摇了摇头。她掏出法杖，敲击关键时刻掉链子的同伴，不满地催促："快点开工啦！精神创造完了，我好送她回去啊！"

将上一顿饭全部吐干净的李瑞，只有屈服于暴力同伴的"淫威"之下，再次回忆起那些恶心的场景。当光点再次集聚，渐渐描绘出《诡魂窟》的残酷世界，阿娜也开始吟唱那禁忌的咒语——"回返太虚"：

来自亘古的火焰，
来自永恒的海洋，
来自狂怒的暴风，
来自瞬息的雷电……
以万物之名，唤万物之力……

随着她的吟唱，冰雪封闭的“牢房”之内，爆发出耀眼的光芒。无数幻彩光点，将人鱼小姐包围在其中——

“不要！不要！求求你们！”人鱼小姐奋力向被冰晶禁锢的大门撞去，又重重地跌落在地。试图逃离的她，大声地哭喊：

“求求你们了！我不想回去……至少，至少让我再见王子殿下一面！求求你们！”

胃里翻腾的感受还在继续，光是想象恐怖漫画中的场景，李瑞就已经受不了地呕吐了。现在，他们却不得不将人鱼小姐送回那个可怖的地狱。想到这里，刚才吐得一塌糊涂的李瑞，忽然停止了“精神创造”，他晃晃悠悠地努力直起身来，伸手抓住了少女魔法师的法杖：

“阿娜……”

少年没有再说下去，可是同伴已经从他的表情上读出了他的意图。阿娜沉默了片刻，终究没有将那句“召回”念出口。

半空中浮动的光点，闪烁着梦幻的色泽，却随着阿娜放下法杖的动作，渐渐暗淡下去。阿娜望向那个哭得满脸泪水的人鱼小姐，撇了撇嘴不说话。吐到虚弱的李瑞，只有强打起精神，向人鱼小姐点了点头：

“好吧，我们答应你，让你见柳老师一面。但是你见到他之后，就必须马上回创世界去。”

对于这“缓刑”的宣判，人鱼小姐用双手捂住眼睛，轻轻地点头应允：“谢……谢谢……我只要再见他一面就好……”

泪水从她的指缝中滑落，这让李瑞看得不是个滋味，不由得在心中吐槽：比起长相诡异的人鱼小姐，他和阿娜倒像是可怖的反派BOSS了。

阿娜帅气地搓动拇指和中指，伴随着啪的一声清响，凝结在大门处的冰块应声碎裂，冰晶四散。

就在李瑞推开门的刹那，忽然，一道黑影疾速闪过——

那是一团漆黑的雾气，却拥有超乎常识的诡异速度，猛烈地向人鱼小姐冲击而去！

被黑雾笼罩的人鱼小姐，眨眼间就被黑暗吞噬了！她只来得及发出一声“啊”

的短暂惊呼，就彻底地消失了踪影……

“无限黑暗？”阿娜惊讶地说，她挑了挑眉，望向黑雾袭来的方向。

只见长廊那一头，一名身材高大的男人，发冠高束，一身古装青衫，持剑而立。在他身侧，立着一道熟悉的身影。

“萧遥？”

李瑞震惊了：那个目光犀利、一脸不屑的人，不是萧遥，还能是谁？

突然出现的不良少年抱起了双手，鄙夷地瞥了李瑞一眼：“这点小角色都搞不定，真是废物。”

小角色？李瑞怔了片刻，才理解对方口中的“小角色”指的是人鱼小姐。萧遥怎么会知道这些？难道他也是斗士？他身边的剑客是他的导师？

许许多多疑问一起涌入李瑞的脑海，然而此时却不是一一询问的好时机。人鱼小姐的无故消失，让李瑞脑中一片混乱。他一个箭步冲到萧遥面前，急切地询问：“你做了什么？她为什么不见了？”

萧遥扬起唇角，勾勒出冷酷的微笑，轻描淡写地回答：“当然是消灭了。”

“消……消灭了？”李瑞瞪大了眼，回首再度望向那团黑雾。逐渐消散的黑雾之中，早已没有人鱼小姐的身影。李瑞颤声问：“你……你是什么意思？”

“字面上的意思，”萧遥轻轻一笑，“或者我该换一种说法，我把那丑八怪干掉了。四眼，这次你该听懂了吧？”

“你怎么可以这么做！”李瑞大声斥责对方，“明明……明明她已经答应了，只要见过柳老师，她就心甘情愿地回创世界，你……你怎么可以这么做！”

气愤的少年，忍不住捏紧拳头，向萧遥的脸上砸去。然而，他挥拳的动作只进行到一半，就被一只有力的手截住了——

萧遥身边的剑客，轻而易举地抓住了李瑞的拳头。身高超过190厘米的剑客，低头望着比自己矮上一大截的眼镜少年，沉声道：“请住手。”

男人的声音低沉而醇厚。他的手像钢铁钳子一样，稳稳地捏住了李瑞的拳头。李瑞挣扎着想向前攻击，却无法移动分毫。

就在少年使出吃奶的劲挪动胳膊的时候，阿娜清脆的声音传入他的耳中：

“够了。”平面的美女魔法师，拍上李瑞的肩头。

少年终究放弃地垂下胳膊，咬紧了牙关。

见他无意再攻击，剑客也立刻放松了力道，沉声向李瑞道歉："抱歉，得罪了。"

好不甘心……好不甘心……

心中有个声音在叫嚣，少年低垂了脑袋，眼眶却是热辣辣的，有什么滚烫的东西涌动着，扭曲了他的视线。

虽然人鱼小姐很丑很吓人，虽然她害了顾珊珊和胡可，可是……可是……明明只要将她送回创世界就好了，为什么要消灭她？为什么一定要杀死她呢？

少年抬起胳膊抹了抹眼。随后，他猛地抬起头来，红彤彤的双眼直视萧遥，一字一顿地大声说道：

"我，要，跟，你，决，斗！"

"就凭你？"萧遥从鼻腔里哼出一声来。

被抢了 PSP 连吱都不敢吱一声，一直没胆子向对方索要，甚至连对视都会觉得紧张的少年，此时此刻，面对萧遥不屑一顾的反应，李瑞重重地点了点头：

"就凭我！"

萧遥无声地眯起眼，打量起这个平日里懦弱又胆小的四眼宅男。

两名创世界斗士的对决，就此展开……

PART 05 武林高手在身边

落日西斜，橙红的暮光笼罩大地。在空地的中央，立着两名少年。其中一人，死死地盯住对方，玻璃镜片之后的双眼，跳跃着愤怒的火焰。另一人则将双手插进牛仔裤的口袋里，一脸满不在乎的表情。夕阳将他们的影子拉得很长，一阵清风吹过，四周的梧桐树摇晃着枝叶，像是在观摩这场对决。

这里是距离学校不远的一个公园里的空旷草坪。在剑客义正词严的“不能在校园里打架”的劝说下，李瑞和萧遥不得不转移到此地，开始他们的决斗。与场上剑拔弩张的气氛相比，坐在长椅上的“围观党”显得十分轻松——

“你好，”剑客向阿娜抱了抱拳，这是武侠小说中常见的礼仪，“在下，药无医。”

原本相当严肃、看上去不苟言笑的剑客，出乎意料地，竟然是个非常有礼貌的家伙。阿娜挥了挥她纸片样的手，不在意地说：“什么‘在下’‘在上’的，不要使用敬语啦！我是阿娜，《虹之彼岸》中的魔法师。你是从哪个创世界来的？3D游戏？”

药无医微微颔首，道：“娜女侠所言极是，在下……不，药某来自3D武侠游戏《人在江湖》。”

“娜女侠”三个字听得阿娜一阵恶寒，浑身一哆嗦：“叫我‘阿娜’就好了，什么‘女侠’，我可听不惯！”

谁知药无医竟缓缓摇首，沉声反驳道：“男女授受不亲，药某怎能直呼姑娘名讳？这不合礼法。”

“……”阿娜无言地瞪视这个来自古装武侠游戏的剑客，有种想敲开对方脑袋的冲动。

阿娜与药无医的对话传入了李瑞的耳中，让他不由产生了“3D 人物，真好啊”的感慨。不过，仔细一想，他又纠结起来——

自己的导师是个 2D 美女。飞机场一般的胸部，还得找准角度才看得到——悲剧！

萧遥的导师是个 3D 俊男。身手出众、功夫高超，但是古板又过时，还喜欢说教——悲剧！

他和萧遥谁更凄惨，好像很难说啊……好吧！如果让他选，他宁可选 2D 美女，也不要个虎背熊腰的男人天天跟在身后，听他说什么“男女授受不亲”的礼法教育。

就在李瑞不由自主地走神，于心中进行对比分析的时候，一枚火球准确无误地砸上他的后脑勺。那是来自平面美女的惩罚——

“凄惨个毛线！你到底还打不打？”

阿娜的动作让药无医惊诧瞪眼，随即不悦地指责道：“娜姑娘，你怎么可以这样对待主上？”

听听，人家的导师多正派，我的导师多暴力，人和人的差距怎么就那么大呢……等等！主上？不是徒弟吗？

李瑞疑惑地偏过头，望向长椅上的两位奇幻人士。就在他要询问出声的时候，萧遥已经冷酷地挥出右拳——

“通！”的一声，结结实实地打上了李瑞的左眼眶。

李瑞跌跌撞撞地倒退三步，捂着已然成了熊猫眼的左眼，震惊地望着眼前的不良少年：“动手前你都不说一声啊！”

萧遥甩甩拳头，不屑冷哼。

长椅上的药无医已经跳将起来，严肃地劝道：“主上，不可欺负弱小。”

弱小弱小弱小弱小弱小弱小……这个词在李瑞的脑海中盘旋，仿佛是电脑的屏幕保护程序一样循环播放着，让他陷入了深深的自卑当中。

是的，药无医说的没错，他就是一个弱小的宅男，平时遇到什么事情只是敢怒不敢言。被萧遥抢了PSP却连要回来的勇气都没有。就像阿娜平时经常骂他的那样，他是一个彻头彻尾的胆小鬼……但是，胆小鬼也有原则，也有不能被踩踏的底线！

李瑞猛地抬起头，他放下捂住左眼的手，用那张好似《家有贱狗》主角的可笑脸孔，直面眼前的不良少年：

“你这个人实在是太恶劣了！在学校作威作福、抢人东西也就罢了，可你怎么可以这么冷血？虽然来自创世界，虽然长得比较奇怪，可人鱼小姐也是活生生的人啊！”

面对李瑞的指控，萧遥只是冷眼瞥他：“要打就打，少啰唆！”

说话的同时，萧遥一拳头砸向李瑞正常的右脸，看来是想让他从贱狗变为熊猫。李瑞慌忙屈起胳膊，遮住自己的脸。不过，预期中的疼痛感，并没有降临到他的身体上。大约过了十秒钟，一直等不到对方拳头的李瑞，偷偷睁开藏在双臂之后的眼睛——

只见药无医高大的身形，正拦在自己面前。剑客厚实的手掌，将萧遥的拳头包住了。

“主上，这位小兄弟说的‘作威作福、抢东西’，是怎么一回事？”

神情严肃的剑客，沉声询问不良少年。

没想到口口声声喊萧遥“主上”的药无医，却阻止了萧遥的拳头。这这这……这正是正义的使者啊！李瑞慌忙躲在药无医宽阔的背后，偷偷露出半个脑袋，壮着胆子大声喊道：“这家伙在学校里经常欺负同学，还在课堂上跟老师呛声，还抢了我的PSP……”

有人主持公道，李瑞忙不迭地发表各种控诉。他说得越多，药无医的眉头就皱得越紧，到最后，这位剑客的脑门上简直刻画出了深深的“川”字。药无医不悦地斥责：

“我不知道屁爱死屁是何物，但，做人诚信为首！主上，你强取豪夺是不对的！”

“就是就是！”李瑞抓着药无医的青袍衣角，狐假虎威地点头。

“待人要谦逊有礼，不能恃强凌弱。主上，你不该欺负同学！”

“就是就是！”

“做人要尊师重道，一日为师终生为父，师父之恩，绝不可忘！”

“就是就是！”

“主上，您必须向这位小兄弟道歉，把东西还给人家！”

“就是就是！”

李瑞热泪盈眶。他攥紧药无医的衣角，激动得都快哭了：好人啊！大好人啊！这这这……这不是剑客，这根本就是天使嘛！为什么这么好的人，会是那个浑蛋萧遥的导师啊！等……等等！导师？为什么药无医一直在喊萧遥“主上”？

疑惑的少年转头望向自己的美女导师。阿娜一脸“看不下去”的表情，伸手拽住李瑞的衣领，将人从药无医身旁拽回来。然后，这位魔力高超的法师，冲同伴翻了一个白眼：

“我说你丢不丢人啊？几岁了，还玩告状？”

“哼，废物。”萧遥收回拳头，不屑再动手。

接收到阿娜和萧遥二人鄙视的眼神，李瑞不由感慨：呃……其实，好像暴力狂阿娜，和浑蛋萧遥，他们的思维回路比较合拍耶……啊！疼疼疼疼！

李瑞捂住被阿娜扭了三圈的耳朵，整个人向少女魔法师倒去，疼得直飙泪：“阿娜我错了！放手啊！要掉了要掉了！”

少女丢开她二维的手指，李瑞捂着耳朵，疼得“嘶嘶”地抽气。到了这个时候，他已经不奢望阿娜会像药无医称呼萧遥那样，喊他一声“主上”了。那种场景，光是用想的就觉得无比恐怖了。他只能弱弱地举起了手，小声提问：

“我从前就很想问，为什么阿娜会选中我做她的同伴呢？不管是导师还是主上，为什么是我，为什么是萧遥？你们也是创世界的人啊，为什么要帮我们？”

“因为在下和娜姑娘都来自游戏，”药无医轻轻一笑，解释道，“我们在被设计的时候，就被要求以‘保护同伴’为第一信条。当意识到现实世界将天下大乱，为了保护当时在我身边奋战的主上，我必须走出游戏，为他分忧解难。”

“原来如此。”李瑞恍然大悟：在阿娜爬出电脑屏幕之前，他操纵自己的角色，跟阿娜一同奋战。为了真正保护他这个同伴，阿娜才会来到现实世界，成为他的导师。

只见这位“护犊子”的2D美少女，睁大了明亮的眼睛，十分女王地一手叉腰，一手指向萧遥的鼻子：

“喂，既然你也是创世界斗士，那我也就不用手下留情了。你欺负我们家李瑞，这笔账要怎么算？打狗还要看主人呢！”

见阿娜为他讨公道，李瑞刚要感动，就被那句“打狗还要看主人”雷到了。郁闷的少年蹲在一边，哀怨地在地面上画圈：人家才不是狗呢……

“还有，”阿娜继续说下去，“既然那条丑人鱼，我们已经接手了，你突然闯出来不声不响地把她干掉，这算怎么回事？给我一个合理的解释！”

“我萧遥做事，从来不需要给任何人解释。”

不良少年发出豪放的宣言。一时间，他与阿娜对视的双眼之间，“噼里啪啦”地激出数道闪电。

药无医将李瑞拉起，扶正他歪斜的眼镜。随后，这位与萧遥心意相通的剑客，为自己的主人辩解道：“关于人鱼的处理方式，主上有自己的想法。既然人鱼伤害了现实世界的人类，还差点造成死亡事件，就理应接受制裁。在这一点上，我赞同主上的做法。”

“无医，给我闭嘴！”

刚刚才说出“不需要给任何人解释”，下一刻就被自己的同伴拆台，恼羞成怒的萧遥重重地呵斥道。

面对主人的命令，药无医低下头：“是，主上。”

李瑞微微皱眉，药无医说的道理，他也明白。人鱼小姐的所作所为实在太过分了，从七楼坠落的胡可，虽然保住了性命，但是直到现在还躺在病床上，昏迷不醒。人鱼小姐的确应该接受制裁，这点没错。可是……可是她也只是一个可怜的女孩子。就像所有怀着美好梦想的女孩那样，她憧憬着《海的女儿》那样浪漫的故事，却生长在《诡魂窟》那样可怕的世界里……

“她都跟我们说好了，只要带她见了柳老师，她就会乖乖地回创世界。我觉得回去那个世界，就是对她最大的惩罚了，没有必要取她性命啊！”心软的少年喃喃地说。

萧遥瞥他一眼，不言不语，只是冷哼一声。

“主上的想法是，”药无医适时地进行翻译，“创世界和现实都陷入混乱之中，时空裂口非常不稳定，就算人鱼暂时回到了漫画里，谁又能保证她不会再次来到现实作恶呢？”

萧遥额头上爆出青筋：“我让你闭嘴，你没听见吗？”

“是，主上。”身材高大的剑客，像做错事的大型犬一样，顺从地垂下脑袋。

看着嚣张恶少被自家剑客气得青筋鼓胀的模样，再看看自家的火爆魔法师，李瑞不由小声地叹息：“家家有本难念的经啊。”

不管萧遥同意与否，药无医的说明，确实让李瑞了解了对方的想法。虽然对方的说法也有道理，但是，那种强硬的做法，李瑞还是无法认同：

“我……我还是不能赞同。人鱼小姐是干了坏事，但是，你的做法也太残酷了……”

“够了！”萧遥厉声打断，“想要教训我，等你打败我再说！”

话音未落，萧遥已召唤出“无限黑暗”的力量，黑色的雾气在他手中，形成了一个可怖的黑暗深渊。他再不多言，扬手就将黑雾向李瑞身上掷去！

李瑞慌忙闪躲，可他躲避的速度，哪里比得过疾速逼近的黑雾？眼看那曾让人鱼小姐顿时灰飞烟灭的可怕力量，就要降临到自己身上，说时迟，那时快，空气中忽然爆出金色的电火花。只听一声惊雷，霹雳从天而降，像是巨大的长戟，贯穿了天地之间——

“雷电之壁！”

随着阿娜的吟唱，电光“噼里啪啦”地闪烁，在李瑞面前形成一道雷电铸就的墙壁，迸射出耀眼的光芒。

“无限黑暗”的力量，被“雷电之壁”阻隔。萧遥伸开左掌，一道黑色的火焰腾空而起。

意识到对方力量不容小觑，阿娜掏出法杖，吟唱火系攻击魔法：“炎之矢！”

鲜艳的火之箭矢破空而出，直击萧遥！就在光明的烈焰即将吞噬那黑暗之火时，忽然，只见银光一闪，一个高大的身影，拦在了萧遥身前——

药无医手中的长剑，轻易地将炎之矢劈开！火焰之箭断成两截，跌落在草丛里，瞬间熄灭，只化为一缕青烟。

面前的剑客轻而易举地化解了自己的攻击，向来自诩为“天才魔法师”的阿娜，挑起了英气的眉毛。她握紧手中的法杖，开始吟唱火系终极魔法“祝融之怒”的咒文。

看见她开始吟唱，药无医微微蹙起眉头，他举起长剑，在虚空中划出了一个半月形。幽蓝色的光波向外扩张，瞬间在天地间张开了一个半圆形的结界。

而此时，阿娜也已吟唱完毕。伴随着她的呼唤，天空浮现深红的颜色，鲜红的云朵拉开了火神降临的序幕。从天而降的祝融神，将他的炽热挥洒至大地，爆裂的火球撕裂了一切，滚滚火舌眼看就要将药无医吞没……

面对流星一般轰然坠落的火球，身手敏捷的剑客只轻轻一跃，就避过了第一波火球的攻击。本是人高马大的药无医，此时却像一只轻盈的飞燕一般，在如雨点般密集的烈火之中穿梭着。

“好轻功！”热爱ACG的同时，李瑞也没少看武侠小说，喝彩脱口而出。

不服气的阿娜转而吟唱“暴雪冰封”的咒语。漫天火海熊熊燃烧的同时，清澈的溪流在地面上涌动，伴随着“封”字的启动语，溪流如喷泉一般喷薄而出，瞬间转化为晶莹的冰块！

剑客被冻结在了冰棺之中。阿娜得意地扬起眉，然而，下一刻，令她意想不到的事情发生了——

被做成速冻包装的药无医，竟然在冰棺中缓缓举起了持剑的手。

“噼！”

冰块碎裂的声音清晰地传来。与此同时，冰棺上裂开一道细纹。

阿娜脸色微变，就在她吟唱“魔力增幅”的加强版咒语时，一道剑光闪过，冰棺竟从内部被斩开！

碎裂的冰晶像是钻石一样，反射着尚未熄灭的火光，纷纷扬扬地洒落——

在那冰华散落之处，男人的身形不动如山。微风扬起他的鬓角，冰雪落在他的肩上，剑侠敛眉，严肃斥责：

“以武会友，本该点到为止。娜姑娘，放火之举，未免太过！”

说得太好了！李瑞简直忍不住要为药无医鼓掌了：多么有“常识”的人啊，哪像阿娜，动不动就想着法烧他。

见李瑞以崇拜的目光仰望着药无医，同为斗士的萧遥不悦地冷哼：

“四眼，原来你的战斗方式，就是躲在女人背后吗？”

赤裸裸的鄙视与讽刺，让李瑞无言了。的确，刚才如果不是阿娜及时召唤“雷电之壁”，他早就被萧遥的“无限黑暗”击中了。明明是和自己一样的高中生，面前的不良少年，却让李瑞感觉到一种强大的压迫感。

“呃……”宅系少年试图反驳。可他刚刚发出无意义的声音，萧遥的双拳已经如闪电般袭来。李瑞慌忙伸手去挡，捂住了自己的脑袋。萧遥的重拳改变了方向，一拳揍在了李瑞的腹部。巨大的冲力让李瑞倒退数步，一个踉跄坐在了地上。

“咳咳！”李瑞抱着肚子，重重地咳嗽起来。

萧遥走向跌落在地的李瑞，居高临下地冷眼望他。那是充满了鄙视意味的冷眼，不着一字，却从心理层面将李瑞彻彻底底地击溃了。

甚至连“废物”两个字都不屑评价，萧遥转过身，冷冷道：“无医，我们走。”

“是，主上。”被主人召唤的剑客，将长剑插回腰间的剑鞘。他冲阿娜和李瑞抱了抱拳，然后大步离开。

“等等！”阿娜冲二人的背影大声呼喊，“敢不敢打个赌！”

萧遥回身，唇边扬起轻蔑的笑容：“哼，两个手下败将，凭什么和我打赌？”

他的嘲讽并没有激怒阿娜，平面的魔法师，只是平静地陈述：“既然你是斗士，就不会不知道，2D 和 3D 在力量上，有着本质性的差异。是，输给药无医，我很不甘心，但这并不代表我的魔法不如他的武术，而是从质的层面，我和他就不是一个等量级的比试。总有一天，我要赢过他，证明我才是强到逆天的存在。”

面对阿娜的豪语，药无医只是认真地颔首，沉声道：“好，在下随时恭候。”

冲药无医点了点头之后，阿娜转而望向萧遥，继续说下去：“虽然现在的阶段，我和小瑞还打不过你们两个，但这不代表我们斗士的工作比你们两个差。就像小瑞说的，我也很不爽你对付人鱼的做法。我们打个赌，赌我们之中，谁能打败下一个创世界的角色。谁赢了，谁就可以命令对方做一件事情。”

“哼。”不良少年并没有回答，只是冷哼一声，转身离开。

“主上的意思是，”劳碌的剑客，又开始充当翻译的角色，“你们输定了。”

“闭嘴！”萧遥低声骂了句脏话。

“主上，君子之言，不应有辱……”高大的剑客跟随着少年，苦口婆心地劝诫着“君子之道”，渐渐消失在公园的林间小路上。

望着萧遥和药无医离去的背影，李瑞和阿娜对望一眼。少年揉着肚子，摇摇晃晃地站起来，不安地说：“阿娜，对不起，都是我太弱了……”

平面美女魔法师只是冲他摆了摆手，随后在双眼中燃起奋斗的怒火："喵的！这个赌约咱们一定要赢！绝对要给那死小子好看！跩得我都看不下去了！"

其实，比起"跩"这个特点，你和萧遥根本是半斤八两嘛……不！你比萧遥跩多了！

李瑞忍不住在心中吐槽。下一刻，宅系少年就被美女同伴拧住了耳朵。少女微微一笑，眯起了眼："你说什么？我好像没听清，你再说一遍看看。"

"啊啊啊啊！阿娜，我错了我错了！要掉了，耳朵要掉了啊——"

惨烈的呼喊，映衬着红彤彤的晚霞，在黄昏中的小公园里回荡，回荡……

PART 06 春游活动不轻松

根据阿娜的理论，“创世界”的实力排行中，来自于3D动画、游戏中的三维角色，其实力要远远高于来自2D平面动画、漫画的二维角色。而这些二维角色的实力，又远远高于来自小说文字描述中的一维角色。这是早在对付《血殇》的反派BOSS——魔王雷泽时，阿娜就曾经说过的道理。简单地表达，就是：三维＞二维＞一维。

虽然明白这个道理，但在看到药无医轻易地打败了阿娜的时候，李瑞的心里还是忍不住别扭，不是个滋味。他是很崇拜剑客药无医没错，也觉得他正直又可靠，比阿娜更有常识，也不会老拿魔法来要挟人……可是，当自己的同伴败在对方手里，李瑞就像一个闹别扭的小孩子那样，还是希望阿娜能赢，希望阿娜将对手打个落花流水。

“三维啊……”李瑞忍不住低声地叹息。

“吱嘎——”

大巴忽然紧急刹车，强大的惯性让李瑞一头撞上前方的椅背。坐在他前排位置的萧遥，转头冷眼望他。面对不良少年的冷酷视线，李瑞不安地牵扯了嘴角，勾勒出勉强的微笑，一边不自觉地抱紧了手中的书包——阿娜正以卷轴的模样待在书包里。

此时，他们正身处校车当中，前往郊区的灵泉公园。这是一年一度的校园传统项目——春游。对于高中学生来说，集体游玩已经没有小学中学时的那种期待，唯一值得高兴的是——一天不上课。如果不是班主任“必须到场”的指令，想必会有很多人选择趁这一天放假自由行动吧。比如说李瑞，他真的很想宅在家里，打一天的游戏或者看一天的新番，而不是看那个讨厌家伙的后脑勺。

前排的萧遥，也同样是一副百无聊赖的表情。今天的他，独自霸占了一张双人座位。出于对这个素行不良的家伙的畏惧，没有学生愿意跟他同排，甚至不愿意坐在他的前后。如果是在三天前，李瑞也是“避之不及派”中的一员，可当知道萧遥也是创世界斗士之后，李瑞就打定了主意：绝对不能怕这家伙！

不过，令李瑞感到疑惑的是，萧遥抢了他的 PSP 之后，似乎一次也没有拿出来玩过。就是在这无聊的车程里，萧遥也没有带 PSP 出来耍。难道他已经把它转手卖了？

被这个念头吓到，李瑞一把抓住前方的椅背。这个动作引来了萧遥的睨视。面对他“有话快说、有屁快放”的冷酷眼神，李瑞张了张嘴，却终究没有勇气将这个可怕的疑问说出口。这一次，他倒不是因为害怕不良少年的报复或者拳头，他是怕得到的回答，会令他万念俱灰……呜呜呜，他的美夕啊！深情的告白他只听了一半啊！

对了！去问药无医，他一定知道萧遥把东西放在哪里！

这么一想，李瑞开始寻找剑客的身影。身为萧遥的守护者，药无医应该与他寸步不离才对。可就算药无医的武功再怎么高超，也无法以陌生人的身份登上班级的校车。

想到这里，李瑞又不由地得意起来：3D 算什么？ 3D 再厉害，也是有弱点的！像他的阿娜，只要变成卷轴，就可以时时刻刻地陪在他身边；你剑侠的武功再怎么厉害，就算“缩骨功”练到顶级，也没法把自己装进书包里！

少年没有意识到，他此时的想法，就像是幼儿园里的小孩子那样，在“我的玩具是最好的”这样幼稚的心态下，互相攀比。他的想法通过脑波，传达给了阿娜。

脾气火爆的少女魔法师，难得没有吐槽自己的同伴——其实，她也有强烈的攀比心态：我家的小瑞再怎么没用，也不是什么破萧遥可以随便欺负的！不就会个“无限黑暗”吗？跩个毛线啊！

前方的萧遥，当然不会知道，在阿娜的幻想中，他已经被“炎龙气息”喷成了人形烤肉，又被拍到“雷电之壁”之上电了一百遍啊一百遍。此时的萧遥眉头微蹙，他头疼的，只有一个问题——

药无医是个超级路痴。

是的，《人在江湖》中名动天下的剑客、武林中令人肃然起敬的高手——药无医，是个完全没有方向感的家伙。不知道他在那个江湖时代是不是就有这毛病，反正到了现实世界，药无医就跟没头的苍蝇似的，明明只有三百米一条街的距离，他都能绕到三站路之外的地方去，然后试图用轻功跳上房顶，登高望远来寻找出路。可问题是，他的视力再好，也不是透视望远镜，不可能透过那一栋栋林立的高楼，找到来时的路。

萧遥试验过多次，不动声色地将药无医扔在街上。明明只有一刻钟的路程，药无医却总是在三四天后才灰头土脸地敲响他的房门。从那满是灰尘的长靴还有无比疲惫的面容上，依稀可以看出，这人约莫是没日没夜地赶了很多天的路，凭借着惊人的毅力、坚强的意志，以及小强一般的生命力，才找到了主人的所在。也幸好这世道汉服爱好者很多，穿着古装上大街也不是什么新鲜事，所以药无医才没有被当作神经病。

从萧遥的角度来说，也多亏药无医有这毛病，他才有空闲找一些乐子，而不用天天听药无医关于“君子之道”与“仁义道德”的思想教育。

正如萧遥所猜想的那样，此时此刻，武林高手、一代剑侠药无医，正在努力寻找传说中的“灵泉公园”。虽然萧遥曾让他干脆待在家里等他回来，但出于守护者的责任，药无医严肃地表示“药某一定要陪伴在主上的身侧”，并且决定自行赶往公园和萧遥会合。然而，当药无医踏上繁华热闹的市中心，望着前方高耸的大厦、川流不息的车流，他深深地、深深地迷茫了。

传说中“一剑动江湖”的剑客，就这样孤独地、迷茫地、沉默地，彻底迷失在了城市的钢铁森林里……

校车的速度有严格控制，再加上路程本就偏远，李瑞他们足足坐了一个多小时的车，才来到目的地。

灵泉公园，这是本市著名的景点之一，传说园中有一口神泉，喝下神泉的泉水，能使盲人重见光明，能使重病之人痊愈，使健康的人变得聪颖非凡。

根据传奇小说中的记载，在不可考证的古代，曾经有一名年轻美貌的姑娘，与镇上勤劳朴实的小伙子相爱了。可惜天不遂人愿，小伙子染上无法医治的重病。姑娘日复一日地祈祷，希望心爱的人能够康复。然而，小伙子的病却越来越严重。在他弥留之际，眼看情人即将撒手人寰，姑娘许下心愿，愿用自己的性命作为代价，祈求上苍治愈爱人。之后，姑娘一头跳入井中，以死明志。紧接着，令人们啧啧称奇的事情发生了，那口井中迸射出金色的光芒，有人将井水喂给小伙子喝，小伙子果然立刻痊愈。从此，这口井声名大噪，各地的人都来这里求取神泉。“灵泉公园”之名，也就由此而来。

“真是好俗套啊，”第一次听到这个故事时，李瑞是如此吐槽的，“这事说到底，不就是个投井自杀嘛。如果是在日本，一定会被编成《午夜凶铃》那样的恐怖电影吧，贞子从井里爬出来什么的。可在这里，明明是个死人井的故事，竟然还说什么治病神泉，给改造成公园了，究竟有没有常识啊！”

沉迷于ACG的少年，对老套的传奇故事毫无兴趣。然而，就算他再没有兴趣，在老师的引导下，李瑞还是不得不背上装着阿娜的书包，跟着大部队向公园深处走去。

虽然以“神泉”的故事而闻名，但“灵泉公园”并不是只有一口井做卖点的小地方。因为坐落在郊区、背靠青山，这里的环境相当清雅宜人。远处是连绵起伏的青山，满眼都是生机盎然的绿树。再加上此时正值暮春时分，繁花似锦，争奇斗艳，实是美不胜收。

溪水更是公园的特色之一。路旁便是溪流冲刷而成的沟壑，溪水潺潺流动，奏响悦耳的、自然的曲目。在那清澈见底的小溪中，锦鲤甩着尾鳍，欢快地畅游着。

看到那红金相间的锦鲤在水中优雅地游动，李瑞却不像其他同学一样，掰开小面包为鱼儿们喂食。他微微垂下脑袋，不由想起那条称不上“美丽”的人鱼小姐来。虽然她长得可以用“恐怖”来形容，但她真的很可怜……如果她不是生在恐怖漫画的创世界，而是在这清澈的溪水中，那该多好……

胡思乱想的少年，又联想到人鱼小姐口中的“王子大人”——柳书鸿。柳老师虽然不是班主任，但作为他们高二年级的任课老师，平时又和同学们相处得十分融洽、深得同学们的爱戴，因此也被邀请参加春游活动。李瑞抬眼望向柳书鸿的方向，只见他被几名学生围住了，正笑眯眯地给大家讲解鲤鱼的品种。李瑞垂下眼，低头看着脚下的卵石——

这次打赌，他一定要赢！他要证明给萧遥看，强硬地消灭并不是唯一的办法，他要用自己的方式，将创世界角色送回他们的故事里！

如此在心中立誓，李瑞偷瞄了萧遥一眼。对方双手插在牛仔裤的裤兜里，正独自一人向前方的林中走去。

李瑞也很想去没人的地方，放阿娜出来透透风、看看风景什么的，但迫于班主任的压力，少年只有哀怨地跟着大部队，慢慢地按照指定路线，向灵泉所在的位置行进。

集体活动的速度总是慢到令人发指，班上的女同学叽叽喳喳地一边聊一边走，落在队伍的最后，拖慢了整个班级的速度。李瑞一边在心中腹诽“磨蹭死了，看看人家阿娜，行动力多强”，一边不得不放慢脚步。大约走了三十分钟，就在大家开始埋怨“怎么还不到”的时候，青石铺就的山路，终于到了尽头。

那是一个八角凉亭。亭子的顶部由红、青、金三色的琉璃瓦铺就而成，每个檐角都挂着一只青铜质地的风铃。青石的立柱上，细致地雕刻着龙与凤的图案。由于是镂空的雕刻技法，阳光会从凤形的花纹中射入立柱内部，光与影构造出奇妙的图景，使得这些龙纹凤纹格外立体，栩栩如生。

在凉亭的正中央，有一口深井，便是传说中的“灵泉”。与精致的凉亭相比，这口井实在没什么特色，看上去，不过就是由青砖围成的普普通通的井。

“什么嘛，不就是一口破井。”人群中爆出不满的声音，说出了学生们的心声。

等候多时的导游小姐，似乎对这样的抱怨声已经见怪不怪了。她微笑着走上前，开始向学生们介绍灵泉的故事：

“大家别小看这口井，这可是传说中的灵泉哦。在古代，曾经有一位年轻美貌的姑娘……”

对于李瑞来说，这已经是他第N遍听到这个故事，一边在心里评价着“好无聊”，一边兴趣缺缺地打量四周：萧遥不知道跑到哪里去了，完全见不到人影。

阳光透过茂盛的树冠，从树叶的缝隙之中，将它的光芒洒向凉亭，也映照进那些雕刻着镂空花纹的柱子，投下斑驳的阴影。就在李瑞望着那些明暗相间的雕刻打发时间的时候，忽然，他觉得眼前一花——

立柱内的影子，竟然动了！

仿佛年幼时看过的那种皮影戏一样，影子舞动着身形。原本龙形的花纹阴影，被伸展拉长，再也不像是威武的神龙，倒像是诡异的怪物。狰狞的黑影，伸开可怖的鬼爪，瞬间膨胀了数倍，像是要将在场的人，统统收入他的腹中。

李瑞瞪大了眼，怀疑自己是不是产生了幻觉，拼命地摇了摇脑袋。等到他再次睁开眼的时候，黑影组成的怪物却消失了，一切又回归到原先平静的场景。符合光学原理的影子，乖乖地投映在地面上。

另一边，导游小姐在讲述完灵泉的传说后，面对众人的冷淡反应，她冲大家神秘地一笑：

“灵泉的故事不仅仅是一个传说哦。其实，最近一直有游客说，他们看见灵泉里的姑娘现身了。”

导游小姐的话，引来同学的质疑：“少骗人啦，怎么可能嘛，肯定是你们公园都没人来，所以就瞎说来炒作！”

面对口无遮拦的同学的质疑，导游小姐脸上依旧挂着“营业用”的微笑，她稍稍压低声音，用一种轻声诉说的口吻道：

“当然，大家可以怀疑这是园方的炒作，不过真相如何，其实并不难验证。灵泉中的神灵，是经常出现的哦！您可以试试独自走在公园里，走着走着，会有奇异的感觉。你左看右看，周围一个人都没有。当你低下头，却会发现，你的脚下有两个方向完全不同的影子……”

“哇！鬼也有影子啊？”

“都说了不是鬼，是神灵嘛！”

“肯定是骗人的！”

听了导游小姐的话，同学们议论纷纷，大多数都是质疑的声音，也有胆小的人小声地询问：“好可怕，真的假的啊？”

就在大家七嘴八舌地发表着各种评论的时候，忽然，一阵凉风吹过，亭角的八个风铃，同时轻轻晃动，发出了略显沉闷的声响——

扑通！扑通！

李瑞只觉得背脊一凉，所有议论的嘈杂声音变得十分遥远与模糊。他的耳中，传来自己的心跳声。一声又一声地，像被不断放大一样，震着他的耳膜。他下意识地望向密林之中，明明什么东西都没有，可他就像是被无形的手牵制了一样，怔怔地向那个略显阴暗的林中望去。一种奇异又强烈的预感，让他全身的汗毛都竖了起来。

“阿娜，那个是……”少年在脑中与同伴沟通。

“没错！是创世界的力量！”

阿娜坚定地回答，确认了李瑞的预感。

兼职创世界斗士的少年，向班主任的方向瞄了一眼。在确认没有人注意他之后，李瑞不着痕迹地向身后的树林退了一步，再一步。最终，他转过身，大步地向密林中奔跑而去。

在远离小径的树林里，只有郁郁葱葱的树木，完全见不到游客的影子。李瑞打开书包，让阿娜出来。平面的美女魔法师，挺直腰板，掏出法杖指向树林深处。淡淡的金色光芒，缓缓地聚拢在法杖的顶端。阿娜挑了挑眉，大声道：“北！”

李瑞听从同伴的指示，可他刚迈出两步，却又疑惑地停下脚步。挠了挠头之后，少年不好意思地望向法师：“那个……北是哪边啊？”

阿娜斜了他一个白眼，低声说了一句“笨蛋”，随即跑在前方，为同伴带路。像是纸片做成的人，阿娜迈着两“张”薄薄的腿，向前奔跑着——这幅画面怎么看怎么诡异，就连早已习惯了阿娜这模样的李瑞，看了这景象，也还是会觉得违和。

如果有人不小心看到阿娜，说不定会以为是女鬼现身呢。李瑞不自觉地在心中吐槽。

“女鬼个毛线啊！”心意相通的少女法师如此叫嚣。看着前方的阿娜，李瑞完全有理由相信，凭她的能耐，可以轻而易举地将他给拍成纸片人。

一边进行没营养的对话，两人一边在树林之中狂奔。阿娜手中法杖顶端的金色光圈，也变得越来越明亮——

“微风之灵！起！”

阿娜吟唱出风系低级魔法的咒文。顿时，清凉的微风将二人包围，李瑞觉得身子一轻，似乎自己变得轻盈了。一种奇妙的失重感，让他的双脚离开地面。他低头一看：

“哇！”

少年不由自主地惊叫出声。在他的脚下，微风盘旋着，形成了一个小型的旋风，将他的身体托了起来。这下子，李瑞算是明白“足下生风”究竟是怎么一回事了。他踩着风一路疾行，就像是坐上了磁悬浮列车，速度至少快了五倍以上！

御风而行的新奇感，让李瑞啧啧称奇。然而，这美好的感受并没有持续太久。比起前方那个轻松地穿梭在树林之中的纤细身影，李瑞就像是新手上路的驾驶员一样，跌跌撞撞、胆战心惊。微风之灵载着他疾速而行，他却对着林立的树木“哇哇”直叫。终于，躲避不及的他，一头撞上了一棵粗壮的樟树，整个人像是动画里的场景一样，呈现“大”字状，被拍平在树干上。

报复，一定是报复。少年泪流满面地想。不就是说了句“纸片人”嘛，也不用真的让他尝试一下被拍扁的感觉吧。女人真是小心眼啊……啊啊啊！呸呸！对不起对不起！阿娜我错了！

意识到在同伴面前，自己是毫无“隐私”可言的，李瑞忙不迭地在心中道歉。否则，被评价为“小心眼”的女人，还指不定会搞出什么幺蛾子。

似乎是接受了李瑞的道歉，接下来的路程中，阿娜没有再折腾李瑞，但也没有再召唤出“微风之灵”让同伴享受神行千里的滋味。本就不擅长运动的李瑞，追随在御风而行的同伴背后，跑得上气不接下气。

这里是“灵泉公园”景区偏僻的一角，因为坐落在丘陵地形上，地势起伏，又没有什么独特的景观，所以并没有修建供游人游览的山中小径。越往里走，景观性的花草越来越少，原始野生的树种越来越多。高大的树木接天蔽日，不知名的鸟儿发出怪异的啼鸣。

“无限黑暗！”

忽然，静谧的林中，隐隐传来了男孩子的声音。熟悉的招式名称，让李瑞为之一震。他加快步伐冲了过去，绕过粗壮的树木，所见的，是惊人的一幕——

萧遥的右手蕴出蒸腾的黑色雾气，渐渐凝聚为黑暗的深渊。冷酷的少年，扬手将黑暗力量丢了出去！

顺着萧遥攻击的方向望去，他的敌手正站在不远之处。那个人——不，李瑞不知道能不能用“人”这个字眼指代对方——不知道是从哪个漫画创世界中跑出来的，那家伙也是2D形态。可与阿娜不同，那家伙全身漆黑，既没有脸孔五官，也没有衣服饰品。他的全身上下，只有一团可怖的黑色！

“嘶——”李瑞忍不住吸了一口气。那黑家伙就像是人的影子，忽然从地面上直起身，站定在你面前！那种诡异又恐怖的感觉，简直令人毛骨悚然！

让李瑞吃惊的还不止这点，更离奇的是，面对萧遥“无限黑暗”的力量，那黑家伙竟然不闪不避，而是迎面撞了上去——

黑色雾气击中了黑家伙，可是下一刻，那黑暗的空间却掉转了方向，急速向萧遥袭去！

“小心！”

李瑞大声提醒，同时整个人飞了出去，一头撞向萧遥，将他扑倒在地。

“雷电之壁！”

阿娜也吟唱起雷系防御魔法的咒文。落雷劈下，闪电在空气中拉起一道闪烁着金色光芒的雷电之网，阻隔了“无限黑暗”的力量。

被李瑞扑倒的萧遥，一脸震惊地望着这位关系恶劣的同学。愣了几秒之后，萧遥一把推开压在自己身上的李瑞，不屑地“啐”了一声：

“多管闲事！”

“呃，”李瑞挠了挠后脑勺，不好意思地回答，“抱歉，脑袋一热就……”

阿娜打断他的话。这位真正的施救者，斜眼睨视两位斗士：“跟他道什么歉？如果我们没有赶到，这个跩得跟个二五八万似的家伙，早就被自己的‘无限黑暗’消灭了。”

脾气火爆的法师，一针见血地指出事实。萧遥的脸色微变，冷冷地“哼”出一声来，却没有反驳。

李瑞晃晃悠悠地直起身，一拍脑门：“对哦，我跟他道什么歉啊……”

意识到这一点，宅系少年不由得在心中挥洒泪水：难道是他被欺负惯了吗？所以看到萧遥，都没有考虑谁对谁错，条件反射地先道歉了。

“笨蛋，胡思乱想什么！”阿娜斥责同伴，随后挥动着法杖，开始吟唱“火龙气息”的召唤咒语。

望着天空上方凝聚的火红云朵，李瑞忽然意识到什么，他大叫一声“不要啊”，一把扑上去抱住阿娜的胳膊，阻止了火龙的降临：

“不要啊！在林子里放火会烧起来的啊！这可是纵火罪啊！”

阿娜挑了挑眉，虽然一脸“那又如何”的不爽表情，但终究还是停止了火系魔法的吟唱，转而念出“暴雪冰封”的咒文。

“等等！”李瑞再次阻止了同伴。他望向前方那个诡异的黑影，缓缓地向前迈出了一步：

“那个……你好。请问你会说人话吗？”

这话刚问出口，李瑞就有抽自己一嘴巴的冲动。他这个嘴到底什么毛病啊，老是不由自主地说些乱七八糟的讨打的话来。他原本是想问，对方能不能说话沟通，并不是想发出“你会说人话吗”的挑衅啊啊啊！

宅系少年泪流满面地在心中进行自我批判。让他意外的是，面前的黑家伙竟然没有动怒，而且还开了口——呃，虽然那家伙并没有“口”这个身体器官：

“你……你好……”

黑家伙的声音相当低沉，是属于男性的嗓音，而且还是那种很醇厚很好听的类型。只不过，“他”说话有一种奇怪的迟滞感，像是很久没说过话，而产生了口吃的症状。

对方答话了。光是这个认知，就让李瑞兴奋不已。他走上前，冲黑影伸出手去。黑家伙似乎迟疑了一下，终究还是慢吞吞地伸出那大约是手的东西——从那一团漆黑的表面上实在难以看明白，不过根据形体，倒是可以分辨出四肢。

看见这一幕，阿娜也放下了手中的法杖，虽然她还是有戒备的神色，但已经不打算主动发起攻击了。

虽然看上去是黑乎乎的一团，但掌心里却传来温暖的热度。对方虽然只是漫画书里薄薄的纸片人，但当李瑞触及它的手腕时，指尖却感受到了那脉搏的颤动。没错，他是来自二维异世界的动漫角色，就像一直照应他、帮助他的阿娜一样，这家伙是活生生的人……

就在李瑞感受着对方温度的时候，只听萧遥不屑地冷哼：“跟这种东西，有什么好说的？”

“不是什么‘这种东西’！”听见萧遥的话，李瑞的怒气槽忽然就满了。他放开与黑家伙相握的手，转而望向萧遥。向来表现得懦弱胆小的宅男，此时鼓起勇气，辩解道：

“创世界角色虽然奇形怪状，但他们也是人啊！不是可以任你扁任你玩的东西！萧遥，我们的赌约还记得吧，你是很厉害，比我和阿娜都先找到了这个创世界角色。可是，强硬并不是唯一的解决办法。人鱼小姐的事情我一直很后悔，我没能阻止你消灭她，但是这一次，我一定要向你证明，我们的方法没有错！”

正如李瑞所说，萧遥的感应力比二人都要更胜一筹。早在进入公园后不久，他就察觉了异动，进而独自一人找寻创世界角色。然而，令他万万想不到的是，这个乌漆麻黑的家伙，竟然丝毫不畏惧“无限黑暗”的力量，并且还能将他的攻击反射回来。虽然很不愿承认，但是刚刚那场面，如果李瑞和阿娜没有及时赶到的话，后果会不堪设想。

当然，对于不良少年来说，“谢谢”两个字是绝对不会说出口的。听了李瑞的话，萧遥起身，斜了对方一眼：“四眼，你少说教了。如果不是药无医那路痴不在，这场战斗根本不会等到你们来。”

这也是事实。李瑞垮下脸来，他动了动嘴唇，小声地嘀咕了一句“他这不是没来嘛”这样毫无意义的反驳，然后决定不再理会萧遥，转而望向黑家伙，继续试图沟通：

“请问，您是从哪个‘创世界’中来的？”

只有搞清了对方的身份，才好对症下药。可糟糕的是，黑家伙却支支吾吾起来。他不安地磨蹭着脚下的地面，喃喃道：“我……我从……哪里来……”

面对对方迷茫的态度，李瑞并没有放弃。他想了想，换了个说法继续询问：“那别人是怎么称呼您的呢？”

“称……称呼？”

从黑家伙的低喃中，李瑞听出了疑惑的语气。一种不好的预感在心底扩大：这家伙，不会是什么失忆的魔王吧？

一边在心中吐槽，李瑞像是对待不懂事的孩童一样，耐心地解释：“称呼就是别人怎么喊你啊。”

“没有……从来没有人喊我……”

黑家伙的回答，将李瑞击溃了：这一问三不知，要他怎么找线索嘛！

宅系少年苦恼的表情，引来萧遥的冷笑。他牵扯了嘴角，在唇边勾勒出嘲讽的弧度，一副“我倒看你要怎么办”的表情。

不愿就此服输的李瑞，绕着黑家伙，上上下下地打量了一圈，开始采用“猜测法”：

“呃……我想想，全身漆黑的角色，全身漆黑的角色……”在ACG方面颇有发言权的宅系少年，摸着下巴沉思片刻，忽然一拍巴掌，“难道是侦探漫画里的凶手？《名侦探柯南》《金田一》什么的，最喜欢画这种看不清面目的杀手了！”

对于李瑞的猜测，黑家伙显得无动于衷。他好像根本就不能理解李瑞话里的含义，只是呆呆地面对着这个和自己握了手的少年：

“从……从来没有人……跟我……握过手……”

黑家伙的话，让李瑞怔住了。从来没有人喊过他，从来没有人跟他握过手，这家伙也未免太惨了吧！看样子，他这结结巴巴的状况，说不定是根本没有和其他人说过话造成的吧。

想到这里，李瑞不由得同情起他来。他停止单方面地猜测，放缓语速，开始胡乱地起话头。什么创世界的任务先放一边吧，他只是想陪这个黑家伙说说话：

“你们那里是什么样子的，漂亮吗？”

黑家伙沉默了一会儿，似乎是在回想。过了好半天，这家伙才慢半拍地回答：“没有……没有这么多树……”

“这是正常啦！这里是公园嘛，当然树多了。”

“人……人不……不一样……长长的衣服……不……不露膀子……”

“嗯？”李瑞在下巴上比了一个“八”字，“不露膀子的长衣服，那就是古代喽！难道你跟药无医似的，是从武侠漫画里穿过来的？港漫？《天子传奇》？《四大名捕》？”

“亭……亭子……很像……”

亭子？难道是指“灵泉”的那个八角亭？这么一想，李瑞更加笃定了自己的猜想：黑家伙肯定是从古代来的。不过，古代究竟哪里会有这么黑乎乎的家伙啊？

“妖怪？”这个猜想刚说出口，就被李瑞自己否决了，“就算是妖怪漫画，也不会画这种黑乎乎的家伙当BOSS啦！完全没有威慑力嘛，眼神不好的根本不会害怕，说不定直接就当影子忽视了……”

就在李瑞碎碎念的时候，黑家伙忽然像打了鸡血一样激动起来：

“影子！影子！”

黑家伙不停地重复“影子”这两个字，看来他对这个词语有着很强的反应。

李瑞一愣，在记忆中搜寻关于古代影子的故事。忽然，灵光一闪，一个念头跃入他的脑中：“你该不会是影子武士吧？”

“我……我是影子武士……”

黑家伙的回答证实了李瑞的猜测。这么一来就说得通了，为什么黑家伙会说亭子很像但人又不一样。因为影子武士是古代日本的一种职业，是跟随主公、如影随形地保护主公人身安全的厉害人物。但影子武士，就像他的名字一样，是类似于“影子”的存在，永远藏身在暗处，跟随在主公身边，永远没有出头露面的机会，也不会有人和影子说话。他存在着，却又像是不存在一般。当成为影子武士的那一刻，他生命唯一的意义，就是守护自己的主公。

此时此刻，李瑞终于确认了黑家伙所在的创世界。那是名为《德川家族》的日本漫画作品，里面有提到影子武士的存在，可漫画里却没有哪怕一格描绘这个影子武士的模样，一个画面都没有。

同情在心中扩大。李瑞有点明白影子武士逃到现实世界的想法：谁想待在一个永远见不到阳光、没有人说话，甚至没有人知道他存在的世界啊！如果换作是他，他肯定要被逼疯了，他才不要做这种倒霉的影子武士！

“笨蛋，”先前一直没说话的阿娜，忽然开口呼唤自己的同伴，“你想太多了！”

心意相通的美女法师，出言制止少年的胡思乱想。李瑞也明白阿娜的意思：不能多想，不能太同情影子武士……因为现在，他已经有点不想把影子武士送回《德川家族》漫画所在的创世界了……

“阿娜，”李瑞抬起眼，恳求地望向她，“真的一定要把他送回去吗？有没有什么办法，能让他留在这里？”

阿娜挑了挑眉，果断地否决李瑞的提议：“你别傻了！你忘了人鱼小姐吗？我们这种违背现实常理的存在，怎么可以留在这个世界？”

“可是，可是影子他和人鱼小姐不一样，”李瑞据理力争，“影子武士他又没有害人！最多就是让公园传出‘闹鬼’的传闻，又没有伤到什么人。而且，而且你也听见了，导游小姐对‘闹鬼’的事情还很有兴趣，说不定还给公园增加了收入呢！”

阿娜一言不发，她走到李瑞面前，屈起手指，“啪”地弹上他的脑门：“笨蛋！在这里有什么不同吗？不一样还是见不得光的存在？！再说了，如果留他在这里，会打破创世界和现实的平衡呀！难不成你想看到越来越多的创世界角色进入现实，上演限制级恐怖片吗？到时候，万一搞出梦魇大魔王，那问题就大条了！”

阿娜的说法，让李瑞无言以对。他明明理解，阿娜说得没有错，可想到要亲手送影子武士回创世界，他……于心不忍。

“我……我认输，”李瑞垂下脑袋，走到萧遥的面前，恳求道，“拜托你，送他回去吧。萧遥你一定有不用消灭的方法，对不对？”

萧遥狠狠地瞪向李瑞，咬牙道：“你是在羞辱我吗？”

“羞辱？”李瑞完全不能理解这个坏同学的思维，“我是在拜托你啊。”

阿娜无奈地摇了摇头，一把扯住李瑞的耳朵，不顾同伴“疼疼疼疼”的痛呼，将人拉向一边，道：“喂，笨蛋，我说你有没有常识啊！萧遥的‘无限黑暗’是完全的黑暗属性，影子武士也是从黑暗之中创造的，黑暗力量对他完全没有作用嘛！”

“啊！难怪刚刚萧遥打不过影子武士！”李瑞恍然大悟道。

他脱口而出的总结，让萧遥扭曲了脸孔。平日里一脸冷酷的不良少年，此时用愤怒的目光注视着李瑞。如果目光可以杀人，那么李瑞的身上一定已经千疮百孔了。

似乎终于听出了几人的争论是针对自己，影子武士结结巴巴地说：“我……不……不想回去……”

李瑞将求助的目光投向阿娜。平面的美女魔法师，脸上没有半分动摇的神色：“这不是你能选择的。身为创世界角色，必须回到属于你的世界。”

影子武士不再吭声。一时之间，沉默笼罩了这片小树林。影子武士不合作的态度，让阿娜掏出了法杖，以防止他随时暴起伤人。

察觉到阿娜的意图，李瑞垂下眼，其实他明白的，阿娜说的道理，他都明白。不说别的，就说这2D平面纸片人一样的身材，要是给普通人看见了，那还不吓死人啊，肯定会引起轩然大波……可是……

李瑞缓缓地走到影子武士身前，闷闷地解释：“其实，你的世界和这边的现实，都是一样的。在这里，你还是没有人可以聊天，不可以出现在普通人面前……”

说到这里，李瑞觉得自己的说法太残酷了。他叹了一口气，转而提问：“如果你一直待在这里，你的主公，要怎么办呢？”

这个问题，让影子武士产生了强烈的反应：

“主公……主公……”

因为黑家伙没有五官，所以看不出他的表情。但只是听着这一遍又一遍的“主公”二字，李瑞就明白，影子武士已经动摇了。他推了推眼镜，无奈地劝说：“你不想回去的心情，我是明白啦。但是在我看来，其实现实世界对你来说，也没有什么改变。而在你原本的故事里，好歹还有主公知道你的存在啊。你有和他约好的，不是吗？”

“约……约好的……”影子武士机械地重复着李瑞的话，似乎是在思索自己的出路。

李瑞并没有催促他，只是静静地等待影子武士作出决定。他相信这个黑乎乎的大块头，会作出正确的选择：外面的花花世界当然好啦，但是归根到底，还是有自己亲人所在的家乡，才是最美的！

清风在山林之中轻轻拂过，摇曳的叶片发出“沙沙”的声响，似乎是在催促影子武士回家一般。

“我……我喜欢……喜欢亭子……”

影子武士忽然开了口，结结巴巴磕磕绊绊地阐述他的观点。李瑞没有接过话头，而是等着对方继续说下去：

“因……因为……亭子……亭子是一……一样的……”

李瑞默默地看着那个没有五官表情、一团黑乎乎的家伙：虽然在《德川家族》的漫画“创世界”里，影子武士没有人可以说话，没有人注意他的存在，虽然他是那么孤独、那么寂寞，虽然他无法忍受以至于穿越到现实世界来，但是在他的内心深处，他喜欢那个八角的亭子，因为那个亭子的风格，就像是他家乡的建筑。

“回……回去……我……回去……”

听到影子武士的决定，李瑞走上前，伸手拍了拍他的背。

再然后，宅系少年集中精神，努力想要构造出最美丽最美丽的画面，构造出那个属于影子武士的家乡——

“精神创造！”

伴随着少年的呼喊，空气之中，渐渐聚集起细小的光点。在绿色树林的背景之下，它们像是金色的小精灵一样，轻飘飘地在空中浮动。越来越多的光点聚集起来，金色的光芒渐渐变化，幻化成缤纷的五彩色泽来……

红色的光点构成了朱红立柱，黄色的光点构成的琉璃瓦，绿色的光点构成了远处的树木……一幅流光溢彩的画作，展现在众人面前：

那是一栋两层的小楼。拉开纸门，所见的，是一名身穿铠甲的武士。武士跪坐在榻榻米上，对着面前的男人，垂下了骄傲的头颅。在他的前方，那个面目威严的男人，将一把长长的武士刀，交到了武士的手上……

“主公！”

见到了家乡的画面，影子武士大声呼喊。他伸出手去，想去抓住那个接过长刀的自己，然而，幻彩的光芒从他的指缝中滑过，再度变化为飘浮的光粒。

阿娜掏出法杖，吟唱起“回返太虚”的咒文：

来自亘古的火焰，
来自永恒的海洋，
来自狂怒的暴风，
来自瞬息的雷电……
以万物之名，唤万物之力，
将不属于明世的生命，
召回！

描绘着幻象的光点，忽然变得异常明亮，继而爆发出耀眼的光芒，将影子武士包围在其中。

“再……再见……”

这是影子武士留给李瑞的最后一句话。

随着短暂的告别，耀眼夺目的金色光芒也渐渐消失了。当最后一缕幻光消逝，静谧的林中，再也瞧不见影子武士的身影。

李瑞撇了撇嘴角，他转头望向阿娜，挤出一个勉强的笑。

“笨蛋，”阿娜伸手叩上他的脑门，“笑得比哭还难看！”

面对同伴毫不留情的贬义说法，李瑞努力地牵扯了嘴角，笑得异常别扭。一个令他感伤的念头，偷偷在心底滋生：什么时候，阿娜也要回去的吧……

光是想就觉得痛苦了，李瑞的心情沉重起来，直到阿娜伸出手指，拽住他的耳朵：

"大笨蛋！想早点摆脱我吗？没那么容易！"

明明耳朵上很痛，但这句话却让李瑞的心情明朗起来。他抬起头，望向那个冲他笑得非常得意的暴力魔法师，终于发自真心地微笑起来：

"嗯！"

就在两人上演着"痛痛痛！要掉了"的经典剧目之时，先前一直冷眼旁观的萧遥，忽然高声唤起李瑞的外号：

"喂，四眼！"

"什么？"应声之后，李瑞真想抽自己一嘴巴：呸呸！人家喊他"笨蛋"他应，喊他"四眼"他也应，难道他是个被虐狂吗？呜呜呜，他这反射神经也太悲摧了吧！

萧遥别过头去，不看李瑞，自顾自地说道："人是你们送回去的。这次算我输了，我愿赌服输！"

对方别扭的表情，让李瑞轻轻地笑起来。宅系少年摇了摇头，笑着反驳："没有啊，这次我们也没有赢。我们当时赌的是，看谁能先打败下一个创世界角色，影子武士可是自愿回去的，我和阿娜只不过帮他打开通道而已。"

李瑞的说法让萧遥愣住了：他原以为这个四眼宅男，一定会借着这次机会，洋洋得意地讽刺他，并要求赌输的他归还 PSP 什么的。没想到这个家伙，竟然……还算是上道嘛！

李瑞并不知道，因为自己的一句话，萧遥微微转变了对他的看法。宅系少年只是笑着说：

"这次不算，我们下次再比。"

"好！"

萧遥豪气地满口答应。

对于少年热血的约定，阿娜一手扶住额头，无奈地评价："真是两个白痴。"

就在萧遥冷哼着反驳"说到白痴，谁能比你家那个四眼更白痴"的时候，忽然，一个细碎的声响传入三人耳中。那是有人踩在断裂的树枝上的声音。

三人循声望去，只见就在不远的大树旁，一个人目瞪口呆地站在那里——是生物老师柳书鸿。

顺着柳老师惊异的目光，李瑞望向身侧的同伴——2D 平面的美女魔法师。

一个可怕的念头，闯入少年的脑中：

糟糕！阿娜被发现了！

PART 07 暴露了！二次元！

人迹罕至的树林里，阳光自树叶的缝隙之处洒下，在地面上投映出点点光斑。在绿荫之下，站着三个男人和一名身材纤细的少女——此情此景，并没有向罪案剧的方向发展，而是成了魔幻的剧目。

柳书鸿瞠目结舌地望着那个像纸片一样、薄薄的一“张”人。时间像是在此凝固，画面像是在此定格了一般。

阿娜首先作出反应——她的反应就是没反应。就好像年幼时和小伙伴们玩的“一二三，木头人”小游戏，阿娜整个人僵硬了动作，维持着望向柳书鸿的姿势，一动不动。

收到同伴的脑波消息，李瑞摸着后脑勺，尴尬地打着哈哈：

“呵……呵呵，那个……柳老师，我新买的海报，很漂亮吧？”

——假！太假了！你果然是个笨蛋！

——呜呜呜呜呜，我也没办法啊，要不然要怎么说啊！

宅系少年和美女魔法师，在脑内进行着沟通。李瑞也知道自己的说辞实在太可疑了，但他也实在想不出别的什么说辞来解释眼前的状况。他只能祈求老天保佑，让他们蒙混过关。

然而，悲剧的是，老天显然没有工夫回应他的祈祷。柳书鸿的金丝眼镜，在日光下闪过一道锐利的光芒，遮挡了他的表情。这个英俊的生物老师，默默地举起了抓在自己手里的手机，然后按下了播放键——

“真是两个白痴。”

伴随着熟悉的女音，屏幕上的“纸片人”动了。仿佛是 3D 背景、2D 人物的动画片一样，平面的少女魔法师抬起右手，扶住额头，无奈地评价道。紧接着，她放下撑住额头的手，转而一巴掌拍上李瑞的后背。

什么叫作“铁证如山”，李瑞这次是真真切切地体会到了。泪流满面的少年，陷入了有史以来最大的混乱之中，他一把抱住老师的胳膊，大声哭诉：

“柳——老——师——啊——”

另一方面，皱着眉头的萧遥，二话不说，忽然冲上去抢夺柳书鸿掌中的手机。

身为人民教师的柳书鸿，运动神经竟然还不错，在胳膊上挂着一个人的情况下，他还能向后退去一步，躲开了萧遥的攻击。望着充满敌意的不良少年，柳书鸿拍了拍身边的李瑞，然后，当着包括阿娜在内的三人的面，他郑重地按下了手机上的“删除”按钮。

手机屏幕上的视频图像，就此消失了。

“呼——”李瑞不由得松了一口气。

少年如释重负的表情，让柳书鸿轻笑起来。这位在学生中有着极好口碑的老师，合上了手机盖，然后轻声解释：“清点人数的时候，发现少了你们两个，我和你们班主任都在到处找你们。视频我已经删掉了，不过，有人可以告诉我，这究竟是怎么回事吗？”

柳书鸿将视频删除的做法，让阿娜解除了“警报”模式。不再假装海报的她，与李瑞对望一眼：

——喂，笨蛋，你看怎么办？

——我……我看……

在脑波的通话中，李瑞支支吾吾地回答阿娜。这一刻，他的思维已经发散到了20世纪90年代末的某个科幻电影——如果有《黑超特警组》的那种笔，闪一下就能消除对方记忆，那该多好啊啊啊！啊，说到这个，能不能去《黑超特警组》的电影创世界，把那个玩意儿借来用一用啊？

少年胡思乱想着。虽然这个提议极有创造性，但“远水救不了近火”的道理，他还是明白的。最终，李瑞只有无奈地摇了摇头，然后抬眼望向面前的任课老师。对方正微笑着注视着他，静静地等待着他解释来龙去脉。

如果是柳老师的话，应该没有问题的吧。他在同学之中，可以算是最受欢迎的老师了，平时没有架子，也从来不会责骂大家。对了，上次在游泳馆，人鱼小姐想害他们溺水，就是柳老师及时出现，救他们脱险呢。

思来想去，李瑞开了口，诚恳地央求道：

“柳老师，如果告诉你，能不能拜托你，保守这个秘密？”

“别开玩笑了，四眼！”回答他的不是柳书鸿，而是萧遥截过了话头。不良少年用看待白痴的眼光看向李瑞，不满地冷哼，“哼，那种视频，公布出去也不会有人相信的。”

也对，现在的计算机软件那么发达，PS一类的图片加工工具更是普及，这种神神鬼鬼的视频，就算发布出去，也会被看成是电脑处理过的，或者是动画宣传MV什么的。

虽然意识到萧遥说得没错，但是在李瑞的心中，比起打死不承认的抵赖，他还是更希望说出事实，然后得到老师的谅解。

似乎是看穿了李瑞的想法，柳书鸿淡淡地笑了笑，冲自己的学生点了点头：

“我答应你，一定会保守这个秘密。”

外表俊朗的生物教师，用肯定的语气，回答了李瑞的疑问。看见他诚恳的态度，李瑞将阿娜怎么从电脑屏幕中爬出来、怎么教他做创世界斗士，还有人鱼小姐导致胡可坠楼、顾珊珊险些溺水的事情，一一说给柳书鸿听了。

“……刚才我们是在送影子武士回他的漫画世界，”李瑞交代了脱队的理由，他伸手抓了抓后脑勺，一脸苦逼的表情，“我知道这些事情太奇怪了，老师一定会以为我是得了癔症吧，要不然就觉得我动漫看太多，已经大脑抽风了……”

就在李瑞喋喋不休地吐槽这些荒诞的事情之时，忽然，面前的老师开了口：

“不，”柳书鸿淡淡一笑，沉声道，“真的，辛苦你们了。”

李瑞愣住了。一时之间，名为“感动”的因子在他的胸中蔓延：阿娜只会喊他是“笨蛋”，萧遥更是一点点都看不起他，大家都好强好强……可他只是一个平凡的高中生啊，面对这些可怕事情、奇妙异能，他真的觉得很累很累！柳老师是第一个跟他说“辛苦了”的人。

“还有，”柳书鸿继续说下去，“人鱼的事情，谢谢你们。”

呜呜呜呜呜呜！如果不是在大家面前，李瑞真的有种想哭一哭的冲动。被感谢了，不是骂他“笨蛋”说他“废物”，他的努力被人感谢了！

长期被同伴鄙视的少年，眼眶不由自主地红了。

萧遥瞥了李瑞一眼，冷哼一声，转过身，一言不发地离开了。在不良少年的眼中，跟老师搞好关系的学生是最逊的了。更何况，从一开始起，他从来就不认为这位被学生们称赞的柳书鸿有多好。

可是对李瑞而言，这位缺少肯定的宅系少年，却彻彻底底地为柳书鸿折服了。

柳书鸿拍了拍李瑞的肩膀，转而望向阿娜。他笑着伸出手去，轻声道：“阿娜，上次游泳池里的海报也是你吧？我可以和你握个手吗？”

礼貌的说法，温和的态度，所谓“伸手不打笑脸人”，阿娜实在挑不出什么毛病可以发飙。最后她伸出自己纸片一般的手，和对方温暖厚实的手掌，短暂地相握了。

“你们放心，”柳书鸿收回手，继续笑道，“你们的事情，我绝对不会对任何人说的，我保证。”

多好的老师啊！李瑞感动得直点头：“嗯！柳老师，拜托你了！”

柳书鸿轻轻地笑了笑，将手机塞回兜里，同时向李瑞和阿娜发出邀约：“如果你们不嫌弃的话，下次有空到我的办公室喝杯茶聊聊天吧？我对创世界非常感兴趣呢，特别是阿娜的魔法，什么时候也露两手给我看看吧！”

面对和蔼可亲的老师，李瑞笑着答应：“嗯！”

“那就这么说定了，”柳书鸿扬起嘴角，“我们也该回去了吧？范老师很担心你。”

他口中的范老师，就是李瑞的班主任。因为教的是政治课，平时说话啰唆又唠叨，所以被同学们暗地里称呼为“政治范”。一想到又要被“政治范”啰里啰唆地教育一通，李瑞垮下脸来，不情不愿地向着班级同学所在地走去。

回去的路上，柳书鸿不时地向李瑞问起他们的冒险，并好奇阿娜平时怎么跟着他。平面的少女魔法师，打了一个响指，顿时变成了卷轴的模样，跳进了李瑞的书包。柳书鸿见了，不由啧啧称奇。

等回到大队伍见到“政治范”，李瑞果不其然被念了好久，还是柳书鸿为他说情，“政治范”才暂且停下了说教，进行结案陈词：

“……以后集体行动不能乱跑，荒山野岭的很危险，知道了吗？”

“嗯、嗯。”李瑞忙不迭地应声。

“还有，少跟萧遥玩在一起。近朱者赤，近墨者黑，知道吗？”

听到“政治范”的教育，李瑞垂下头：虽然萧遥这个浑蛋有时候特别欠抽，但有时候也不是那么讨厌。他愿赌服输，也并不是坏得掉渣啊。再说了，要是说到近墨者黑，同为创世界斗士的他们，早就是一个色儿了吧。

李瑞走了神，沉默了好半天。直到“政治范”催促地又念了一句“知道了吗”，他才小声地应了一句：“……知道了。”

仅仅一天的春游结束，苦逼的高二生们又回到了千篇一律的“上课→考试→上课”悲剧模式当中，还有不少同学抱怨：“这趟春游不给力！”

不过，对于李瑞来说，灵泉公园之行倒是颇有收获的。虽然影子武士和阿娜被发现的事情，都给了他极大的惊吓，用他的话来说：“简直是少活了两年”，但幸好最后都有惊无险，不紧顺利度过了危机，还意外地结交了一个可以聊天的朋友——柳书鸿。

放学的铃声响起之后，李瑞慢吞吞地收拾起书本。等到大家走得差不多了，他才背起装有阿娜卷轴的书包，向生物实验室走去。今天是和柳书鸿约定一起喝茶的日子，他一点都不像那些古板的老师，很有兴致地听阿娜说起《虹之彼岸》中的游戏世界，还不时地问起水、火、风、雷四系魔法及其原理。当然，大多数时候，这些魔法原理都不能套用现实世界的科学法则来解释。

和老师建立了友谊，这种事情说出去肯定没人相信。如果被同学发现的话，肯定会认为他是“抱老师大腿”，是传说中的“二报大队长”。所以，李瑞特地等到同学们都放学回家了之后，才小心翼翼地走向办公楼。然而，让他万万想不到的是，刚转过走廊转角，一个熟悉的身影，伸手拦住了他：

“喂，四眼。”

萧遥半靠着墙，似乎没长骨头似的歪歪斜斜的模样。见到李瑞来了，萧遥伸手一拦，正好阻挡了对方前进的脚步。

李瑞抬头望他，疑惑道：“怎么了？啊！对了，药无医回来了吗？”

提起自己的同伴，萧遥原本痞气的表情，变得有些不自在。沉默了三秒之后，他才回答了一个“没”字。

“呃……”李瑞登时无语了。他倒是很能理解萧遥的感受啦：同伴是那么厉害的高手，但偏偏是个路痴，关键时刻指望不上，这实在是太掉链子了，难怪萧遥一副臭脸。

“不说他，”萧遥果断地转移话题，“那个柳书鸿不是好东西，你别搭理他！”

不良少年的说法，让李瑞怒了。他握紧拳头，大声道：“你凭什么这么说？柳老师怎么不是好东西了？”

少年好像奓毛的猫一样的反应，被萧遥收进眼底。这个平时做事完全不按照常理出牌的坏学生，难得地解释了两句：

“有一次，我曾经无意间路过生物实验室，看见里面全是动物的解剖标本。你觉得有这种恶趣味的人，会是什么好人吗？”

想起那时看见的各种“藏品”，萧遥就觉得那个外表俊秀温文的老师，并不像表面上那样和善。

“那又怎样？实验室里有标本，不是很正常的事情吗？”李瑞提高了声音，他无法认同萧遥用这么个很正常的理由，来侮辱他新结交的朋友。

萧遥挑了挑眉，他没有告诉李瑞，那些标本是他为了调查胡可的事情，白天游荡在生物实验室外，偷看到的。明明是满脸不耐烦的他，此时却难得耐心地继续说明：“喂，我说四眼，一般人看见你卷进这么二百五的事情，应该是让你少管为妙吧？”

“那又怎样？那说明柳老师不是一般人。”李瑞为朋友辩解。

萧遥从鼻子里“哼”出一声来，冷冷道：“他根本不关心你的死活。你看‘政治范’，虽然唠叨得要死，但是看到你跟我们扯上关系，立刻护犊子。那个柳书鸿，他管过你是好是坏吗？”

“那是因为他相信我！”李瑞大声反驳。

萧遥冷冷地凝视着李瑞气愤的脸孔，沉默几秒后，他扭过头：“算了，傻×，我管你死活。”

“谁要你管啊！”

气愤的少年一把推开萧遥的手臂，然后头也不回地向办公楼奔跑而去。

当李瑞气喘吁吁地跑到生物实验室时，柳书鸿已经等候多时了。看见李瑞涨红的脸，柳书鸿递上一杯热咖啡，笑着招呼道：“跑这么急干吗？坐下来歇会儿。”

李瑞接过茶杯，依言坐下。柳书鸿探头看了看门外的走廊，确定无人之后，关上了实验室的大门，然后从内部摁上了门锁。

确认不会有人闯进来之后，李瑞打开了书包，卷轴状的美女魔法师跳了出来，站定在地面上。阿娜将身体伸展开来，然后很随意地坐在木质的椅子上。这已经不是他们第一次来实验室聊天聚会，所以她对这里的摆设已经可以算是熟门熟路了。

实验室的大桌中间，摆着一个酒精灯，灯上架着一个大烧杯，里面褐色的液体正汩汩地冒着泡。

柳书鸿用铁夹拿起烧杯，将热腾腾的液体倒进白瓷杯中，再加上两块方糖，这才递至阿娜的面前。他是个相当讲究生活品质的人，每一次聚会都会尝试不同的饮品，供两位朋友一同品尝。上一次是春天刚上市的新绿茶，再上一次是福建特产的铁观音，而这一次，则是异常香浓的咖啡。整个实验室中，弥散着咖啡独特的香味。

“这咖啡怎么这么香？”对于李瑞来说，他对咖啡的认知只局限于速溶咖啡的几个品牌罢了，而且还完全尝不出来有什么不同。

“是咖啡豆煮出来的，”柳书鸿淡淡一笑，“朋友从牙买加带回来一些。”

“还是外国货啊。”李瑞吐了吐舌头：虽然很香，但就是太苦了点。他伸出手，用摆放在桌上的镊子，又夹了一块方糖。纯白的方形砂糖，很快融入了褐色的咖啡之中，消失了踪影。李瑞抿了一口：这下子好多了。

看着他孩子气的动作，柳书鸿笑了笑，径自喝起无糖的纯咖啡来。

一边喝着香醇的咖啡，三个人一边开始了闲扯。柳书鸿的问题大多是询问阿娜的。游戏世界的魔法是他特别感兴趣的话题："我一直想问，贵世界的魔法是否还要遵循什么定律呢？比如物质能量守恒定律之类。凭空召唤出火焰，这实在太神奇了。"

"这个我也不明白，"阿娜一边品尝咖啡，一边回答，"其实说到定律什么的，应该去问游戏制作公司吧？"

柳书鸿笑了："也对。"

听到这里，李瑞忍不住吐槽："游戏公司才不会知道咧！我想《虹之彼岸》的开发组，根本没有考虑过魔法的什么能量定律吧！他们哪里想得到，自己制作的游戏作品，竟然会有对应的创世界啊！"

"我想不止是游戏公司，如果知道创世界的存在，所有的小说家和漫画家都会为之疯狂了。"柳书鸿大笑出声。

李瑞幻想了一下：如果作者知道自己笔下的世界真实存在的话，大约都会有去旅游一趟的冲动吧。啊，像人鱼小姐所在的《诡魂窟》那种恐怖漫画就算了，作者得提防别被自己的角色报复干掉才对……

胡思乱想的同时，倦意逐渐侵袭。李瑞用力晃了晃自己的脑袋，却丝毫没有减轻困顿的感觉，反而让脑袋越来越重了。他勉强地眨了眨眼，可眼皮在闭上的那一刻，就变得难以撑开了。少年只来得及嘀咕一声"好困"，意识就陷入了模糊之中。

"咔嚓——"

那是玻璃杯摔在地上、继而破碎的声音，它像是从遥远的地方，穿过层层迷雾，到达李瑞的耳边——这是他在失去意识前，所听到的最后一个声音。

不知道过了多久，李瑞才从黑暗的沉睡空间中醒来。夜晚的凉风吹拂在皮肤上，带来清凉的感受，也让他整个人渐渐清醒。缓缓地睁开眼，所见的，竟然是漫天星空。

这里是雅北高中的小花园，因为种植的大多数是四季常开的月季，所以也有"月季园"的别名。园中花团锦簇，鹅卵石铺就了一条细长而蜿蜒的小路，小路的右侧还放置着几张木质长椅，供同学赏花、休息之用。此时的李瑞，正是躺在了其中一张长椅上。

李瑞疑惑地瞪大眼，他记得自己睡着之前应该是在生物实验室才对，好端端的怎么会跑到月季园来？

在夜幕笼罩的静谧校园之中，没有人回答他的问题。李瑞直起身，坐在长椅上。双脚踏上地面的同时，腿部也碰到什么东西。借着星辰的光芒，李瑞低头望去，只见自己的书包静静地躺在地面上。他弯腰拾起书包，在拉开拉链的一刹那，李瑞发现一个严重的问题：

阿娜不见了！

他将书包翻了一个底朝天，甚至将所有书本都掏出来丢在地上，却始终找不到平时以卷轴形态待在书包里的伙伴。

“阿娜！阿娜，你在哪里？”

心急如焚的少年，站起身来向四周呼唤。然而，平时只要在身边就能彼此心意相通的魔法师，并没有用脑波回应。

生物实验室！

忆起昏睡前最后的地点，李瑞顾不上收拾东西，他甚至来不及捡起那散落一地的课本和书包，而是拔腿向办公楼跑去。

夜晚的校园里，只有少年急切奔跑的脚步声在回荡。李瑞直冲进办公楼，爬楼的时候一脚踩空，一个踉跄差点摔下楼去，幸好及时扶住了栏杆，止住了跌落的身形。但这一摔之下，膝盖磕在冰冷的大理石台阶上，磕出了一个血口子。热辣辣的痛感侵袭上膝头，李瑞却连查看的心思都没有，他跌跌撞撞地直起身，继续向楼上狂奔。

一层又一层，一阶又一阶，近了，近了！

李瑞奔至生物实验室的大门，抓起门把手努力转动。可是门早已被反锁，不管李瑞怎么用力，大门都纹丝不动。他抬起拳头，用力敲打着门板：

“阿娜！阿娜！”

他的呼唤和“咚咚”的敲打声混在一起，回荡在无人的长廊之中。可是那个会喊他“笨蛋”的少女魔法师，并没有像往常一样回应他，没有像平时那样用脑波传达一句元气十足的斥责：“喂，笨蛋，叫个毛线啊！”

无论怎样捶打都得不到回应，李瑞蹲下身，整个人趴在地板上，从大门与地板的缝隙之间，向屋子里面望去。

在窗帘也被拉起的房间里，一片漆黑，根本看不见阿娜的身影。就在李瑞恨不得把头伸进去那样向门缝凑近的时候，身后的楼梯上传来了阵阵足音。一只大手拉住李瑞的后领，将他整个人拽了起来。

是保安。中年的保安大叔一手拿着手电筒，一手像抓小鸡一样提着李瑞，以极度不悦的语气，粗声粗气地询问："你哪个班的？怎么还留在学校？"

"我……"李瑞刚要开口，忽然，身后传来熟悉的温和声音：

"他是我的学生，"柳书鸿一边用纸巾擦着潮湿的双手，一边从洗手间那里走出来，笑着询问，"是不是东西忘了拿？"

"哦，柳老师啊，这么晚还在学校，辛苦了。"保安大叔将李瑞放回地面，丢开了攥紧他领口的手。

柳书鸿与保安又寒暄了几句，后者才转身离开，继续在校园中巡逻去了。保安一走，李瑞立刻拉住柳书鸿的袖口，急切地道："阿娜，阿娜不见了！"

柳书鸿并没有作出回应，他只是微微皱起眉头，有些厌恶似的拍开了李瑞的手。少年愣愣地看着这名原本和蔼可亲、此时却露出不耐神色的老师，看着他将钥匙插进锁孔之中，转动了三圈之后，推开了实验室的大门。

当李瑞跟随柳书鸿走进大门之后，实验室的主人又将背后的门给关上了。同时，他摁开了日光灯的开关。

视野明亮起来。白色的灯光将实验室中的一切映照得一览无余——

也包括正对面墙壁上那原本不存在的画作。

那是一幅卡通漫画。穿着法师长袍的少女，双眼紧闭，沉睡在玻璃的背后。金色的相框将整个画作牢牢地包裹住，严丝合缝地扣紧了画布和玻璃。

李瑞瞪大眼，他简直不能相信自己的眼睛——画面上的漫画少女，分明就是阿娜！

被压在两层玻璃之间，再用画框裱起。哪怕是身怀绝技的天才魔法师，也无法动弹分毫，无法使出她引以为傲的魔法。更何况，此时的她，仍是处在昏睡状态之中。

少年在怔了半分钟之后，终于从震惊中清醒过来：能做出这种事的人，只有一个！

怒气冲上脑门，李瑞咬紧牙关，不知是因为怒火还是酸楚而通红的双眼，狠狠地瞪向柳书鸿：

“放了阿娜！”

柳书鸿无视少年的怒吼，端起茶杯，坐在桌沿。啜了一口热腾腾的咖啡，他以赞赏的眼神，凝视着墙壁上的少女：

“竟然还有这么神奇的生物，世界太美妙了，不是吗？”

对方感慨的语气，听得李瑞浑身发抖：阿娜才不是什么神奇生物，才不是什么奇妙的研究对象！她是人，是他的伙伴啊！

激动的少年在内心怒吼着，可是他的嘴唇却因为气愤而颤动，一句话都说不出来。他只能怒视那个悠闲地喝咖啡的家伙……咖啡！

李瑞终于明白过来，自己为什么会突然睡着了：柳书鸿在咖啡里下了药——不对！有问题的并不是咖啡本身，有问题的是方糖！他和阿娜的咖啡里都加了方糖，只有柳书鸿的没有！

终于明白了柳书鸿的作案手法，却已经太迟了。李瑞握紧了垂在身侧的拳头，强忍着颤抖的怒意，开了口：

“你对阿娜做了什么？为什么她还没有清醒？”

“清醒？”柳书鸿大笑出声，“我可不敢让魔法师清醒。放心，她死不了，却也醒不过来，我在画框里涂满了乙醚。”

“你……你，好，无，耻！”少年从牙缝中挤出这四个字来。

这个评价让柳书鸿扬起唇角，轻轻地笑了：“你错了，我这是无私才对。我将我的生命，无私地奉献给了伟大的生物。”

说话的同时，只见柳书鸿走到实验室北侧的橱柜边，用小钥匙打开了大橱——

橱柜里满满当当地塞满了大大小小的玻璃瓶。一只只玻璃瓶，按照从大到小的顺序，被排列得整整齐齐。

最高的那一层，瓶中以福尔马林液体浸泡着一只肚子被切开的狗，然后是猫，再然后是兔子、鸡、老鼠、青蛙、鱼……

第二排开始，瓶子中则是各种各样的内脏：弯曲的肠子、白色的大脑、对称的肺叶……

自称“无私”的生物老师，以几近狂热的眼神，欣赏着他的藏品：“多么美丽又奇妙的生物啊。但我万万没有想到的是，世界上还存在着比它们更为奇妙的生物。可惜二维的生物难以解剖，否则我真想看看她的内部究竟是怎样奇妙的景象呢。”

三个“生物”，三个“奇妙”，相同的用词，让李瑞全身冰冷，像是瞬间坠入了阴冷的冰窟：这家伙想让阿娜跟这些倒霉东西一样，成为他的藏品！

察觉到柳书鸿的意图，李瑞连气愤与斥责的时间都没有，他用尽自己最大的力气，冲向墙壁，试图扯下墙上的画框。可无论他怎么用力都无法撼动画框分毫：这个混账！他把画框钉死在墙上了！

“咚！”

一声闷响。那是白瓷茶杯砸在人类肉体上的声音。只见砸在李瑞前额上的咖啡杯，掉落在地板上，摔了个粉碎。

鲜血自少年的额头缓缓滑落，染红了他的刘海，爬上了他的眼镜框，又顺着他的脸庞滑下，一滴一滴地落在校服的衣领上。

柳书鸿冷冷地看着头破血流的少年。他的表情毫无歉意，好像刚才那个将咖啡杯重重砸向学生的男人根本不是自己一样：“你应该庆幸，我对普通人类没有兴趣。所以，在惹恼我之前，快滚！”

痛感一阵一阵地侵袭头部，脑袋异常沉重。顺着眉毛流淌的血水，模糊了李瑞的视野，让他的眼中一片鲜红。柳书鸿充满威胁的声音，混杂在异常的耳鸣之中，传入李瑞的耳朵里。他抬起头，望向那个仿佛魔鬼一样全身血红的男人，苦苦地哀求道：

“求求你，求你放了阿娜，拜托……”

“滚。”

这是对方唯一的回答。

下一刻，少年被揪住衣领，丢到了门外。

当大门再度闭合的时候，李瑞无力地捶打着木质的门板。可是手脚的力气，像是随着血液一起流失了，光是“站起来”这么一个简单的动作，就耗去了他大半的力量。一直酸痛着的眼眶，终于忍不住滑下滚烫的液体：

我是个白痴……我太无能了……

紧紧咬着下唇的少年，愤恨地责骂着自己的无知：

要是早点看出柳书鸿的真面目就好了，要是听萧遥的话就好了，就像萧遥说的，他是个废物……等等！萧遥！

忽然闯入脑中的名字，带给李瑞一丝希望：如果说现在的情形，还有谁可以求助的话，那也只有萧遥了。

李瑞抬起胳膊，用手背狠狠地抹了抹眼睛。然后，他拖着受伤的腿，步履蹒跚却又坚定地向楼下狂奔。

PART 08 入夜救援，GO GO GO

当独自在家的萧遥，听见敲门声的时候，他还以为是那个万年路痴药无医终于找了回来。一边以“这次还提前了点嘛”这样称不上赞赏的话语来讽刺同伴，一边起身向大门走去。然而，刚迈出一步，他就察觉到了不同：药无医的敲门声与他的为人一样死板，有着规律的间隔时间；可正在叫嚣的敲门声，却是急切而慌乱的。

萧遥挑了挑眉，打开了房门——

面前的景象简直可以用“凄惨”来形容：李瑞的右边额头破了个不小的血口，半边脸都沾染了血的印记。他的校服上除了血迹之外，更多的是尘土，像是摔了好几次一样，膝盖的位置沾满了泥巴。更糟糕的是，他的脸简直成了鲜血、泥土和汗水的调色盘，脸颊上一道道深深浅浅的印子。

“真亏你能找到这里，没在路上给人扭送到精神病院去。”萧遥如此评价自己的同学。虽然他的语气绝对不算友善，但也是大实话。

“萧遥，”李瑞一把抓住对方的胳膊，“求你帮我，帮我救救阿娜！”

萧遥没有回答。他只是敛起眉头，望着那只抓紧自己不放、满是泥土和血水的手。他微微用力，将李瑞的手拍开。果然不出所料，自己的T恤上已经留下了一个仿佛武侠小说中所描写的血手印。

不良少年皱起眉头的不悦表情，落在李瑞的眼中。脑袋和膝盖一阵一阵地钝痛，却不如刚刚右手被拍开的痛感来得更为鲜明。手滑落的那一刹那，他像是沙漠中的旅人失去了最后一滴水，最后一缕希望，也被对方拍落了。

充斥在胸膛里的不甘与悔恨，此时齐齐叫嚣着，沸反盈天。负面的情感几乎将李瑞吞没，他用垂下的脏兮兮的手，捂住了自己的脸孔。

滚烫的液体从指缝里渗出，蜿蜿蜒蜒地在满是污泥和血迹的手上，冲出一条淡淡的颜色来。

“喂，四眼。”

头顶上，忽然响起了熟悉的声音，那是属于算不上“朋友”、甚至一直抱有敌意的同学的声音。

李瑞不愿抬头，不愿放开捂住脸孔的双手。奚落也好，讽刺也好，“白痴”“废物”……什么词他都愿意承受，只要，只要……

“求求你……救救阿娜……”

从牙缝中挤出来的声音，是完全不同于平时的扭曲的声调。

萧遥垂下眼，默默地看着这个原本是他们欺负的对象、后来却成为他竞争对手的四眼宅男，看着他那微微颤抖的肩膀，看着他花成一团的肮脏的双手。此时此刻，萧遥终于明白，对方脸上的邋遢，并非因为汗水所致。

下一刻，萧遥走回了屋子里。

听见那逐渐远去的脚步声，李瑞觉得心底有什么东西崩塌了。他唯一能求助的人，他最后的希望，都无声无息地坠入了黑暗的深渊里。

阿娜，阿娜……

少年在心中呼唤着同伴的名字：一切都是他的错，他没有听从萧遥的劝告，是他说可以相信柳书鸿，是他带着阿娜进入生物实验室，是他害得阿娜被囚禁在画里……

“喂。”

萧遥的声音，打断了李瑞的自怨自艾。紧接着，一只有力的手，将李瑞捂住面孔的手，用力地扯了下来。

李瑞固执地想捂住脸，萧遥固执地扯开他的手。两个少年像是在上演哑剧一般，无声地角斗。最终，缺少运动的宅男，输给了有力的对手。他那狼狈不堪的面容，被对方收进眼底。

不想再被嘲笑了，嘲笑无法解救阿娜！

就在李瑞握紧拳头、想挣脱对方禁锢的时候，一个温暖的东西，盖上了他的脸。

是一条温热的毛巾。

“把脸擦了先，”对方的声音，穿透黑暗，传入李瑞的耳中，“我不想走在路上被管闲事的人问东问西。”

李瑞紧紧抓住温暖而湿润的毛巾，紧紧地抓住，关节都泛了白。

见他半天不动弹，萧遥一把抢过毛巾，胡乱地在对方脸上抹了几把，然后掏出刚刚翻出来的纱布，往李瑞前额的伤口上轻轻一拍。

将毛巾丢回屋里的桌上，萧遥换上球鞋关上门，大步地向楼下走去。

“对了，四眼，”萧遥忽然回头，指了指T恤上的血手印，“这个你洗。”

望着一脸不爽却大步向前的萧遥，李瑞点了点头，喉咙里闷闷地应出一声：“嗯！”

当两人再次赶到学校的时候，已经是晚上十点多了。校门外的街道上少有行人，明亮的路灯在将封闭的校门映照得清清楚楚的同时，也显得校园内部格外黑暗。白天里熙熙攘攘、热热闹闹的校园，此时也像是随着深沉的夜幕，陷入了沉睡之中。

有了萧遥这个助力，李瑞也终于恢复了冷静。他用手机给家里打了个电话，谎称有超级难题不会做，在同学家里学习。虽然电话里老妈的语调流露出怀疑的意味，但总比一声不响让爹妈担心自己是不是离家出走的强。李瑞合上电话，关闭电源，然后望向萧遥，询问对方的意见：

“怎么办？大门都锁了。”

萧遥并没有回答李瑞，而是就对方的电话内容进行评价：“谎话精。”

“……”李瑞一时无语，被不良少年指责说谎，这实在让他这个班级上的“中不溜儿”，有种“自己才是差生”的微妙错觉。囧了两秒之后，李瑞才想到反击：

“难道你就不说谎吗？”

“是啊。”萧遥回答得异常迅速。

“鬼才信咧！”李瑞忍不住吐槽。

“因为我都懒得说。”

“……”这个理由将李瑞击溃了：原来这家伙所谓不说谎的办法，就是从来都不交代自己干了什么，当然也就无须编造什么谎言了。

说话的同时，两个人已经摸到了校园围墙的墙根之下。正门有路灯的映照，再加上有门卫保安的巡视，自然不会是偷偷潜入的好通道。在萧遥的指引下，李瑞跟着他来到靠近后山、少有人通过的小路。

望着三米来高的墙壁，李瑞一脸狗咬刺猬——无从下口的表情。萧遥瞧出了对方的困惑，他将五指扣紧双手交叠，手掌朝上地停在李瑞面前，然后朝对方努努嘴。

“啊？”李瑞还没有反应过来，只能发出无意义的声音。

萧遥甩给他一个白眼：“说你废柴还真是废柴。上啊！”

说着，他又抬了抬交叠的双掌。这一次，李瑞终于明白了对方的意思，可是眼看对方那充满鄙视的眼神，李瑞还是忍不住小声吐槽：“我又不像你经常玩爬墙，哪里会知道你这什么意思嘛，关‘废柴’什么事情啊……”

“还啰唆，”萧遥一脸不耐烦地打断李瑞的抱怨，“到底上不上？”

李瑞立刻闭嘴。他抬起右脚，眼看就要踩上萧遥的手，却忽然又缩了回去。这家伙忽然想到了什么，将鞋底用力地在地上蹭了蹭，确定不会残留泥巴或者可疑物体之后，才低声说了一句“抱歉”，然后踏在萧遥为他架设的人形阶梯上。

萧遥猛地抬高双手的位置，在他的助力下，李瑞伸长手臂，终于够上了围墙的顶端。死死地扒住砖头，他手脚并用地向上攀爬，胡乱蹬着的左脚差点踹上萧遥的脸。萧遥低低地骂了一句“我擦”，一边挺起自己的肩膀，供李瑞下脚借力。

终于，人生的十几年中都与“爬墙”二字无缘的李瑞，好不容易攀上了墙头。他颤颤巍巍地转过身，小心保持着平衡，半趴在墙头上，向萧遥伸出手。萧遥根本没搭理他，这位传说中的不良少年，只是向后退了几步拉开距离，随后猛地开始奔跑起来。借着助跑的力量，在靠近围墙时，他重重地一蹬腿，整个身子骤然跃起，同时，他伸出双臂，轻而易举地够上了墙头。他像是一只猴子，迅速而利落地爬了上去，动作如行云流水一般，整个过程不超过五秒。

“哇，萧遥，你爬墙的功夫真厉害！”李瑞由衷地赞叹道，浑然不知自己这个评价完全称不上是褒义的称赞。

萧遥瞪了他一眼，懒得啰唆，只是纵身一跳，稳稳当当地落在地面上。李瑞也学着他的样子跳下去，可别说眼下的他腿上带着伤，就是在平时，与运动最大的接触仅限于体育课与Wii游戏的李瑞，也无法顺利完成这个颇有难度的动作。果然，落地的一刹那，强大的冲力让李瑞整个人向前倒去，今天撞了不知道多少次的膝盖也在此时发出抗议。李瑞腿一软，毫无意外地向前扑倒，身体力行地完成了“扑地”这个动作。

萧遥弯下身，一把捞起“狗啃泥”的李瑞的胳膊，将人扶了起来。只见后者额头上的纱布已经不出意外地染上了尘土的颜色，萧遥强忍将伙伴丢出去的冲动，拽着摔得七荤八素的李瑞，向校园内部奔去。

显然，这已不是萧遥第一次闯入夜半的校园，他熟门熟路地绕过巡逻的保安，借着树木的掩护，从小路接近办公楼。李瑞跟着一路小跑，仰头望向办公楼：整栋大楼都陷入了黑暗之中，包括生物实验室在内，没有一扇窗口透出灯光。

“看来柳书鸿已经回去了，”李瑞嘀咕道，“但我总觉得事情没那么简单……”

在路上的时候，他已经向萧遥说明了整个事情的经过，包括柳书鸿怎么在咖啡与方糖里做手脚，怎么将他和阿娜迷昏，又怎么将阿娜装入了早就准备好的玻璃相框之中。

“我看也是。”萧遥微微皱眉。

李瑞点点头，说：“那家伙太贼了！为了捉阿娜，他先是不动声色地邀请我们喝了好几次茶，肯定是在言谈之中摸清了阿娜的底细，了解到她也会受到现实世界的药物作用，才特地选择了味道浓重的咖啡，来迷晕我和阿娜。这个人心机太深了，我想他八成猜得到我会找你帮忙，毕竟那天灵泉公园里，你也在场。”

熟悉各种动画、漫画和游戏的宅系少年，也并非像阿娜经常说的那样，当真是个“笨蛋”。所谓“没吃过猪肉，也见过猪跑”，小说中的那些阴谋诡计，李瑞多少也了解一些，只是没有使用它们的天赋与才能而已。眼下，抛开了最初的信任，当见识到柳书鸿的真面目后，反推先前的种种迹象，一切都有了合理的解释。

“你个事后诸葛亮。”萧遥一针见血地指出。

明白他的意思，李瑞进行深度的自我反省："事前猪一样么……对不起……"

"你对不起的又不是我，跟我说干吗？"

萧遥这句话再次戳中了李瑞的死穴：是的，他对不起的是阿娜……

想到这里，李瑞伸手抓住了萧遥的胳膊，阻止了他向办公楼潜行的动作。萧遥回身望他。面对伙伴疑问的眼神，李瑞却说不出半句话来，他明明猜到柳书鸿不会这么简简单单地放任他们去实验室偷画，肯定会有所准备才对。万一这次行动，害了萧遥怎么办？可他却又无法说出任何"取消今晚行动"的话来。那些被做成标本收藏在瓶子里的动物，就是柳书鸿变态的证明。阿娜还被关在画框里，他一刻也不敢让她多待，他怕那个变态会对阿娜做出什么疯狂的事情……

欲言又止的李瑞，一脸在决定中挣扎的表情。萧遥将他的犹豫收进眼底，直接一甩胳膊，挣脱李瑞的手：

"喂，到这时候还在想个毛线啊！小爷我好歹有'无限黑暗'的力量，如果姓柳的敢耍什么花样，直接做了他！"

这句话，让李瑞的心里安定下来：没错，萧遥还有"无限黑暗"的力量，柳书鸿又不是影子武士，怎么也敌不过他的。

到了这种时候，李瑞真心开始羡慕萧遥的杀伤力："无限黑暗"是何等震撼的破坏力，而他的"精神创造"，唯一的功效就是制作无声小电影了。

仿佛吃了颗定心丸，李瑞深深地吸了一口气，坚定地跟随萧遥，摸向办公楼。

夜风微凉，星空璀璨，星辰的光芒静静地映照在两名少年的身上。不同于李瑞偷偷向侧面墙壁潜入的动作，萧遥则是直奔办公楼大门。当李瑞发现那个原本应该跟他并肩前行的家伙，忽然大摇大摆地向正门走去时，他登时急得直冒汗，赶紧冲萧遥的方向，张嘴"咕咕"了两声。

那像鸟又不像鸟的怪异声调，让萧遥疑惑转身。只见李瑞在距离他颇远的地方，正冲他挤眉弄眼。

"你傻啊，舍近求远干什么？直接走大门不就好了？"

萧遥并没有刻意压低声音，又站在正门附近，他的举动让李瑞急得抓狂，恨不得冲上去把人摁在地上。犹豫了两秒之后，李瑞还是放弃了自己的路线，小跑着冲向萧遥，然后将人一把拉向旁边，悄声道：

"你你你，你怎么这样？大门是能走的吗？"

“废话！大门不就是给人走的吗？”

“那是白天，现在是晚上，”李瑞拽着萧遥的胳膊，死命向旁边的墙角拉，“咱们现在是要去实验室偷画救阿娜啊，怎么能这么光明正大？你不知道吗，正门那里装了摄像头啊！被拍到就死定了！”

“拍你个毛线啊，”萧遥伸手就要敲他，但瞥见李瑞脑门上的纱布之后，又生生地忍住了，“你当学校很有钱啊，摄像头还没日没夜地开着？就雅北那间破监控室，一屋子监视器就开了一个频道，放的还是港台言情剧。”

李瑞愣住了：“你怎么知道？你去看过？”

萧遥斜了他一眼：“当然。”

“……”李瑞惊了，这家伙，究竟干过什么啊？

如果不是情况紧急，李瑞真的很想问萧遥，到底为什么要调查摄像头的开关问题。可此时，他只是抓着萧遥的胳膊死不松手，阻止对方从正门进攻：

“万一今天监视器开了呢？小心驶得万年船，还是保险一点好！”

因为在柳书鸿的事情上判断失误，现在的李瑞真有点草木皆兵的感觉。

虽然挣脱李瑞的手，对于萧遥来说并不是什么难题，但看着对方坚持的表情，萧遥还是无奈地点头：“真受不了你，跟你走就是了。”

李瑞所选择的潜入路线异常曲折。那是大楼东侧的一个墙角，有一扇半开的窗户。萧遥看了一眼，脸色更黑了：这四眼，是让他跟着爬厕所！

没错，这正是一楼男厕的窗户。为了通风透气，似乎很久没有被关闭过了，窗台上落了一层厚厚的灰尘。李瑞手脚并用，从那狭小的空间，将脑袋伸了进去。肩膀的部分通过时，颇费了他一番工夫，不过幸好最终有惊无险，没有出现卡住的悲惨状况。相比起他的小心翼翼，萧遥的办法则稍显粗暴：他直接一肘子撞碎了玻璃，然后轻而易举地穿过窗栏，跳了进去。

夜半的办公楼里，有一种难以言喻的恐怖气氛。没有灯光的映照，星光也无法穿透厚实的墙壁，整个楼内，几乎可以用“伸手不见五指”来形容。偶尔在楼梯口的位置，会闪现标志着“紧急出口”的绿色小灯。那幽绿幽绿的颜色，像是无边黑狱之中的鬼眼，在死寂的黑暗深渊中，注视着两个闯入者。

明明已是接近初夏的时节，可是行走在黑漆漆的大楼之中，李瑞却有一种走在冰窖里的错觉。寒气肆意地爬上他的背脊，冷汗顺着鬓角往下滴落。他忍不住开口打破这无垠的幽暗询问身边同伴的存在：

“萧……萧遥……”

“干吗？”迅速地回答，绝对称不上是“温和”的口气，却让李瑞安下心来。虽然看不见对方的表情，但光是听到声音，就足以证明同伴还在自己身边。

两人没有再进行多余的对话，萧遥掏出手机，借着屏幕的光芒，映出脚下的台阶。在楼梯间中螺旋前进，登上若干台阶之后，墙壁上终于出现了大大的“7”字。萧遥抢先一步推开安全通道的木门，向生物实验室冲去。

正如预料中的那样，实验室的大门被死死地锁住。

“无限黑暗！”

萧遥低声唤出自己的绝招，门锁应声碎裂。仿佛是被坚硬的钻头击穿了那样，原本锁头的位置，此时却只剩下一个窟窿。“无限黑暗”的力量撕裂了钢铁和木板，将之变成了空气中的尘埃。

推开门，两人径直冲入屋中，向悬挂着阿娜画像的墙壁奔去。

萧遥一手摸上墙体，却并没有发觉金属画框的触感，反而摸到了什么软软的、像是皮革一样质感的东西。

忽然，视野之中，亮起一片煞白——那是有人打开了实验室的日光灯。

适应了黑暗的李瑞和萧遥，眼睛有着片刻的刺痛感。当他们好容易睁开眼时，却见门口站着四个男人——除了柳书鸿之外，还有三名保安。

面目英俊的生物老师，皱起了眉头，痛心疾首地道：“想不到你们小小年纪，竟然做出这种事情来！”

顺着他的目光，李瑞望向站在墙边的萧遥。只见萧遥的手，正摸在一个黑色的皮包上。原先挂着阿娜画作的墙壁，此时却成了一个悬挂皮包和白大褂的壁架。而装有阿娜的画框，正以背面示人，塞在了一堆大型教学版画之中。

柳书鸿快步走了过来，夺过萧遥手中的黑皮包，从里面掏出一叠百元大钞，厚厚的一叠，看上去至少有五千块。只听柳书鸿义愤填膺似的，高声呵斥：

“这是学校买实验器材的钱，你们还是学生，怎么能做出这种事！”

完了！这浑蛋，分明是故意设计他们，让他们落得个“人赃并获”的假象！这下子真是跳进黄河也洗不清了！

察觉了柳书鸿的邪恶用心，李瑞慌忙举起双手，以示清白：“不是的！我们是……”

“还有什么好说的？”柳书鸿装出一副怒其不争的模样，他愤愤地将那叠钞票摔在桌上，然后一手扶住了额头，转而叹息道：“现在这样，已经没有什么好说的了……如果你们肯承认错误并道歉，出于对学生的爱护，我会和学校反映，只是校内解决。”

听见从柳书鸿嘴里说出什么“出于对学生的爱护”，李瑞觉得自己听得简直快要吐了：“我第一次看见你这么恶心的人！你还真是影帝啊！当什么老师，去拍戏吧！”

柳书鸿神色一凛：“如果你们还执迷不悟，只有将你们送去派出所，听警察处理了！你们考虑清楚！”

“胡说！你血口喷人！”李瑞冲那个人模人样的家伙大吼出声，“我们没有偷东西！要我们承认自己没有做过的罪行，你简直是满嘴放屁！”

“别侮辱屁了，”萧遥冷冷地接过话头，“屎都比姓柳的脑袋干净。”

“对！大便还能用来浇花种菜呢，”李瑞点头附议，“那个疯子的脑袋，除了肮脏之外一点用处都没有，连苍蝇都不屑叮！”

两个少年一唱一和地讥讽柳书鸿。平日里总是摆出一副和蔼可亲的好老师模样的柳书鸿，此时的脸色几乎可以用“狰狞”来形容。他的目光像是毒蛇一样，阴冷又残酷，锁定了两名学生。

“龚师傅，麻烦你了。”

柳书鸿突然开口。在他身旁，那位被称呼为“龚师傅”的中年保安，带着另两名相对年轻的保安员，向李瑞和萧遥走去。

姓龚保安的大手牢牢地扣住了李瑞的肩头，宅系少年努力挣扎，却始终挣脱不开。就在这时，一道凌厉的拳风划过——萧遥一拳揍上了姓龚的侧脸。

他这一拳，打得龚师傅立刻丢下了李瑞。三名保安将萧遥围在中间，一人扑上去抱住萧遥的腰，一人抓住了他的拳头，另一人则将他的胳膊扭在了身后。

被三名高壮的保安一同对付，纵使萧遥是出名的打架好手，也一时无法挣脱。在三人的桎梏之下，挣扎的萧遥涨红了脸，忽然张口大声喝道：

“无限黑……”

意识到他要做什么，李瑞惊道：“不要！”

萧遥闭上了嘴，咬紧了牙关，终究没有将那一个“暗”字吼出声。动用“无限黑暗”的力量，那么这三个保安，非死即伤。

听见萧遥的呼喊，柳书鸿快步走上前来，“啪”地一巴掌，重重地拍上了萧遥的嘴。事先准备好的胶布，准确无误地将萧遥的嘴巴给封上了。

“有什么话，留着向警察说吧。”柳书鸿冷酷地丢下这一句。

无法说话，萧遥恨恨地瞪向柳书鸿。忽然，他抬起没有被抓住的右脚，狠狠地踹向柳书鸿。柳书鸿哪里料到他还有这一招，登时给踹了个正着，向后退了好几步才稳住身形。

“还伤人！”姓龚的保安一拳击向萧遥的小腹。

这一拳实在太重，萧遥的身子弯了下来。看见这一幕，李瑞扑上去拍打龚师傅的手臂：“放开！放开他！你们凭什么抓他！”

“就凭他实施盗窃，人赃并获还有什么好说的？”一名保安说。

李瑞急得眼都红了：“盗窃？你们看见他拿钱了吗？我们根本不知道这里有个皮包，也根本不知道有什么钱！”

“别再狡辩了，”柳书鸿的声音不带一丝感情，“不是盗窃，半夜三更来我实验室干什么？”

“我们……”李瑞说不下去了，他不能说出阿娜，而且就算他说出柳书鸿绑架阿娜的事情，也绝对不会有人相信的。柳书鸿就是料定了这一点，才有恃无恐。

可恶！可恶可恶可恶！心底有愤恨的声音在叫嚣，李瑞恨不能打歪柳书鸿那张道貌岸然的脸孔。可此时此刻，他只能死死地抓住龚师傅的手，不让保安们将萧遥扭送到派出所：

“不关萧遥的事！是我让他来帮我找东西的！他没有偷窃！”

李瑞的话，让龚师傅发出冷哼：“说他没参与，谁信啊！这家伙是学校里有名的不良少年。”

“就因为他素行不良，他就一定是坏人吗？”李瑞大声反驳，混乱的思维让他自己都不明白自己在说什么，毫无条理的话，一个字一个字地从嘴里蹦出，“他不是，萧遥才不是坏人，他表现得很坏，但他会帮人，他没有想伤你们……”

被保安们死死按住的萧遥，因为头部和肩膀都被禁锢，所以连抬头的动作都做不到。他无法去看李瑞的动作，只能听见同伴根本没有逻辑可言的话语，传入他的耳中。

急切的辩驳，杂乱的说辞，像是要哭出来的微微扭曲的声调……这四眼……

李瑞的辩驳说到最后，几乎成了苦苦哀求："这次真的不关他的事，他真的没有……"

"一起带走！"似乎再也受不了李瑞的啰唆，龚师傅打断了他的话，继而摁住了少年的肩头。

李瑞和萧遥被押解着向门口走去，眼看着两人就要被送往派出所、背上"现行盗窃"的罪名，忽然，窗外传来一声轻响——像是敲门声一样，那声音极是规律，每一下之间的间隔时间都几乎完全相等。

下一刻，整扇窗户被人卸了下来。一个身材高大的男人，一手提着玻璃窗，从窗口踏入屋中。他轻轻地将手里的窗户放在墙边靠着，动作极是小心，似乎是在确认没有损坏公物。随后，他转而望向众人，沉声道：

"抱歉，主上，我来迟了。"

"药无医！"李瑞惊喜地唤起剑客的名字。药无医冲他微微颔首，作为回礼。

柳书鸿和保安们都震惊了：这里是七楼啊！他是怎么从七楼的窗户进来的？保安们的心中都升起同样的疑惑，他们目瞪口呆地望着这个一身古代长衫、长发束冠、腰间还挂着长剑的英俊男人。

药无医向注视着他的人们，逐一点头，算是初次见面的招呼。他的动作，让被他称之为"主上"的少年怒气冲天：

"还打什么招呼啊！开打！"

趁着保安们发呆的一刹那，萧遥挣脱了桎梏，撕开了嘴上的胶布。说话的同时，他回身给了龚师傅一拳。这一拳同样击打在腹部，是绝对以牙还牙的表现。

"主上，学武之人应注重点到为止，"药无医朗声劝说，"腹部经脉繁多，出手需谨慎，否则很可能导致后患。您的这拳重了。"

到了这个时候，李瑞有点明白为什么萧遥会隔三差五把药无医带到闹市区、制造迷路案件了。这家伙，教育人也要看看时机啊！现在又不是在搞武术切磋！

"闭嘴！"萧遥果然爹毛。

保安们回过神来，又一齐向萧遥攻去，想将少年制服。看见他们的动作，药无医微微敛起眉头，道："我不愿与现实世界的人动手，这样胜之不武。但若你们执意伤害主上，我也不得不出手了。”

话音刚落，只见黑影一闪而过。

瞬间的工夫，三名保安已经蹲在地上，完全丧失战斗意识了。

“好厉害！”李瑞由衷赞叹，他甚至连药无医怎么动的手都没看见，只觉得一阵疾风刮过。

然而眼下却并非感叹药无医武艺高强的好时机，终于得空的李瑞，冲向实验室的里侧，在那堆大型教学版画中努力翻找，抽出了装有阿娜的画框。

美丽的少女魔法师还是紧闭双眼，静静地躺在玻璃下的金属框里。李瑞翻过画作背面，却找不到可以松开的接口。为了防止乙醚气体泄露、阿娜逃出，柳书鸿将整个画框都封死了。李瑞又翻到正面，望着厚厚的玻璃犯了难。如果将画框向地上猛砸，应该能砸碎玻璃，但是他又怕那样会伤到阿娜……

就在李瑞犹豫的时候，来到他身侧的萧遥，已经在掌中蕴出“无限黑暗”的力量。黑色的雾气在他的掌中蒸腾，形成了一个小小的黑洞。

眼看着萧遥要将手掌伸向画框，李瑞急急地阻拦：“别！小心阿娜！”

“我有数。”萧遥出言安抚，同时伸出手，缓缓地靠近画框。

黑色的雾气并不像往常攻击时那样掀出巨大的冲击力，而是像有生命一样，在萧遥的驱动下慢慢地接近画框上的玻璃。那泛着金属光泽的框架，无声无息地消失了，露出了里侧的画布。同时，一种奇怪的味道从画中传来，李瑞忙伸出两手：一手遮住自己，一手遮住萧遥的口鼻。

不多时，画框和玻璃就被无限黑暗的力量吞噬了一半。萧遥停了下来，直接用蛮力扯开玻璃与画布。李瑞忙抱住软绵绵的阿娜——此时的平面魔法师，当真就像一张海报一样，还不是什么坚挺的铜版纸，而是那种软塌塌的宣纸。

李瑞小心地拥着阿娜，生怕一用力，就会碰坏这个“纸人”。然而，相比他轻柔的动作，忽然睁眼的同伴，她的动作简直可以用“粗暴”二字来形容——

平面的少女法师，忽然睁开了她那褐色的双眸。由于身体还有些乏力，阿娜没有直接起身，而是半靠在李瑞怀里，一边掏出了自己的法杖，指向实验室门口，那个正试图逃窜的人——柳书鸿。

原来，自药无医放倒了三名保安之后，察觉事情不妙的柳书鸿，就打算找个时机逃走。当众人都将注意力放在阿娜身上的时候，柳书鸿转身就跑——他跑得再快，也敌不过阿娜的魔法：

“寒狱冰龙，降！”

没有平时那活力十足的吟唱声，阿娜的声音显得有些低沉，但这并不妨碍她召唤出幻想世界的奇异神兽。

刹那间，实验室里狂风大作，冰晶从墙根处屋顶延伸，迅速将整个屋子封闭成了冰雪的牢笼。狂风最盛之处，竟将空间撕出了一个裂口。冰蓝色的脑袋自裂缝出伸出，巨大的犄角、威严的面孔和鼻翼上的胡须一一露出——分明是一条蓝色的神龙！

神龙全身覆盖着蓝色的鳞片，自时空裂缝中向外游移。它那双幽蓝色的瞳孔，锁定了柳书鸿。紧接着，冰龙张开大口——

呼啸之声几乎震破李瑞的耳膜。像是忽然坠入了冰窖一样，寒冷的空气让他直哆嗦。冻得全身直打颤的他，好容易抬起头望向前方，只见冰龙已化为钻石一般的冰晶，消失在空中。而柳书鸿，还维持着转身逃跑的动作，却已经被冻在了冰棺里。

使出术法之后，阿娜的身形晃了晃。被冻僵的李瑞一时扶不住，眼看着阿娜就要摔倒，忽然，药无医伸出胳膊，将阿娜稳稳托住了。

这位来自古代武侠世界的高大英俊的剑客帅哥，此时却露出了微微不悦的表情。他敛眉道：“娜姑娘，咱们身为创世界的守护者，却也不该多伤人命。”

阿娜斜了他一眼，并没有回答。静静休息了片刻之后，这位天才魔法师，终于恢复了气力。她直起身来，退后几步，用法杖指向柳书鸿：“这种无耻小人，杀了他还嫌脏了我的手呢！”

听了她嚣张的说辞，药无医的眉头皱得更深了。眼看他张嘴就要继续教育，李瑞赶紧出来打圆场：

“药无医，你放心啦，阿娜并没有想要取人性命。如果她要杀人，刚才就直接召唤‘炎龙气息’让这里变成烤箱了。她会使用水系究极魔法‘寒狱冰龙’，就是为了把姓柳的封在冰棺里，并没有伤人。其实这个效果，用高级魔法‘暴雪冰封’也能达到，但是这次阿娜实在太火大了，才使出究极魔法，出出气的。”

“啰唆！”自己的想法被同伴说出，阿娜白了李瑞一眼，扬手就要伸出食指弹他脑门。可当看见李瑞那血泥满身、狼狈不堪的模样，又看见他脑袋上那块脏兮兮的纱布时，阿娜放下了手。

虽然阿娜没有说话，但她感动的心情，已经通过脑波，传送到心意相通的同伴那里。李瑞“嘿嘿”地笑了笑，笑完之后却又是道歉：

“阿娜，对不起，如果不是我轻易相信柳书鸿的话，你就不会被抓了。”

阿娜拿法杖敲他的肩膀：“笨蛋！你越是这么说我越来火耶！好歹我也是天才魔法师，怎么就着了这个垃圾的道！喵的！好了好了，这件事以后谁也不许再提了！”

达成共识之后，四个人望向阿娜口中的“垃圾”。被冻在冰棺里的柳书鸿，正一脸惊恐的表情，那是他刚才看见冰龙被惊吓所致。而那三名保安，也被“寒狱冰龙”的力量波及，直挺挺地躺在地上，似乎是冻僵了。

见了他们，李瑞登时垮下脸来：“怎么办？阿娜的魔法被他们看见了，他们还以为我和萧遥是来学校偷东西的……这要怎么办啊？”

药无医沉吟片刻，沉声道：“这好办。只需让他们各自立下重誓，许诺今生今世绝不将今日之事说出便可。”

“切！”萧遥不屑出声。

“嘘——”阿娜也喝倒彩。

“喂……这个也太……”李瑞挠挠头，无奈出声。

其余三名同伴，一齐反对他的方案，这让药无医极是疑惑：“怎么？药某所言，有何不妥？”

“你当这是你的江湖啊，”萧遥在唇边勾勒出嘲讽的弧度，“现代人谁还信什么发誓啊？”

“没错。你真是 OUT 了。”阿娜如此评价剑侠。

“顶楼上，+1。”李瑞跟着附议。

药无医一脸苦闷，不再说话，显然在他的思维中，还无法接受“现代人不守信用”的说法。其余三人也不再理他，李瑞挠着脑袋拼命想办法，可头发都快给他挠掉了，还是想不出什么解决之道。啊啊啊！真想去《黑超二人组》借个钢笔啊，“吧嗒”一按，白光一闪，世界清静了。

“这也不难，”阿娜忽然开了口，“用‘精神创造’的力量，如果使用得当的话，应该可以篡改人的记忆。”

“什么？真的可以像黑衣人的自动笔一样，闪一下就可以删除记忆？”李瑞惊了，自己的绝招竟然还有这么强大的用处？

阿娜斜了他一眼，说：“哪儿有那么容易！如果那么简单的话，当初柳书鸿发现我的时候，我就让你用了！这个法术不能删除记忆，只能进行小规模的修改，而且必须将前因后果编排清楚，如果细节的逻辑对不上的话，也很容易被施术对象发现破绽的。现在也是没办法的办法了，我才不要那个人渣记得我的存在呢！”

“原来是这样啊，”李瑞摸摸后脑勺，咧嘴一笑，“不过有这种功能，也很厉害啦！没想到我除了放全息小电影，还能有别的用处。”

阿娜忍住想敲他的冲动：“笨蛋，谁让你妄自菲薄的？只要你好好掌握‘精神创造’的力量，不比萧遥的‘无限黑暗’差！”

萧遥瞥一眼李瑞，冷冷道：“想要超过我，再练一百年吧。”

李瑞尴尬地笑了笑，向阿娜询问用“精神创造”的力量改变记忆的方法。然后，他走到三名保安的身前，右手食指点在龚师傅的前额眉心，深吸一口气：

“精神创造。”

当李瑞喊出自己绝招的名字，空气中缓缓飘散的冰晶，转而化成点点光华。像是萤火虫一样，金色的光芒缓缓飘浮，聚集在李瑞的右手指尖，紧接着又缓缓地侵入了龚师傅的额头，继而消失不见。

李瑞如法炮制，将三名保安的记忆都修改了，这才舒了一口气。

“真是好没创意。”与李瑞心意相通的阿娜，是唯一知道李瑞想法的人。她的这句负面评论，让萧遥也好奇起来：“四眼，你怎么改的？”

李瑞“嘿嘿”一笑：“生物老师柳书鸿，半夜三更撬开实验室的门锁，企图偷走公款，并制造被小偷光顾的假象。他的行动，被正巧路过的保安发觉。”

萧遥给了他一个白眼：“果然好没创意，而且完全不符合逻辑。如果监守自盗的话，完全可以在白天人来人往的时候制造假象，因为校园里不乏闲杂人等，嫌疑犯的排查范围大，有相当难度。选晚上下手，那必须是非常了解实验室情况的人才能做得到，头号被怀疑问话的就是他自己。”

“呃……”被萧遥这一分析，李瑞登时无言，“我只是想以彼之道，还之彼身嘛……不管啦，反正无论怎么样，保安的记忆就是看到柳书鸿意图盗窃，他就是有一百张嘴也说不清。”

阿娜抬起下巴，冲柳书鸿所在的冰棺努了努嘴：“这杂碎要怎么办？”

“只要把从灵泉公园之后的记忆，修改一下就好了吧？就改成在公园里看见裸男怎么样？然后被裸男追到学校什么的，也让这个变态被变态追踪下吧！”一边不负责任地回答，李瑞一边走向柳书鸿，再度使出“精神创造”的力量，修改了对方的记忆。

当一切搞定之后，药无医将那扇被他拆下来的玻璃窗，又装回了原位。然后，四个人大摇大摆地从正门走出。在关上门的那一刻，阿娜“啪”地打了一个响指。在门的背后，屋子里的冰雪顿时粉碎，消失在空气里。

三名保安首先醒来。龚师傅从地上爬起来，他摸着后脑勺，疑惑地望向四周：“我怎么在这里……啊！偷东西！”

保安们迅速将柳书鸿围住。然而，柳书鸿却像是完全没有注意到眼下的状况，他只是怔怔地望着前方，嘴里嘀嘀咕咕地重复着：“藏品……我的藏品……”

记忆之中，是一片混乱。他隐隐约约地记得，自己丢失了一件非常重要的藏品，却怎么也想不起来，究竟是丢了什么。柳书鸿冲到橱柜面前，抖着双手拿出钥匙慌慌张张打开橱门：

一排排被解剖的动物，一瓶瓶被泡在药水中的内脏，让保安们变了脸色。而柳书鸿只是一遍又一遍地数着玻璃瓶，喃喃地念叨着：

“藏品……我的藏品……”

在柳书鸿混沌的脑中，忽然响起了一个声音。那是仿佛金属摩擦一般的诡异音调，不带任何感情，只是以平静却诡谲的语调，缓缓陈述道：

“你的愿望，我收到了。终极狂热，即将降临。”

在窗外黑暗的夜空中，一只红色的眼睛，骤然亮起。

PART 09
UFO？ 3D BOSS不好推

清凉的夜风轻轻拂过，吹动校园内的树木，发出“沙沙”的声响。闪耀的星辰，像是点缀在黑色天鹅绒上的细碎钻石，散发着迷人而璀璨的光芒。

明明是相同的夜空，可因心境的不同，眼下的世界显得如此可爱。李瑞深深地呼了一口气，像是将心中的不甘与憋屈都叹尽了似的，随即轻笑起来。可这一笑，却让他发出了小声的痛呼：

“哎哟……”

当所有的紧张感退去，终于放下心来之后，额头上、膝盖上的伤口，像是约好了似的，一齐发出隐隐的钝痛。李瑞终于忍不住歪了嘴角，疼得他“嘶嘶”地直抽气。

听见他的痛呼，身侧的三名同伴，表现各不相同——

“笨蛋。”阿娜斜眼瞥他，手中的法杖轻轻敲了敲他的肩膀。

“……”萧遥没言语，只是向他投以鄙视的眼神。

“男子汉大丈夫，区区小伤，何足挂齿。”正直的武林高手药无医，无论什么时候都不忘教育人。

呜呜呜呜呜呜，他怎么就这么命苦，没有一个同伴能安慰他两句啊！老天啊，既然要他做创世界的斗士，好歹配备一名治疗系的医师吧！无论是动漫还是游戏，哪里有纯攻击系、完全无治愈的队伍去打BOSS的啊！

被同学们称呼为“宅男”的少年，不由得吐槽自己的同伴们。精通动漫与游戏的他，却很难给自己所在的这支四人小分队做一个定性：S级的炮台魔法师，S级的高攻剑客，S级的黑暗巫师，再加上一个可怜的没有攻击能力的他……苍天啊，大地啊，泪流满面求转职啊！

然而，无论是苍天还是大地还是诸路神佛，都没有接收到他的求职短信。作为队伍中唯一一名非高攻战斗系的辅助人员，疼得龇牙咧嘴的李瑞，只有一瘸一拐地向前走，并考虑学习一门医护急救学科的必要性。好在药无医还比较有侠义精神，伸手扶住了李瑞的胳膊，架了他大半重量。

这位来自武侠游戏世界的一流剑客，眉头微敛，语重心长道：“天将降大任于斯人也，必先劳其筋骨。只这般小伤，便步履蹒跚、下盘不稳，小兄弟，练武需刻苦用功啊。”

又被教育了。李瑞哭笑不得，只得随口应付道：“是是，等我回去就加强锻炼，行了吧？”

药无医并没有听出李瑞话语中敷衍的意味，严肃的剑侠微微颔首：“小兄弟有这份决心，自然是最好不过。”

“……”这次李瑞连吐槽的力气都没有了，他只能偏过头望向萧遥，目光中充满了同情与理解。这个时候，他深深、深深地体会到了萧遥的郁闷：虽然药无医是很厉害很正直没错啦，但是摊上这么个说教狂，谁能不暴走啊！还是他的阿娜好，虽然脾气暴躁了点，虽然行为可怕了点，虽然……

“喂！你想死一死吗？”

阿娜的声音，打断了李瑞的思考。面对心意相通的同伴，少年只有把一切腹诽收进了肚子里：呜呜呜，他明明是在想阿娜的好处啊，实话实说也不行吗……

扑通！扑通！

就在这时，李瑞突然觉得脊背一凉。骤然传入耳膜的心跳声，中止了他的思绪。这种奇异又强烈的违和感，他已经不是第一次察觉到了。李瑞抬起头，望向身侧的伙伴：药无医一脸凝重，阿娜举起了法杖，萧遥已在掌中蕴起“无限黑暗”的能量。

是创世界的角色。李瑞可以肯定。可是这种强大的压迫感，是他从未遇到过的，无论是人鱼小姐还是影子武士，都不曾带给他这么沉重又可怕的压迫感。空气中像存在一支无形的指针，引导着李瑞，他下意识地望向压力来源的方向。

办公楼的上方，那片深沉的夜幕之中，隐隐约约地聚起一团烟雾状的东西。那灰白的颜色涌动着，低低地笼罩着大地，像是在天地之间张开了阴霾的大网，将地面上的人们牢牢锁住。

在这阴沉的牢笼之中，李瑞感觉到一种难以言喻的压力，他不由自主地向后退了一步，而在他身侧的药无医，则是向前跨出了一大步。这位贯彻着侠义精神的剑客，自然而然地把三名同伴护在了身后。注意到他的动作，李瑞不由得汗颜起来：唉，丢人啊，人和人的差距怎么就那么大呢。

被羞愧所困扰的少年，也学着剑客的样子，挺直脊背，想要充当一回英雄。然而，他刚刚抬起脚，轰的一声，仿若爆炸般的巨响，在天际炸开。

伴随着骤然响起的轰鸣声，大楼的窗户尽数破裂。同时被震碎的玻璃，本该发出嘈杂的声音，但那动静和天际的轰鸣声一比，渺小得可以忽略不计。李瑞举起双手，死死地捂住耳朵，却无法阻止那可怕的噪音清晰地撼动自己的耳膜。

因为爆裂之声而痛苦不堪的众人，一齐将目光投向声源——那团涌动的雾霾之中，隐隐约约地透露出一丝妖异的红光。就在李瑞微微眯起眼睛，想要看清那红色光线究竟是什么东西的时候，忽然，烟雾急退，一只鲜红的、硕大的眼珠，出现在众人面前！

眼前的场景，让李瑞呆住了。深沉的黑色天幕中，涌动着灰白的烟雾，在烟雾的中央，一只巨大的红色眼珠，正诡异地注视着地面上的人。这场面好像是一幅拙劣的画作，绘画师则是恶趣味的撒旦与恶魔。

“索……索伦？”

精通奇幻作品的宅系少年，以几近虚弱的语气，将那个禁忌的名字念出口。

这可怖的魔眼，难道是《指环王》里的大魔王索伦？完蛋了，死定了！无论是小说还是电影里，索伦的力量都是绝对具有压倒性的，属于一跺脚大地都要抖三抖的强力终极BOSS。由人类、精灵、树妖组成的反抗联盟军，集合了几十万人马，都干不过索伦。现在就凭他们四个，能搞定这么一个大魔王？

更糟糕更要命的是，天上这个红眼魔，绝对不是二维平面的纸片人。也就是说，这个家伙是从三维空间的创世界跑出来的。苍天啊，大地啊，君将哀而生之乎？

少年在心中默默哀号。先前的斗志，随着涔涔冷汗，一齐流淌出体外。不仅是他，就连以“贼大胆”著称的萧遥，都变了脸色。

“炎龙气息！”

队伍中唯一的魔法师，挥舞着法杖，祭出火焰系的究极魔法。本该撕裂天空的炎之箭，却并没有能召唤出火之巨龙——事实上，巨眼周围的灰白烟雾，瞬间将阿娜的魔法吞噬。

烈焰在进入雾霾之后，立刻消失了踪影。紧接着，在那昏暗的迷雾之中，隐约闪烁起碧绿的光芒。那是俗称“惨绿”的颜色，然而此时却并非评价“红配绿，丑得哭”的好时机，因为那巨大的、惊人的红色魔眼，眨动了——

灰色迷雾瞬间变色！惨绿的雾气之中一只可怖的红眼，这画面怎么看怎么诡异！可更诡异的是，红色瞳孔突然爆出万丈红光！

放射状的红色射线，从天际向地面袭来，伴随而来的，还有阵阵轰鸣。就在李瑞和萧遥看傻了眼的时候，药无医飞身扑上，将两名少年摁倒在一旁。而他们原先所站定的位置，地面上出现了两个焦黑的坑洞——红色射线直将水泥地击穿了一米深！

“我擦嘞，这是个什么玩意儿！”

不良少年惊异地望着被击穿的地坑，那是一个规则到完美的三角锥。每个边的边长都是一米，而深度，根据目测，也该是一米左右。

“这……也太高科技了吧……”虽然差点就被K成了人形炭烧，但是一颗“技术宅”之心，让李瑞忍不住吐槽。如此规整的坑洞，怎么看也不像是《指环王》那种蛮荒奇幻时代的产物。难不成施放魔法前，还要估算一下长宽高吗？

仿佛是为了证明李瑞的想法，巨魔眼迸发出更多的红色射线。激光线条比任何利刃都要锋利，将水泥地精确地切割开来，轻松得好像是在切豆腐。

想到刚才那一瞬，如果不是药无医身手敏捷，自己就要被切成人肉了，李瑞一阵后怕。更让他心跳加速冷汗直流的，是对未知事物的惊惧：

如果这个庞然大物不是索伦魔王，那它究竟是什么？比魔王更加可怕的三维大 BOSS，这次真正是死定了……

杀人激光线可不会给众人思索的时间。那看似瑰丽实际要人命的夺命射线，自红色魔眼处嗖嗖地爆出，几乎要形成一张工工整整的经纬网。仿佛是西洋象棋的棋盘那样，地面被切割出若干以三角锥为单位的变异马赛克。

四人左蹦右跳地逃避激光射杀：身为古代侠客的药无医，凭借其卓越的轻功，潇洒闪躲；运动神经相当发达的萧遥，上蹿下跳地将逃命玩成了“跑酷”；2D 魔法师阿娜，则吟唱出“微风之灵”的咒语，凭借风魔法的力量，使自己飘浮在空中——以她平面的身体，想要躲避射线的追杀太容易了，比起其他人，她的目标要小太多太多了；最狼狈的就是李瑞，这个沉迷于动漫游戏的“ACG 三栖”宅男，简直使出了吃奶的劲，手脚并用、连滚带爬，好容易才险险保住了他那豆芽菜般的小身板。

然而，随着红眼巨魔不断迸射出更多的杀人激光，渐渐地，就连药无医和阿娜都无法应付如此密集的攻击。“枪林弹雨”这样的形容，在这死线的侵袭面前黯然失色，这简直是一张编织得密密麻麻的激光网，将众人笼罩在中间。最终，四个人不得不站在唯一一块幸存的三角形的水泥地面上。

“雷电之壁！”阿娜大声呼喊，念诵雷电系魔法的咒文。原本应该从天空直劈而下的惊雷，在那惨绿迷雾中，被削弱成零星的暗淡电光。一束小小的电火花，“噼里啪啦”地闪烁着，可怜到用一只手掌就可以熄灭它。

以“嚣张”著称的天才魔法师，狠狠地瞪了那红色魔物一眼。在阿娜的字典里，从来就没有“放弃”这两个字，她高高地举起法杖，不甘心地大吼：“雷电之壁！雷电之壁！雷电之壁！雷电之壁雷电之壁雷电之壁雷电之壁！”

即使是在这般危急的情势下，李瑞脑袋里的吐槽神经，也还是让他不自觉地产生了“这咒文念得跟段子‘报菜名’似的，阿娜要是不想做魔法师，考虑转职去当相声演员也不错”这样的评价。正在他胡思乱想的时候，阿娜通过重复吟唱咒文的方式，将被削弱的细小雷电组合起来，硬是编成了一道闪烁着耀眼电光的电之墙。一时之间，闪电轰鸣阵阵，两名少年不约而同地捂住了耳朵，这是名副其实的“如雷贯耳”了。

似乎是被阿娜的魄力所威慑，那红眼巨魔也停止了发射激光的动作。就在阿娜得意地打了一个响指时，忽然，巨眼的中心迸射出一条红色激光——

红光犹如利箭般划破天际，笔直地击向阿娜的雷电之壁，激起一阵火花后，被电网中先后闪烁的电光，折射向相反方向，紧接着又被另一束闪电反射，再遇上下一个闪电……顿时，被折射的光线四处乱窜，完全无法预期那破坏性的射线将要指向何方。

一片混乱之中，眼看着红色杀人线直冲面门而来，李瑞惊得“哇哇”大叫。一声凄惨的“阿娜”刚刚喊出口，心意相通的魔法师已经挥舞法杖，在他面前再次召唤出“雷电之壁”。

闪烁的电火花打上了少年的鼻尖的位置，“雷电之壁”却在同时反射了红色激光，将其击向巨魔眼。杀伤力巨大的高科技光线，划破了惨绿雾气所聚集的结界，击中了魔眼——

“轰隆——”

一声闷响，与纪录片中原子弹爆炸时的声响差不多。血色光芒笼罩了整个巨眼，激起滚滚烟尘。

“哦耶！”李瑞顾不得抚摸自己被电黑了的鼻头，蹦跶起来，大声欢呼。

“嗯，以彼之矛攻彼之盾，”药无医微微颔首，赞许道，“娜姑娘果然聪慧过人，实是女中豪杰，巾帼不让须眉。”

虽然被“巾帼英雄”这样复古的评价给囧到了，可阿娜还是挑了挑眉，极潇洒地一甩法杖，在指尖绕出一个绚丽的火焰之圈。

这个动作对于李瑞来说，是再熟悉不过的。那是游戏《虹之彼岸》中，阿娜在战斗胜利时所做出的专有动作。眼下，不用隔着液晶屏，可以近距离、全方位、高清无损画质地欣赏到，少年的心中涌出一种属于“宅”系人群特有的感动。他甚至能感觉到法杖尖端那飞溅而出的零星火花所散发出的微微热度，听到火星在空气中燃烧、继而熄灭的细微声响。什么 IMAX，什么全息电影，都不能比拟这热血沸腾的感受，活生生的游戏角色就站在自己面前，成为自己一起战斗的同伴，李瑞几乎涌出感动的泪水：

“阿娜，帅呆了！”

面对少年的赞赏，2D 的美少女魔法师得意地斜了他一眼，“唰”地将法杖收回腰际。但是这样耍帅的动作并没有持续太久，因为当烟尘散去，在众人想象之中本该被击溃的巨眼魔，再次出现在他们的面前，并且毫发无伤。

那鲜血般的红色和惨淡的绿色，此时一同消逝。“红眼巨魔”终于露出了它的本体——没有激光色彩的映照，那是一个巨大的、闪烁着金属光泽的、规则的椭圆形物体。从其底部喷射的蒸汽状的推动器来看，这货分明是——

“UFO！”

脱口而出的判定，让少年自己都不敢相信。尼玛从剑与魔法的魔幻BOSS，摇身一变成为高科技的天外来客，这落差也忒大了吧！难怪阿娜的魔法攻击都没什么效果，尼玛原来根本不是一个体系的啊！魔法再彪悍也是属于地球文明，这不明飞行物直接将战斗难度提升到了宇宙级！尼玛从《黑超特警组》到《天煞反击战》到《洛杉矶之战》到《天际浩劫》再到《变形金刚》哪个不是外星人将城市打了个半残主角死了一打盖国旗的都能凑成一个师最后好容易好狗运才把外星人赶跑还不是赶尽杀绝……

李瑞的吐槽之心如滔滔江水连绵不绝。想他看动漫读小说玩游戏无数，就从来没见过像他这么衰的主角，没有攻击技也就罢了，明明还只是LEVEL3的贫弱小团队，面对的BOSS却都是个顶个的业界大佬，随便哪一个都能把他轰杀至渣！苍天啊，大地啊，他还怎么活啊！

之所以如此危急关头，还能胡思乱想这么多，实在是因为李瑞毫无对策，眼下完全处于“死猪不怕开水烫”的摊平等死的状态。

好吧，既然外星人已经欺负到头上了，再怎么也得想办法对付下吧。首先要想一想这玩意儿究竟隶属于什么系统。也就是说，必须搞清楚它是从什么创世界来的，他的“精神创造”的力量才能有所作用。但以外星人大战为背景的动漫游戏实在太多，正如先前所吐槽的那样，随随便便不用多动脑子就能数出好几部电影，还不包含大量的动作游戏。现在他们唯一的线索就是这家伙是3D的，亦即本体创世界是3D电影或者3D游戏。

神啊，不了解UFO的背景也就罢了，更糟糕的是，现在四人小队中，没有一个人可以跟UFO打对抗赛啊！阿娜的魔法先前已经试过了，根本不是一个系统的嘛！药无医他再飞檐走壁以一当千，也只是个古代大侠，是个人，血肉之躯哪里打得过宇宙飞船的武器装备？更别提他和萧遥这种苦逼的高中生了……

与脑补丰富但行动懦弱的李瑞截然不同，“坐以待毙”绝非萧遥的行动指南。不良少年微微眯起眼，打量UFO的同时，已经在掌中孕育出“无限黑暗”的力量。

在他手掌上的方寸之间，忽然聚集起虚空的碎粒，渐渐形成了一个迷你的宇宙黑洞。萧遥毫不迟疑地将之向飞船狠狠掷去！

红色魔眼骤然亮起！这下子众人才看清，原来那是幽浮的防护罩，仿佛是一个红色的光之壁障，阻隔了一切攻击接触到飞船的金属外壳——好吧，也许那不是金属，总之是不知道什么玩意儿的类金属的船体。“无限黑暗”的力量被红光阻隔，而那像是瞳孔一样的光圈，则锁定了萧遥——

下一刻，杀人激光再出！

面对光速般的可怕攻击，萧遥根本来不及反应，更何况眼下四人脚下只有方寸之地，就算逃又能逃到哪里去呢？眼看激光就要射穿萧遥的胸膛，忽然，一个黑影闪过！

众人只觉得耳边有清风拂过，当大家回过神，定睛一看，只见一个高瘦的身形，挡住了暗夜中不寻常的光亮，只留下一个阴暗的背影。

原来，在千钧一发之际，药无医运起轻功，纵身一跃，迎着那光束高高跃起，为萧遥挡住了致命的光线。

激光穿透了他的胸膛，直打穿出一个圆形的小窟窿。焦黑的边缘慢慢扩大，吞噬了心肺，吞噬了骨骼，最终将剑客的躯干燃尽。飞灰在半空中飘浮，一阵夜风吹过，最终消散成不可见的尘埃……

李瑞惊呆了，所有人都惊呆了。萧遥面如土色，他伸手探向空中的灰烬，想抓住同伴曾经存在的证明。然而，当他的指尖触及飞灰的那一瞬，灰烬轻轻地粉碎，只在他掌中留下几点黑尘，随后又被夜风吹散了……

可怖的UFO似乎终于满足了，再也不与剩下的三人纠缠。椭圆形的飞行器缓缓地升空，最终消失在深沉的夜幕之中。

“药无医！”最先怒吼出声的，不是与剑客最为熟悉的萧遥，而是李瑞。

这个心地纯良的少年大声嘶吼，呼唤剑侠的名字。虽然他和药无医相处的时间并不长，打过的交道也不算多，但是那个会说“君子之道”，会说“天将降大任于斯人也”，会说“小兄弟你要加强锻炼”，会说些乱七八糟的古代哲言，会BALABALA地进行思想政治教育……那个正直而古板，那个满口仁义道德，那个会在危机关头出现解救阿娜，那个会以身躯挡在他们面前的侠客……他不相信，他不相信这么好这么正派的一个人，就这样没了！

“阿娜！阿娜阿娜阿娜，”李瑞抓住同伴的手臂，慌乱地摇动着对方的手，急道，“你们是创世界的导师，你们是从游戏世界来的，绝对不会死的对不对？游戏GAME OVER了，都可以读档重来的对不对？你告诉我，药无医没有死对不对？”

被质问的少女魔法师，并没有回答少年的疑问。她的沉默让李瑞更加激动，他重重地甩开阿娜的手，转而抓住萧遥的肩膀，用力地摇晃着：“你和药无医心灵相通，你一定知道他不会死的对不对？游戏角色死亡掉级掉装备就是不会丢性命对不对？对不对你他妈的说话啊！”

连珠炮似的问了一连串的问题，却得不到自己想要的答案，得不到一个让他心安的肯定，李瑞终于暴走了。懦弱的少年，第一次向不良少年爆出粗口，仿佛是要将心中的憋屈全部发泄出来，李瑞“尼玛、尼玛”地骂个不停，骂到最后，他双手捂住脸孔，将脸深深地埋进了掌中。

突然，一只大手砸向他的后脑勺，将李瑞从无声的哭泣中拉了回来。少年透过水滴，看见的是萧遥扭曲的脸孔。

萧遥的面容惨白惨白的，像是涂了女生用的粉底。李瑞从来没有看见萧遥这么怪异的脸色，像是哭，又像是在笑。只见他带着那种似哭非哭、似笑非笑的扭曲表情，缓缓开口：“你说的没错，他没死，他不会这么简单就死。”

“啊？”这下轮到李瑞傻了，他不知所措地愣在那里，傻不棱登地盯着萧遥。

只见萧遥伸出右手，指了指自己的脑袋。

李瑞终于会过意来：和药无医心意相通的萧遥，两人可以用脑波沟通。这么说起来，一定是药无医没有事，并且联络了萧遥！

“太好了！”李瑞高举双臂，大呼“万岁”。喊着喊着，泪水自眼眶不由自主地滑落，李瑞抬起胳膊狠狠地抹了抹眼睛。不想被同学嘲笑的他，刚想吐槽两句“我就是感情充沛嘛，哪像你这个冷血动物都不会难过的”，可当他抬起眼，只见萧遥忽然转过身，抬手抹了一把脸。

这个家伙……李瑞暗暗好笑。曾经惧怕、曾经不屑、曾经挑战过、曾经求助过、曾经共同奋战过的不良少年，在此时突然变得顺眼了许多，就连那张酷酷的冷脸，也显得可爱起来。

在收到药无医的脑波信号之后，众人的欢呼并没有持续太久。如果说在那种情况下药无医并没有危险，那一定是被那个 UFO 带走了。同伴的平安很可能只是暂时的，变态外星人什么时候动手伤人，都是难以预料之事。再加上脑波同步的效用有范围限制，当 UFO 飞离之后，萧遥就完全联系不上自己忠诚的剑客了，更无法得知他后来的情况。大伙儿又再度陷入了焦急状态。

“咱们一定要把药无医救出来，”多话的宅系少年，语无伦次地说着废话，“阿娜，萧遥，你们脑子那么好，一定有办法的！”

脑容量用平面计算的阿娜，思索了片刻之后，将目光投向与自己心意相通的少年：“要救药无医，就必须打败那个 UFO 和它的主人。刚才你也看见了，魔法力量对它无效，‘无限黑暗’的力量也十分有限，想从外部搞定那个大家伙，基本不可能完成任务，唯有从内部攻击，才能打败它！”

“对对，从内部击破，”李瑞忙不迭地附和同伴的话，可当他会过意来却傻了眼，“内部？那玩意儿我们怎么才能打入内部啊？难不成扮成小 E.T. 玩‘无间道’？”

被自己的想法囧到了，李瑞急得直抓头发。别说“无间道”这么高深的间谍心理战术，外星人吃不吃这一招了，就说这 E.T.，他也根本不知道它们是哪种啊。电影里的外星生物千奇百怪，长得圆的方的扁的，什么样的都有，这不就是扮成耗子到猫窝里说“我们之中有奸细”吗？

说到最后，想要打败 UFO，首要的问题就是要搞清楚这家伙究竟是从哪一个“创世界”穿越过来的。现在唯一的线索只有 3D 世界这一条而已。

想到药无医的处境，宅系少年就一阵自责：如果自己能想出 UFO 究竟来自哪个创世界，就能对付它们了，说不定药无医就不会被抓。都是自己没用，说什么熟悉动画漫画游戏是影视 ACG 的“三栖人”，可到关键时刻一点用处都派不上！他甚至看不出一点眉目来，连这红眼的幽浮是属于 3D 电影还是 3D 游戏，都不能确认！

少年的自责，通过脑波传达到阿娜的意识里。平时被冠以“暴力”“嚣张”等负面词汇的少女魔法师，此时以她独有的方式安慰自己的同伴。伴随着一声短促的吟唱，“冰晶”如同她的咒文那样，被召唤到阿娜的手心里。仿佛钻石一般晶莹璀璨的冰凉晶体，被她一巴掌拍在李瑞的脑门上：

“喂，你给我冷静一下，”依然是丝毫称不上“温柔”的语气，但话语中却是掩饰不住的关切，“你当你的脑袋是什么，电脑吗？创世界有成千上万个，而且还在不断增加，你以为你有过目不忘的本事吗？想不起来不是很正常的事吗？有空自责什么的，还不如赶紧去给我查资料！”

虽然口气不善，但话糙理不糙。感受到了同伴的安慰，李瑞深吸一口气，重重地点了点头：“嗯，我明白了！我这就回去补课！”

萧遥却一直沉默，并没有对李瑞和阿娜的说辞发表一点看法。他紧蹙眉头，正持续不断地尝试和自己的剑客建立精神连接和沟通。然而，除了药无医消失之后，曾经告诉他一句“无恙，勿念”之外，再也没有更多的联系了。

以“正直”著称的古代侠士，满口“仁义道德”，是会做出传说中“牺牲小我，完成大我”的事情来的人。所以萧遥有理由相信，药无医的这句“无恙”，可能打了很大折扣，甚至有可能……他不敢再继续想下去。

酷酷的少年是不会将“不安”这种动摇的神色流露在脸面上的，但是此时的萧遥，心里荡起了轩然大波，其汹涌程度不亚于八月的钱塘潮。越是担心急切，萧遥就越是面无表情，“装酷”似乎已经成为他的一种特殊技能。

“萧遥？”耳边忽然传来熟悉的声音，那是来自从前被他瞧不起的四眼男孩。萧遥循声望去，见到的，是一张写满了关切的年轻面孔：

“你没事吧？”曾是他欺负对象的懦弱少年，继续说下去，“萧遥你放心，咱们一定能把药无医救出来的！”

仿佛是为了表达自己的决心，宅系少年握紧了拳头，将胳膊肘狠狠地向下一砸，展现了一个很卡通的动作。萧遥似乎能看见对方背后展现出一幅大海澎湃的动漫背景。

同伴的这个动作，让萧遥冷酷的表情有融化的趋势，最终，他点了点头：

“嗯！”

将所有的担心和疑虑放在一旁，重拾了信心与冷静，萧遥思考了片刻，随后拿出了不良少年老大的做派：

“四眼，你先回去翻资料，想办法搞清楚那个浑蛋玩意儿究竟是个什么来头。阿娜，你去四眼家里，上网看电视。突然出现一个UFO，肯定有好事的人拍照片上传到网上。手机你会用吧？看到消息就打我手机。我现在联络不上药无医，心灵相通有范围限制，我需要知道UFO在哪个地区出现！”

“OK！”李瑞给他一个“了解”的手势。这位脑袋上还扎着绷带、灰头土脸的四眼少年，也不顾腿上的疼痛，一路小跑着向校门外奔去。

阿娜在确认了萧遥的电话号码之后，又吟唱出风系低级魔法的咒文："微风之灵！"

顿时，清凉的微风将萧遥包围，让他的身体变得轻盈起来。

"'微风之灵'可以增加速度，效用时间30分钟，"阿娜向萧遥解释，"喂，别学着那傻大个逞英雄！真要发现那个外星神经病，电话，你懂的！"

萧遥点头，再不啰唆，借着风之精灵的庇护，向飞行器消失的方向狂奔。

当李瑞、阿娜、萧遥三人开始分头行动的时候，药无医正被无形的牢笼束缚着。

这是一个封闭的房间，既没有门也没有窗，墙壁是用一种类似金属的不明材质制造而成的，闪烁着银色的光芒。在房间的中央，飘浮着一块银白的平面板材，它的存在丝毫不符合地球的力学逻辑。而药无医此时就躺在这张平板上，全身僵硬的他，甚至连动一下手指的能力都没有。

被点穴了。

——这是药无医脑海里浮现的第一个念头。然而下一刻，这个属于武侠世界的判断，就被他自己否定了。应该是中了麻醉剂，一番思量后，药无医为"点穴"找到了科学解释。身为被创世界派遣来现实世界的斗士，关于各个次元的常识和非常识，他都用心学习恶补过。所以，被外星生物抓到宇宙飞船里，这个可悲的事件，还不至于对他造成翻天覆地的精神冲击。

然而，理解是一件事，感受便又是另一件事了。当自己引以为傲的武功无法施展、被无形的绳索束缚而无法动弹之时，剑客连锁紧双眉这个简单的动作都无法做到，只能维持着一种可怖的静止状态，瞪眼望着那银白色的天花板，脑中思绪一片纷乱：

当被那杀人激光击中时，药无医甚至无法回头去确认自己的主上是否安然无恙，就感受到自身体内部传来的违和感。他只来得及低下头，所见的，是自己的身躯逐渐湮灭的景象。仿佛是被地狱之火灼烧，被激光击中的地方发散出难以忍受的炽热，他只能眼睁睁地看着自己化为尘埃，消散在夜风之中，灰飞烟灭。

至少要让主上安心。

——这是忠诚的剑客，堕入无间地狱前，脑中唯一的念头。他以惊人的意志力，将所有恐惧、不安、忧虑的情绪全部压制下去，以脑波向萧遥传达出“无恙，勿念”四个字。这是他给予同伴“最后”的留言。

“最后”，至少他是这么以为的。可事实上，当他睁开眼，等待他的并不是漆黑血腥的阴曹地府，而是这么个无菌室一般的纯净空间。不过在这种时候，或许牛头马面都要比这干净纯洁的白色可爱上许多，至少前者是具象的，而后者所代表的外星生物还指不定长成个什么样呢。虽然心中怀有对未知生物的疑虑和不安，可在武林中经历种种腥风血雨却从不低头的侠客，很快镇静下来，并且打量起这座纯白的牢笼。

连监视器摄像头都瞧不见，更别提什么门扉和接口了。无论以古代人还是现代人的眼光来看，这房间都可以用“鬼斧神工”来形容。来自武侠江湖的药无医，实在想象不出外星人要从哪里进入屋中——他的疑问很快得到了解答，因为奇异生物很快显出了惊人的身影：

自银白天花板处，突然降下了一场豪雨。不知从哪里渗出的雨滴，夹杂着微微的蓝色光芒，击打在地面上，很快就在光滑的地板上形成了一摊水洼。令人意想不到的是，这摊水洼，竟然动了！

不是平面上的波动，而是垂直方向上的运动。水流突然立起，完全违反常识与力学原理，向上方聚集涌动，并渐渐形成一个类似圆柱的不规则形体。微蓝的液体涌动、翻腾，在不知道从何处发散的光源之下，反射出粼粼波光。伴随着波光闪烁，一个不够规则的椭圆体渐渐形成。

那是接近头颅的形体，水流在体内旋转，卷起两个平齐的漩涡。深深凹陷的漩涡，一齐对上药无医的面容。虽然没有眼珠存在，但是那漩涡不停地转动、变化，似乎在打量他一般。

都说女人是“水做的人儿”，但面前这个真真正正的水人，却远远没有女子那么温存可爱。“它”以滑动的状态逼近药无医，“哗啦”一声，亮出了两只类似双手的上肢。在上肢的顶端，是两个高速旋转的水轮。飞溅的水花似能割裂一切物体，水轮发出高转速的刺耳声响，看那样子应该比电锯更加锋利。

由液体组成的外星生命，挥舞着手中的水锯，向药无医逼近。年轻的剑客奋力挣扎，想要挣脱无形的桎梏，就在此时，似乎麻醉药到了时限，他的手脚忽然能动了！

药无医纵身一跃。说时迟，那时快，就在他起身跳离平板的那一瞬，“水人”手中飞速转动的水轮就撞上了剑客先前所躺的位置。瞬间，平板被切割开来，整齐平滑的切口让人格外心惊。

剑侠急退数步，抽出腰间佩剑，戒备地望着面前的敌人——如果那家伙可以算是“人”的话。从“水人”的脸上看不出任何情绪，两个水漩涡翻腾涌动，只以那深深的凹陷锁定药无医。

突然，“水人”再袭！它以超乎想象的速度向药无医飞驰而来，高举的水锯眼看就要切下剑客的头颅，药无医退无可退，一脚踏上墙壁，已如大鹏展翅一般，纵身飞跃。

然而，剑侠万万没想到的是，这墙壁太过光滑，摩擦力几乎为零。他这一脚运用了上乘的轻功，在全无摩擦的情况下，连稳住身形都是一个难题，更别提借力打力了。他这一跃，虽避免了被切穿脑门的危险，可是锋利无比的水轮却朝他的肩头切去。

眼看着就要被卸下一条胳膊，药无医把心一横，送出右臂，同时祭出无上的凌厉剑法，直刺“水人”眼窝！

有道是“抽刀断水水更流”，如果这一剑是刺在“水人”的肢体上，必定无法给予对方重创。不过这“水人”倒也不是全无破绽，药无医只有赌，赌这对漩涡就是“水人”的要害。

果然，“水人”向后退缩，一双水锯终究没有砍下药无医的胳膊。但是在这战局之中，那高速旋转的飞轮所溅出的水花，却像是细碎的刀片一样划过空中，四处飞散。药无医一心制敌要害所在，对于水花的重创，他一应忍下。

甚至，当他的右眼被水刃横穿而过的时候，他也不曾皱下眉头，只是将手中的长剑舞得更狂。

鲜血自右眼的创口处滑落，沿着剑侠的面颊，刻下一条鲜红的血印。伴随着剧烈的痛感，右边视野一片黑暗。

药无医咬牙，以仅剩的左眼视物，向“水人”发起了第二波的进攻。他一人一剑，剑光有如飞虹，身形有如利箭，直直向“水人”冲击而去！

这一剑招，正是传说中的“长虹贯日”。剑气凌厉，暗藏十余种变化，伤敌

封穴，能令对手瞬间丧失战斗能力。以药无医剑术之精湛，世上能挡下这一招之人，实是屈指可数。

可问题是，眼前的家伙它不是人啊！“长虹贯日”这一招，御剑制敌，可无论是劈、砍，还是刺，都无法给予这个“MADE OF WATER”的家伙，带来任何伤口。而封穴的功效就更是渺茫——外星人有穴道给你点吗？

所以，任那江湖上鼎鼎有名的一代高手药无医，剑术登峰造极，武功境界盖世无双，也奈何不了外星生物分毫。毕竟，药无医毕生所学，都是基于地球上的生物与力学原理的，现在突然给他一个H_2O基的家伙让他PK，他要是还能够轻易制伏，那就不叫“武侠剑客”，该叫“宇宙战警”了。

对方显然也看出了药无医的问题所在，“水人”只退缩了几秒，便再度举起它手中的水锯，向面前的人类直冲而来。由于地面无比光滑，加上它那不知道该称呼为“脚”还是“底盘”的东西完全由水流构成，所以“水人”的冲击速度相当惊人！别说奥运会短跑冠军了，就连地球上瞬时速度最快的猎豹，也未必是它的对手。

药无医只有闪躲。由于只剩下左眼能看清事物，在视觉上对距离的把握有了不小的偏差，这名善战的剑客只能凭借作战多年的直觉，来面对这跨越星际的敌手。然而，就像先前所说，就算他武功再高，也无法突破地球武学的限制，遑论KO外星人了。

英勇的剑侠却并未放弃，哪怕胜算渺茫，哪怕无计可施，他也不曾退却。他只是将手里的长剑握得更紧，将剑招舞得更狂！

战至最后一瞬！这是剑侠此时唯一的执念。他足踏两仪，生四象，银龙长啸，剑吟不绝。剑气飞荡，在银光之下化作一条银龙，径直向“水人”击去——

这一招名为“九俱焚灭”，乃是玉石俱焚、同归于尽的招数！

药无医出这一招，心中自有考量：此招一出，必入无还之道。对敌之后，自身亦气空力竭而亡，不致受这异类折辱。

思及此处，药无医将心一沉。他一人一剑，几成一体，飞纵于长空，如流星赶月一般，剑气横扫四周，浩气如潮！

若对手乃是血肉之躯，在“九俱焚灭”一击之下，断然留不住性命。可药无医这一招尚来不及完全使出，那外星生物便骤然分解成片片水花，让他失了目标。

但剑客这半招也已让自己气空力竭，他一手持剑撑住身形，恨瞪那诡奇的生物——

“水人”周身的水花瞬间回到它的身上，而那对水锯越转越快，眼看着就要切上药无医的脑门……

“咚咚——”

突然响起的敲门声，将进行到白热状态的战局打断。

PART 10 千米高空大作战

UFO所在的位置，是距离地面七千米的高空。这种地方怎么会有敲门声？

比起药无医，“水人”显得更加惊讶。当然，它那水流构成的脸上没有“表情”二字可言，但是它手中的凶器突然降低了转速，一对漩涡之眼，也不由得向声音传来的方向望去。

只见在那银白色的墙壁上，突然迸发一条黑色的细线。黑线的位置不断升高，最终画成门扉的模样。紧接着，这扇简笔画似的门，一点一点地，被人从外面推开了——

“嗨——”

伴随着少年的声音，猛烈的风从门里灌了进来，将剑侠的黑发吹得风中凌乱，也将“水人”的身体吹得漾满了皱纹。它挥舞着上肢，想要挡住狂风的侵袭，可这个动作却让它的身体流动得格外吃力。一双水锯渐渐被吹散，由水花变为点点晶莹。

“Hello，E.T.——”

正在“水人”和狂风搏斗的时候，少年从门缝处探出半个脑袋。他用布条将眼镜牢牢地拴在脑袋上，以免随风摔落。透过微微浮起雾气的镜片，李瑞打量了一眼“水人”，露出了“果然是这样”的表情。而下一刻，当他的视线转向药无医，少年登时怔住了。

“四眼，发什么愣！”轻轻将李瑞推开，萧遥也踏入屋里。在看到自家的剑客一脸血痕的模样之后，不良少年将嘴唇抿成了一条直线。与此同时，“无限黑暗”的力量，已经在他的掌心蕴起。

虚无的黑暗，在这纯白的房间内显得格外深沉。似能吞噬一切的小型黑洞，在萧遥的掌中飘浮着。面无表情的少年，嘴角紧抿，狠狠地将手中的黑暗力量，向“水人”重重地掷去！

漆黑的球体划过银白的背景，飞速向“水人”击去。“水人”举起它的水锯想要斩断黑暗，可是剧烈狂暴的风却让它举步维艰，连抬起上肢都相当困难。在风的助力之下，萧遥的“无限黑暗”击中了“水人”，顿时，那水的形体在黑雾之中蒸发了大半。

受到重创的“水人”立刻化整为零，它化成了水流，想要渗入地板之中逃窜。

就在这时，被称呼为“四眼”的少年，从背包里拿出了阿娜的法杖。通过心灵感应和阿娜进行着沟通，李瑞学着阿娜的模样，高声呼喊出咒文来：

“暴雪冰封！”

只听一阵细微的窸窸窣窣的声响，空气的温度骤然下降，霜晶爬上了李瑞指尖的符咒，并从他的脚下开始向四方蔓延：冰晶在地面画出斑驳的画作，从地板迅速向墙壁延伸，没过多久，房间就被冰霜完完全全地封闭起来。本就反射着银色光芒的四壁，在晶莹剔透的冰雪映衬下，更是如梦似幻。

还未来得及渗透逃走的“水人”，此时以水流的形状，被冻结在地板上。不良少年的表情，比起冰雪更加冷酷。他一言不发地走到“水人”的所在，一脚踩上那被冻结成冰块的水洼。紧接着，他转动脚跟，重重地碾压着，将“水人”的躯体踩得粉碎。

“无限黑暗。”少年的声音格外低沉。他将手掌一翻，整个人突然蹲下，一掌拍在地面上。被踩成碎末的“冰人”，这下子尽数被漆黑的雾气吞噬，连渣都不剩了。

“主上。”

药无医的呼唤，将萧遥从冰冷的愤怒中唤回。少年收回了手，黑雾随着他的动作，渐渐消散在空中，像是褪色的水墨画一般。他走向自己忠诚的剑客，望着对方的右眼，一言不发。

被水滴切开的伤口，翻出鲜红的血肉来。血水顺着面颊流淌，蜿蜒而下。这样严重的创口，只需一眼，就能看出这只右眼是保不住了。萧遥不知道该说些什么，只觉得心中的苦闷压得他沉甸甸的：

这个不请自来的家伙，这个唠叨至极、满口思想教育的迂腐古人，他每次都嫌药无医啰里啰唆，嫌这家伙总是说什么仁义道德的蠢话。他总是会故意把这个路痴丢在闹市里，让这路痴找不到回家的路，好让他耳根清净几天。然而，当这路痴为他挡住激光、灰飞烟灭之时，当这家伙被捉走、了无音讯之时，他却怀念起那些啰唆，那些唠叨，那一句“主上”……

“喂。”

绝对不会将心里话说出口的少年，“喂”了一声，呼唤自己的同伴。面对独眼的剑侠，萧遥伸出手：

“跟我走。”

总是一脸正直严肃的江湖侠士，望着面前的少年，满是鲜血的嘴角微微上扬，他用长满薄茧的大手握住对方：

“遵命。”

看见萧遥和药无医的动作，一直站在旁边的李瑞，露出了真诚的笑容：“真好！药无医你不知道，别看萧遥现在一脸酷样，你被抓走的时候，这家伙都快急疯了……”

“闭嘴！”萧遥截过话头，瞪了李瑞一眼。

李瑞早已看穿了萧遥的本质：这家伙外表看上去冷酷耍帅，其实就是个属鸭子的，嘴硬心软。他再也不害怕不良少年的怒视，笑眯眯地继续说下去：

“既然那么担心，说一句关心的话又怎么样吗，非得摆酷……不过，唉，”说到这里，李瑞就想起自家的“导师”——那个嚣张的暴力魔法师，“不过话说回来，一样米养百样人，阿娜那家伙也是嘴硬心软，好话没有半句，拳脚魔法就不缺……咱们这是什么团队嘛，怎么一个两个都是这种烂个性……”

萧遥扬手一巴掌拍上李瑞的后脑勺：“你闲得没事做是不是？”

“哦，哦！”李瑞一拍巴掌，随后举起法杖。脑中有阿娜进行同步教学，他深吸一口气，吟唱起属于魔法世界的咒文来：

“雷神之锤！”

突然间，在被打开的门外，天空之中涌起滚滚乌云，迅速集聚。在那层层叠叠的深色云朵之中，隐隐传来闪烁的白光。白光将一个高大的身影映在云端：那是一个魁梧的巨人，右手举起一个大锤，重重地砸了下来——

“轰隆！”

雷电划破长空，自苍穹坠落，重重地砸在飞行器的外壁上，并通过那个先前被分割开的门扉钻入室内。电光灼灼，闪耀得令人睁不开眼。李瑞和萧遥显然早有准备，各自掏出一副墨镜，架在鼻梁上。可怜那李瑞本就是个近视，这下“四眼”变“六饼”了。

考虑到右眼失明的药无医，两名少年统一步调地跨前一步，将古代剑客拦在身后，为他挡去刺目的光亮。

“这一次，换我们来保护你！”宅系少年发出豪言壮语，将手里的法杖捏得更紧，操纵着闪电，“老早就想尝试一次魔法了！太帅了！”

眼见李瑞沉浸在自恋状态中，萧遥毫不客气地抡出一拳头，敲在同伴背上，捶醒对方的自我沉醉：“办正事！”

“哦对，正事！”李瑞慌忙将注意力转回手里的法杖上。他微微眯起眼，透过双层玻璃镜片，望向飞行器的外部。巨人将手里的大锤高高扬起，李瑞全神贯注地盯着那瞬间降落的闪电：

“破！”

伴随着他的呼喊，闪电的尖端准确无误地砸进门里。电光在室内游走，李瑞操控着法杖，使霹雳聚集在同一个位置——先前“水人”试图逃窜的所在地。

电闪雷鸣，巨大的轰鸣声简直震耳欲聋。霹雳一道接着一道地砸在地板上，渐渐地，原本银白无瑕的地面，开始有了些许焦糊的颜色。就在此时，萧遥身子一沉，一掌拍在焦糊的位置，“无限黑暗”的力量瞬间渗入，地板被黑色烟雾所笼罩，最终化为了尘埃……

“GO!”李瑞右手捏着符咒，左胳膊高高举起，做了一个“FOLLOW ME”的姿势。

借由雷神开道，三人向UFO的内部走去。令药无医感到疑惑的是，李瑞似乎对UFO的内部构造相当了解，他将疑问说出口：

“感谢小兄弟前来相助。看阁下的样子，似是对这飞船了若指掌，敢问究竟是怎么一回事？主上又是如何能登上云霄？”

早已习惯了药无医文绉绉的口气，李瑞自动将之转化为白话文，笑着回答他——

原来，当药无医被抓之后，三人各自开始了查探。

阿娜守在电脑前，开着论坛刷着微博，看网友进行“目睹UFO”的直播。一旦看到有人留言，就立刻打电话给萧遥。

接到电话的萧遥，拼命地蹬着他那辆自行车，向飞船所在狂奔，直将两个车轮踩成了风火轮。

而“宅人”李瑞则在家里翻箱倒柜，拿出所有外星人题材的3D动画和游戏，一个个翻找，希望能找出类似“红眼巨魔”的存在，好确定他们要对付的究竟是什么玩意儿，究竟来自哪个创世界。然而，他找了几百张光碟，翻遍了所有外星人大战的资料，虽然“杀人激光”这个武器屡见不鲜，但经过鉴定，最终确定：那些都不是他们所面对的敌人。

失望、愤怒、焦急的情绪混杂在一起，少年急得红了眼眶，重重地将手中的光碟砸在墙上，破口大骂：“究竟TMD是个什么玩意儿！太变态了！”

突然，“变态”两个字，犹如灵光一闪，钻入李瑞的思维。他突然想到了什么，坐直了身子，努力在记忆里搜寻：

飞船，红色的眼睛，杀人的激光，超合金的外壳，高科技的防御系统……错了！他们从头到尾都错了！那艘飞船根本就不是什么UFO！

李瑞幡然醒悟，一个具象的画面呈现在他的脑海里：

一名身穿白色长袍的男人，站立在纯洁无瑕的地面上。他有着英俊的外表，眼神之中却写满了疯狂。他将手指按在驾驶室的红色按钮上，激光立即发射，将前方的高楼夷为平地。面对满目疮痍的世界，男人露出了残忍的笑容。

“是《DR.BE》！”

李瑞念出了作品名。那是一款3D第一人称射击游戏，玩家扮演的是特种兵的角色，要干掉妄想毁灭世界的DR.BE。这个DR.BE，中文名被翻译为“毕博士”，是个疯狂的生物学家。他认为世界上的一切生物都应该被杀死，包括人类在内，因为这些生物需要进食，需要排泄，是非常低劣、粗俗、肮脏的。他想要建立一个纯净的、无瑕的、没有排泄物的完美世界。而他，就是这个世界的神，是这个世界唯一的上帝。

“我们一开始就想错了，”李瑞继续向药无医解释，“我们看到不明飞行物，就以为那是外星人，可实际上这个终极BOSS是人类。我就奇怪，为什么飞船会突然出现。现在看来，应该是柳书鸿的执念，将毕博士从《DR.BE》的创世界中召唤了出来。”

“原来如此，”药无医恍然大悟，可他随即又想到另一个问题，“但那坚不可摧的外壁，主上和李小兄弟又是如何破解的呢？”

李瑞耸了耸肩，露出无奈的表情：“第一人称射击游戏一般就是杀人，也没有什么多复杂的剧情。事实上，《DR.BE》是个很烂的游戏啦，有些设定根本不符合逻辑。玩家扮演的特种兵，可以用子弹打穿飞行器，根本不是什么坚不可摧。只是因为阿娜的力量属于魔法系统，跟这种科技背景完全不在一个层面，所以飞船也就免疫了。但这个设计也只限定在外围，一旦进入内部，魔法还是有效力的。”

“那你们是如何突破外围的？”

李瑞似乎就是在等药无医问出这句，他贼兮兮地一笑，献宝似地从兜里掏出了两根圆管：二踢脚。

“嘿嘿！子弹，不就是火药呗！论起玩火药，咱们中国人才是老祖宗！”李瑞得意地挤了挤眼睛。

药无医不禁失笑：“果然，知己知彼，百战不殆，这是兵法中的至理名言。”

说话的工夫，三人已来到了飞船的中心。正如李瑞所预料的那样，当踹开银色合金材质的大门，出现在众人面前的就是毕博士所在的驾驶室。

一袭白衣的科学家正张开双臂，以神明的姿势，迎接三人的到来：

“没想到在这个肮脏的世界上，还有人能够挑战吾之睿智。垃圾们，你们让我刮目相看。不过，再善战的人类，也是粗鄙的创作。只有唯一纯净的水，才是神的……”

“无限黑暗！”

萧遥打断了对方猖狂的演说。连听一个字都觉得上火的他，二话不说，直接祭出自己的绝招。

黑洞疾速向毕博士飞去，眼看着就要击中目标，忽然，天花板上降下豪雨，十几名“水人”站了起来，挡在毕博士的身前，挡住了萧遥的攻击。

“出来吧！我纯洁的孩子们！”

毕博士举高双手，高声唱诵。

这些“水人”都是他最得意的作品，纯洁无瑕，全部是以最为洁净的蒸馏水制作而成，而且绝对不会有排泄的烦恼。自诩为“造物主”的毕博士，带着骄傲与自豪的表情，看着他的孩子们排成一个包围圈，将三名入侵者团团围住。

水轮发出刺耳的声音，四溅的水花折射出晶莹的光芒。一共十八名“水人”，三十六把水锯，磨刀霍霍向三人。包围圈不断缩小，水锯距离李瑞他们越来越近，“水人”们似乎迫不及待地要将他们解决，将一场惨烈的屠杀，表演给自己的制造者观看。

见到“水人”来袭，形势越来越紧张，在这命悬一线的时刻，李瑞却显得一点都不害怕。这名平时稍显懦弱的少年，此时却露出了微笑：

“还博士呢，一点都不动脑子，”他忍不住吐槽，“你以为我问阿娜借法杖是干吗用的？雷电之壁！”

话音刚落，金色的落雷就轰然降下，并在空中拉开一道闪电的墙壁。耀眼的雷电之光击打在“水人”们的身上，使得这些透明的生灵折射出炫目的五彩光芒，通了电似的，纷纷跳起了踢踏舞。

“我说 DR.BE 啊，你好歹都念到博士了，怎么连水能导电都不记得呢？生物学家也得学习物理啊！这年头，复合型人才比较吃香哦！”李瑞戏谑道。

自诩为“神明”的毕博士，此时像是走下了神坛，成了一名普通的人类。他手忙脚乱地躲避着闪电的追击，还要忙着闪躲他可爱的“水人”们的拥抱。然而，先前的豪雨是直接降落在地面上的，将整个地板都润湿了，他又能躲到哪里去呢？

终于，毕博士一脚踩进了水洼里，顿时被雷电的力量轰了个正着。他挣扎着从腰间掏出激光枪，努力对准李瑞。可他的动作哪里能快得过传说中的武林高手？

药无医手腕一翻，剑鞘破空飞出，直直地撞在毕博士的手上，激光枪也被撞落。

失去武器的毕博士，仍然在雷魔法的作用下抽搐着。萧遥在掌中蕴出“无限黑暗”，向毕博士举起了手掌——

“萧遥！”

忽然响在耳边的声音，打断了萧遥的动作。萧遥瞥了一眼身侧的同伴，那是被他称为“四眼”的少年。李瑞冲他摇了摇头，恳求道：“我们约好了的……”

萧遥沉默了几秒。最终，他将五指握紧，黑暗的雾气消失在他的指缝之间。紧接着，李瑞大声念诵“精神创造”，描绘出《DR.BE》游戏中的场景，而萧遥则从李瑞手中接过阿娜的法杖，将脑中背诵已久的咒文，大声念诵出来：

来自亘古的火焰，
来自永恒的海洋，
来自狂怒的暴风，
来自瞬息的雷电……
以万物之名，唤万物之力，
将不属于明世的生命，
召回！

他的声音深沉而有力。伴随着“召回”两个字，三人面前的白衣博士，露出了扭曲的面容，他的身体渐渐幻化为光点，飘散在空气当中。紧接着，“水人”们，连同飞船的船体，逐渐开始崩塌——

“哟呼，”李瑞兴奋地欢呼，“I’m ready！”

药无医正想问他什么是“若滴”，忽然，身子向下一沉。脚下的地板已经被分解为尘埃，随风而散。

三个人从千米高空，笔直地摔了下去！

耳边是呼啸的风声，三人穿过云朵，向地面疾速坠落！这一瞬，既无比短暂，又无比漫长。地面的山野湖泊是那么渺小，却又伴随着坠落的过程逐渐放大。

明明是赴死的时刻，药无医却没有“吾命休矣”的念头：他相信自己的同伴，相信被自己称为“主上”的少年。

就在三人即将与地面产生亲密接触、继而翻身碎骨的时候，突然，温柔的风将他们包围起来，缓解了他们坠落的速度，将他们轻轻送回到了地面上。

“欢迎回来。”

平面的少女魔法师，笑着向三人举起手中的法杖。

此时的阿娜，却与平时大不一样。她那头火红色的头发，变得如雪一般洁白，随风轻曳。

“光是送我们上天，就要耗尽阿娜的魔力了，”李瑞向药无医解释，“阿娜需要恢复魔力，来为我们的降落作好准备，所以她才没有登船，只是将封印有她魔法能量的符咒交给我们。阿娜是因为魔力透支，才会变成白发的。辛苦你了！”

最后一句是冲阿娜说的。李瑞真挚地向同伴道谢，然而一句“谢谢”还没说出口，就被对方打断。2D 的美女魔法师，屈起纸片一般的手指，狠狠地弹了一下少年的脑门：

“谢个毛线！你少给我肉麻了！”

少年哀怨地揉着被敲痛的脑门，揉着揉着，却又漾起了灿烂的微笑：这难道就是传说中的“打是亲骂是爱，爱得不够用脚踹”？

“炎之矢！”

下一刻，炙热的火焰箭直奔李瑞的脑袋。嚣张的美女魔法师，叉着腰发表宣言：“踹你个头！就算我魔力透支，修理你的力气还是有的！”

“娜姑娘，不可啊！”忠诚的剑客出言劝阻，试图阻止魔法师殴打自己的“主上”。

萧遥抱着双手看戏，唇边漾起不易察觉的细微弧度。

“啊啊啊！阿娜我错了我错了！萧遥救命啊！药大侠救命啊！”

晴朗的天空下，宅系少年的求饶声，被清风送出很远，很远。

PART 11 少男情怀总是诗

阳光透过树叶间的缝隙，柔和地洒在大地上，并于空气中拉开一条纤细的光之印记，映照出轻轻浮动的尘埃。坐在树下的少年，眯眼望向明媚的阳光：

“真是个好天气啊……”

李瑞伸展双臂，打了一个大大的哈欠，眼角挤出一滴慵懒的泪水。他摘下眼镜，粗鲁地揉了揉眼睛，可是这非但没能驱散睡意，反而让他的眼皮越来越重。他忍不住打起盹儿来，脑袋不由自主地往下耷拉，小鸡啄米似的与周公进行亲切的问候。

在清风的吹拂下，碧绿的叶片轻轻地摇曳，发出沙沙的声响。在这平静的午休时间，似乎连鸟儿也不忍喧哗，只有云淡风轻的惬意气氛，任由少年瞌睡着打起了呼噜。

那一天，当DR.BE被送回他的创世界，千疮百孔的学校也自动修复了。药无医解释说，创世界角色在现实中造成的损害，都会随着他的死亡或回归而消亡，这也是为什么他们必须将这些角色驱逐出现实的原因之一。原因其二，当创世界的角色在现实掀起轩然大波，造成不符合常理的严重后果的时候，会激发人类的恐惧心理。而当这种恐惧感积累到一定程度，就会催生出可怕的梦魇之神。一旦梦魇获得了实体，他就能彻底打开现实和创世界之间的通道，将这个世界搅成一团糟……

可惜的是，因为药无医是创世界的人，消亡定理对他并不适用，他被刺伤的右眼并没能复原。

不过，在这两个星期里，李瑞他们却没有听说哪里有发生什么怪事。除了2D平面的美女魔法师和身手非凡的武林高手，这二者的存在向他与萧遥昭示着各种古怪的经历并非梦境之外，一切又回到平凡的正常的生活当中：白天上上课，晚上看看书——游戏大神请原谅他，在被DR.BE恶心到之后，李瑞他很长时间都不想再去碰什么3D游戏了，尤其是科学怪人题材第一人称射击的类型。

“喂，四眼。”

分不清是梦里还是梦外的呼唤，让李瑞困惑地掀了掀眼皮，可在睡神强大的攻势下，这个简单的动作却没有能顺利完成。梦境甜美的召唤，让他在此陷入了混沌之中，直到一个冰凉的东西打在他的脸颊上：

“哇！好冰！太坑爹了！”抱怨脱口而出。

“谁是爹？”

冷酷的声音比起冰块的寒气更加逼人，就连睡魔也要对他退避三舍。李瑞猛地睁开眼，看见的，是面色不善的同伴。

萧遥将冰可乐罐丢给李瑞，看来这就是刚才“坑爹”的罪魁祸首了。李瑞伸手接过，打开拉环，丰沛的气泡喷涌而出，砸在手背上，带来清凉的感受。

“谢啦！”李瑞喝了一大口，任由碳酸饮料滑过喉咙。

萧遥在他身边席地坐下，“啪”地打开一罐啤酒。李瑞偏过头，看见同伴面不改色地将“液体面包”灌入胃袋里，顿时产生了“果然是不良少年啊”的感慨。不过，与从前不同的是，他再也不用畏惧对方了。

李瑞伸出手，用手里的可乐罐，和对方碰了个杯。铝制的罐头发出独特的声响，让宅系少年露出了灿烂的微笑。萧遥白了他一眼，嘀咕了一句“白痴”，自顾自地将啤酒灌下肚。然后，他收紧了五指，捏扁了铝皮罐子，萧遥做了一个投篮的动作，正中垃圾桶。

“三分！”

因为“四眼”的缘故而与球场无缘的李瑞，忍不住喝彩。萧遥回过身，从口袋里掏出一件方形的物体，扬手抛了过来。李瑞慌忙抬手去接。

指尖传来熟悉的触感，那流线型的机体、具有弹性的按键、贴着保护膜的大屏幕，让李瑞愣了愣。他低头凝视掌中的PSP，几乎是下意识地，摁开了POWER键。

蓝天、白云、碧草、粉樱，鲜亮的颜色浮现在屏幕上，悦耳的音乐传入耳中……这种熟悉的感觉，这种熟悉的感觉！这是他的最爱啊！

“我的美夕，美夕！”

李瑞激动地握紧了PSP，看着画面里出现了自己最爱的女主角的身影。自从那个天杀的不良少年——哦不对，萧遥已经是他的同伴，不再是天杀的了——自从同伴将PSP霸占了之后，他已经很久没有再见过自己的“最爱”了。

与游戏中的梦中情人美夕重逢，李瑞险些流下感动的泪水。看着他那副“宅”态毕露的模样，萧遥给了他一个“鄙视”的手势：

“喂，存档我没动过。”

“好……好人！真是人不可貌相，我今天才知道，原来萧遥是个大好人！”李瑞向同伴投去感激的眼神。

“滚你！”萧遥抬脚就要踹他。

李瑞笑眯眯地避过那装模作样的一脚，低头继续研究游戏机。当时，PSP被抢的时候，他第一担心的是讨不回来——其实说句大实话，在那种状况下，他也不敢去讨；第二担心的，就是萧遥玩游戏破坏了他的存档，让他看不成美夕深情的告白。他做梦也没想到，萧遥竟然没有动他的存档……等等！

想到这里，李瑞突然产生了极大的疑惑：“那啥，如果你没有玩游戏的话，那你抢PSP干吗啊？”

向来一张冷脸，被女生们评价为“酷”“冷”“炫”的不良少年，此时竟然抽搐了下嘴角，露出了一种极不自然的表情。沉默了半分钟之后，萧遥别扭地撇了撇嘴：

“抢着玩。”

“……”

宅系少年被这个回答击溃了：难道这就是传说中的“为犯罪而犯罪”？难道萧遥是那种“享受犯罪过程”的变态？

李瑞将PSP放在一旁，伸手拽住萧遥的胳膊。他抬头凝视着自己的同学，情真意切、苦口婆心地开了口，几乎声泪俱下：

“好友，你这是变态型犯罪啊！不可啊啊啊！”

“滚！你才变态！”

萧遥一巴掌拍下去，打得李瑞抱着手背“嘶嘶”地直抽气。过了好半晌，被评价为“变态”的不良少年，才缓缓开了口：

“我想试一试药无医有多大能耐。”

李瑞愣了几秒钟，不过，从小熟读动漫理解能力相当彪悍的他，很快就理解了萧遥的处境：

正处于青春叛逆期的萧遥，本就有那么一根“反骨”。在家有爹妈管，在校有老师管，已经让他极度不爽了，没想到天上突然掉下个药大侠，还是个满口仁义道德、时时都在做思想教育的家伙。

如果只是“啰唆”这一个毛病也就罢了，更糟糕的是，药无医和萧遥的脑波同步，思维相通。这就代表着，只要萧遥有什么鬼点子坏主意，脑波立刻就“二报”给了那位正派侠客。想都不用想，接下来肯定是一连串的说教，有如暴风骤雨一般的“孔曰成仁，孟曰取义”“君子之道，在于仁，在于义”诸如此类甲乙丙丁戊己庚辛，一直讲到萧遥精神崩溃为止。

哪里有压迫，哪里就有反抗。不在崩溃中无奈，就在崩溃中变态。药无医药大侠在精神层面的时刻监督，让萧遥彻底“变态”了。大侠管得越严厉，萧遥就要想方设法地跟他斗一斗。

刚开始，借由药无医的唯一弱点——路痴属性，萧遥故意把他丢在大街上，让他两三天找不着道，趁着这一段时间，萧遥就可以在无边苦海当中得到一个短暂的放松。

再后来，萧遥开始正面对抗，他以惊人的自制力，练就了一项“绝学”——心不在焉。比如组织不良少年团伙、强抢了李瑞的PSP等等，明明是做了坏事，但萧遥就有本事放空自己的脑袋，不去想这些事情。这样一来，即使面对药无医，他也能泰然自若，不露出一点马脚。萧遥以这种极端的形式，暗中与药无医较劲，进行着一场单方面的对抗比赛。

了解了萧遥的“作案”动机，李瑞忍不住“唉”地叹了一口气，然后伸手拍了拍萧遥的背：

“我理解你崩溃的心情啦。如果阿娜是个说教狂，换了是我，我也受不了。”

想到那个以“嚣张”与“暴力”著称的2D世界少女魔法师，两名少年同时陷入了沉默：如果当初是药无医找上李瑞，那么大概会变成“说教王”VS“吐槽王”的“话唠二人组”吧。而阿娜和萧遥相遇的话，暴力与嚣张的双重叠加，那不是乘以二的力量，而是破坏的平方了。

“炎龙气息”＋“无限黑暗”，以二人为中心，方圆一百平方米之内都将是重灾区。这两个人碰到一块的话，根本就是移动的人形炸弹嘛！

李瑞忍不住在心中吐槽：那个场景，光是用想的，就已经觉得非常可怕了。真是谢天谢地，现在这种组合虽然囧了点儿，但是将两名冲动派分隔开来，是将破坏力降到最低的分配了。

就在李瑞暗自庆幸的同时，萧遥也在脑中演练了一下和阿娜成为同伴的场景。正所谓“话不投机半句多”，就那女人嚣张的说话方式，大概见面第一刻就会开始PK大战吧。

脑补了几分钟后，两个人不由产生了相同的感慨：还是维持现状好了。

自从被莫名其妙地选中成为创世界的战士，两名少年的生活就像骑上了奔腾不息的草泥马，在诡异与魔幻的道路上一去不回了。

陷入了暴力系魔法少女的魔掌，从此就在“炎龙气息”和“暴雪冰封”的究级魔法下体验着“冰火两重天”的悲剧，每每想到这些，李瑞就不由暗暗地在心中掬一把辛酸泪。原本他以为只有自己一个人为这可悲的境地默默地泪流满面。谁知道，原来萧遥也同样苦逼啊。

真是“家家有本难念的经”啊。李瑞向萧遥投以“同病相怜”的目光，后者被他盯得浑身发毛，一拳捶上他的肩头：“看毛看？玩你的游戏去！”

说完，萧遥转身离开。李瑞望着他那看似很酷的背影，笑着摇了摇头。随后，他端起PSP，继续沉浸在2D软妹子的世界里。

《心动之樱》的主角村田美夕，是学校里校花一般的存在，备受男生们的关注以及女生们的各种羡慕嫉妒恨。由于竞争激烈，想把这位水手服美少女“把”到手，那可真不是一件容易的事。李瑞曾经花了两个星期，一心琢磨美夕的爱好，研究每一个数值和选项分支，终于将校花的好感度给练到了“告白”等级。可悲摧的是，就在他捧着一颗虔诚的心，打算一字一句地好好享受深情表白，聆听来自美少女的甜美“阿娜答”（日语中表示有亲密关系时的称呼）的时候，万恶的萧遥将他的痴迷与愿望，一同粉碎了……

咳！既然现在成了同伴，那么旧账也就不必翻了。李瑞收敛心神，将目光锁定在PSP屏幕上——

碧蓝的天幕下，淡粉色的樱花花瓣，随风舞动。明媚的阳光透过翠绿的叶片，投映在碧草上。修长的草叶轻轻摇曳，一滴露珠顺着叶片尖端滑落，在日光下反射出晶莹的光点。

“那个……其……其实我……”

身穿水手服的少女，不安地叠起双手。悦耳的声音里，夹杂着紧张的意味。娇小的她低垂了脑袋，似乎是鼓起了全身所有的勇气：

“其实我……对学长你……一直……一直都……”

远处响起悠扬的乐曲。然而那优美的乐声，在李瑞耳中，却似乎是从遥远的天际传来一般。他的心脏似乎要蹦出胸膛：扑通、扑通……

他不由得吞了吞口水，就在他缓慢地、沉重地按下确认键，等待着那纯情少女的告白时，忽然，面前屏幕一闪，下一刻，青空、樱花、碧草，全部离他而去。少女妙曼的身姿再无可寻，屏幕上只剩下一片漆黑。

“坑爹啊！”

宅系少年悲愤大吼，下意识地扬起手，想把那倒霉催的PSP给摔出去。可这个动作只做了一半，就遭到了理智大神的拦截。在机体即将脱手的一刹那，李瑞狠狠地将它收回怀里：好歹一千多大洋啊，摔坏了还得花钱买。

怒气在“现实”两个字面前不得不俯首称臣，郁闷的少年埋下头，带着哀怨的气息，反复摁压着PSP的电源按钮，想“起死回生”。在短暂的开机动画之后，系统画面一如既往地出现在屏幕上。

李瑞大喜，可任凭他怎么操作，反复摁下确认键，《心动之樱》的游戏却始终无法启动。

“我擦嘞，”少年忍不住爆出粗口，继而向上天发表悲愤的质疑，“老天你是玩我吧？我就这么个梦中情人，你就让我看个告白会怎么样啊啊啊！”

然而，少年的控诉并没有得到正面回应，游戏机的屏幕依然保持着那崩溃的黑色。李瑞一边嘀咕着“喵的嘞”，一边打算拆卸记忆棒，重新安装。

“那……那个……”

耳边传来微弱的声音，像是蚊子哼似的。李瑞不耐烦地一挥手：“别吵，烦着呢！”

“……”一阵沉默之后，那人不依不饶地继续呼唤：

“对不起，可……可是……”

“‘可是’个毛线啊！”

带着郁闷和不爽，李瑞猛地一抬头，望向那个阻止他继续和PSP搏斗的家伙。这一看，差点没让他把眼珠子给瞪出来：

白皙无瑕的皮肤，清澈明亮的双眸，红润轻薄的嘴唇，飘逸及腰的长发，这熟悉的面容，这蓝色的水手服……眼前的美少女，正是《心动之樱》的女主角村田美夕！

“咦咦咦咦咦咦咦！美……美夕？”

少年忍不住怪叫起来。心目中的女神就这样突然出现在自己的面前！苍天啊，大地啊，不管是耶稣还是如来，不管是玉皇大帝还是真主安拉，你们实在是太太太太太……

之所以没有将“太美好”三个字说出来，是因为李瑞在下一刻就意识到了另一种悲哀。他暂时收敛起心中的兴奋，然后一步、一步地，向左侧移动，最终来到了美夕的身侧——

美人消失了踪影，空气中只剩下一道莫名的黑线。

悲剧再次重现，李瑞泪流千行：没错，《心动之樱》是一款2D平面游戏，这就意味着美夕和阿娜一样，都是纸片美人。

梦中情人就在眼前，然而“维度”却成了不可逾越的鸿沟，阻拦在他寻求真爱的道路上。李瑞不由得耷拉了脑袋，脑中只剩下“血泪”两个字。

将他的惊喜与哀怨都看在眼里，美夕愣了愣，她转身正对李瑞，不安地交叉起十指，以祈祷的姿势面对自己的告白对象：

“学长，那个……其实我，我从很久之前……就开始注意你了……”

甜美的声音令李瑞心神荡漾，如痴如醉。可糟糕的是，身为ACG爱好者的“宅”之神经，让他的吐槽习惯练到了炉火纯青的地步。就在他一边激动一边暗喜的时候，脑子里突然冒出另一个念头：美夕为什么会讲中文啊？《心动之樱》明明是一款日本游戏啊。

一旦疑惑形成，好奇心就会越来越膨胀，最终达到无法阻止的地步。李瑞忍不住伸出右手，手掌朝前，做了一个“STOP”的手势：“美夕，我能先问你一个问题吗？”

村田美夕愣了一愣，随后顺从地点了点头。当李瑞把自己的疑惑问出口，这位来自2D游戏世界的美貌女孩轻轻地笑了起来：

“这很正常啊，因为学长你玩的是汉化版嘛。”

“嗖得死呐。”对日本动漫颇有研究的宅系少年，不由得用拙劣的日语发音，表达出“原来如此”的含义。

“学长您真有趣。”

只要不涉及恋爱关系的告白，美夕的表述就非常流畅，丝毫没有停顿和迟疑。看着李瑞左手成掌右手成拳，恍然大悟地重重一拍的样子，这位游戏世界中的校花，伸出食指掩住了粉红水润的嘴唇，掩去了唇角止不住的笑意。

黄莺出谷一般清脆动听的女音，加上柔美可人的动作，让李瑞又一次地痴了。如果用卡通的场景来表述，此时他的眼中已经没有校园里的一草一木了，只有美少女甜美的笑容。而作为背景的是，无数粉红玫瑰花瓣在飘荡，无数透明气泡在飘浮。

痴痴凝望着对方，李瑞不由得松开了双手，连PSP掉下地都不曾察觉。而面对他如此露骨的直视，美夕的脸蛋微微泛红，不安地垂下眼，她望着脚下的地面，眼神游移：

“学长……那个……其实，我来到这里，是想亲口对你说……说……”

美女的每一个字传入李瑞的耳中，都让他仔仔细细地品味：嘿嘿，来到这里，当然是要亲口对他说，游戏里面的告白啦！这是怎样的浪漫啊！竟让美夕跨越游戏，来到这里亲口对他说……等等！

李瑞突然意识到了事态的严重性：美夕是从游戏里跑出来的，也就是说，她是从《心动之樱》的创世界中穿越到现实世界的。按照阿娜的说法，美夕必须被“遣送”回她本该属于的游戏创世界。

如果让阿娜他们看见美夕，那就糟了！

意识到这一点，李瑞顿时慌张起来，变得手足无措。心仪的女主角就站在她的面前，他却急得六神无主，只能围绕着大树，不停地转圈子。美夕疑惑地望着他，观察了一段时间后，这位温婉的女高中生试探性地问出声：

“学长，你不舒服吗？”

“不是，不是的！这个，其实是这样……不对，其实……啊啊啊啊啊啊！我不知道该怎么说啦！”李瑞慌忙摇头，却又不知道该怎么向美夕说明阿娜他们的事情。

看见他那副为难的模样，告白几次三番被打断的美夕，忧伤地垂下头：

“我……我知道突然来到这里，非常唐突……可是，我是真的很想亲口对你说，说出我心中的感受，”少女将右手放在胸口心脏的位置上面，幽幽地说下去，“自从见到你的那一刻，我就……就觉得你是那么与众不同……”

慌张和焦躁的心情，在心上人柔美的声音中，渐渐散去。李瑞暂时忘却了阿娜，忘却了萧遥，忘却了药无医，忘却了自己身为创世界斗士的使命，他的眼里只剩下自己视为“女神”的青春美少女，心不由得悸动起来。

他吞了吞口水，向前踏出一步，他想伸出双手，扶住少女单薄的肩膀，但对方 2D 的形体，让他不知道该怎么去搀扶。李瑞苦恼地皱起了眉头，在短暂的“我擦嘞”的感慨之后，他甩了甩脑袋，将那些不着边际的吐槽全部抛到九霄云外。然后，他轻轻地咳嗽了一声，清了下嗓子，开始诉说自己的痴迷：

“美夕，其实我才要说，从看见你的第一刻起，我就决定买下这款游戏，一定要努力追到……”

一个“你”字还没说完，上课铃声就通过四处设置的喇叭，响彻了整个校园，也打断了二人的对话。李瑞愤懑地抬起头，瞪了老天一眼后，转而对永远高二的游戏女主角说：

“抱歉美夕，我得回去上课，要不然给阿娜和萧遥发现，麻烦就大了。啊啊，我说的那两个，都是我的同伴啦，怎么说，一言难尽……反正你赶紧藏起来，绝对不可以被他们发现！具体为什么，我放学以后会跟你说明，好吗？”

面对李瑞急切的叮嘱，美夕愣了一愣，但最终仍是乖巧地点了点头：“好的，学长。那放学之后，我会在这里等着你归来。”

等着你等着你等着你等着你等着你……

这三个字仿佛计算机屏幕保护程序一样，反复在李瑞脑海中滚动循环播出。少年忍不住咧开了嘴角，在唇边漾起大大咧咧的弧度。这副呆呆蠢蠢的模样，如果被同伴看见，大概会被冠以“傻缺”的贬义词吧，但李瑞本人却完全没有“囧态毕露”的自觉。沉浸在梦幻与欢乐的水晶泡泡中的他，乐颠颠地向教室的方向狂奔而去。

奔进教室，在万众瞩目之中接受着饱含各种含义的目光洗礼，李瑞垂下头，规规矩矩地喊了一声：“报告。”

正讲课讲到兴奋处的“政治范”，没时间搭理他，只随口应了一声“嗯，进去吧”就继续开始上课。

李瑞一路快走回自己的座位，中途不出意外地看见了萧遥。这位冷酷少言的同伴，此时微微挑眉，显然是在询问“怎么折腾到现在”。李瑞苦着脸望他，作势拍了拍肚皮，暗示自个儿的肠胃作怪。

看着他愁眉苦脸拍肚皮的样子，萧遥直接冲他翻个白眼。李瑞几乎可以听见对方内心里那一声带着不屑意味的“白痴”。

见萧遥没有起疑，李瑞坐回座位，长长地舒了一口气。“政治范”在讲台上唠唠叨叨地说什么“政体”和“国体”，李瑞愣是半个字都没听进去：

幸好阿娜今天没有跟着他来学校。李瑞在心里打起了“小九九”：自从上次为了搜寻药无医和UFO的下落而开始使用网络，阿娜就迷上了网虫的生活。这位被誉为“虹之惊叹”的天才魔法师，现在将她的法杖丢在了一边，改为紧握鼠标。每天没事做就刷着微博、泡着论坛、开着PPTV，成天转发、评论、打嘴仗，以及在成山成海的美剧英剧日剧中沉沉浮浮。加上最近一切平静，阿娜也就乐得清闲，蹲在家里泡网。

可是这个“幸好”也只是眼前而已。只要他晚上回到家，就必须面对阿娜。不，事实上不用面对，只要两个人之间的距离在1000米范围之内，“心灵传送”的力量，就会让二人心意相通。只要他有哪怕一点点想到美夕，那阿娜立刻就能发现。这这这……这要怎么办才好啊……

一想到阿娜的气势，李瑞汗都下来了。可是所谓“纸包不住火”，再加上思想这个玩意儿，他想控制也控制不住啊……等等！有了！

少年脑中灵光一闪：控制思想，这不就是萧遥做过的事情吗？为了试验药无医的能力，萧遥故意去做了几件不大不小的坏事，然后以惊人的意志力让自己对此不闻不问、不思不想，一直到他这个被害人出现，药无医才知道自己的“主上”原来瞒着自己捅了不少娄子。如果他也能像萧遥那样，是不是就可以瞒过阿娜了？

控制思想，这几个字光是用想的就觉得很痛苦了。越是告诉自己不能去想什么，思维就越会不由自主地向那方面奔驰。李瑞当即尝试了“不要去想美夕”这个议题，可无数次试验都以失败而告终。

为了美夕，怎么也要努力！少年在心里暗暗立誓，不断地去挑战这个究极难题。然而，就在他不停“奋斗”的时候，脑中突然传来了熟悉的声音：

“喂，傻缺，上课发什么呆呢？”

是阿娜！意识到这一点，李瑞惊出一身冷汗。他下意识地左右张望，想确认少女魔法师的位置，可放眼教室，却并没有同伴的身影。不敢露出马脚的少年，只有在脑中默默地询问：

“阿……阿娜，你怎么来了？”

不知藏身在何处的2D魔法少女，接收到了李瑞紧张的感受：“怎么？好像很不想见到我嘛。”

“我……我哪有，”李瑞很快为自己无力的辩驳找到了借口，“我是担心你一个人出来，吓到路人了怎么办。”

“放心啦，是药无医载我来的。”

同伴的回答让李瑞更加疑惑：有什么重要的事情，能引得3D武侠世界的第一剑客和2D魔法世界的天才魔导师一同出现？难道又有什么创世界的BOSS出来活动了？或者是他们发现了美……NO，STOP！

少年阻止自己再想下去。差点露馅的他，慌忙转移话题：“不看PPTV了？你追的那个什么什么偶像剧，完结了吗？”

沉浸于二次元的李瑞，对三次元的青春偶像剧向来没半点兴趣。特别是那种少女言情故事，N个当红偶像小生在屏幕上各种耍帅装酷，李瑞更是嗤之以鼻。当然，如果是科幻奇异题材的漫画英雄SUPER HERO系列，那种真人版电影电视，倒是他涉猎的范围。其实，李瑞很想不通，阿娜那么彪悍的一个人，怎么会对那种拉拉扯扯情情爱爱的青春偶像剧感兴趣呢，而且还看得聚精会神的。阿娜她横看竖看上看下看，也不像是多愁善感的人啊。女人啊，真是奇怪的生物……

“小子，皮痒了是不是？”阿娜用脑波传送直白的恐吓，打断了李瑞的胡思乱想。似乎是因为偶像剧大结局的关系，阿娜今天的心情相当不错，她难得有耐性地解释了一句：“都是药无医啦，说什么晚上变天下雨，要给萧遥送伞。那个路痴自知上了街就昏头，所以就来找我帮忙。正好我电视看完大结局，闲着也是闲着，就勉为其难地陪他来了。”

早不来晚不来，非赶着这个时候来，真是……

面对李瑞不由自主的腹诽，阿娜的声调微微上扬：“嗯哼？什么‘早不来晚不来’？你有意见吗？”

“没有没有，”李瑞忙不迭地作答，“都是因为今天要测试啦，我到现在还背不下来！阿娜你来的话，我就更难集中精神了。”

少年灵机一动，开始在脑内默默背诵教科书上的《蜀道难》：“噫吁戏，危乎高哉！蜀道之难，难于上青天！蚕丛及鱼凫，开国何茫然。尔来四万八千岁，不与秦塞通人烟。西当太白有鸟道，可以横绝峨眉巅……”

阿娜果然中计。身处魔法奇幻世界的她，对于中国古代文学完全没有研究，只要听到这种文言文就觉得头大。李瑞的背书战术，让阿娜一个头两个大，连忙退避三舍：

“好了好了，反正东西都送到了，我去带那个路痴回家。你给我赶紧背完，别带回家里嘀咕，听得我脑仁疼！”

“是，遵命！”李瑞忙回应同伴的指令，唇边却忍不住扬起贼兮兮的笑容。生怕阿娜继续逗留害他露馅，他忙继续背下去：“地崩山摧壮士死，然后天梯石栈相钩连。上有六龙回日之高标，下有冲波逆折之回川。黄鹤之飞尚不得过，猿猱欲度愁攀援。青泥何盘盘，百步九折萦岩峦……阿娜？”

李瑞停止了背诵，小心地呼唤同伴的名字。然而，阿娜的声音并没有在脑海中出现。少年又试探性地唤了两声，然后终于放下心来：警报解除。

成功控制了自己的思维，骗过了阿娜，瞒天过海，这让李瑞产生了一种难以言喻的成就感。不由偷笑的他，唇边那憋不住的弧度，让“政治范”都看不下去，未点名地批评了一句：

“有些同学，不知道在想什么糊涂心思呢？一个劲地傻笑。”

被他这么一说，李瑞才察觉自个儿嘴角都要咧到耳朵根了，忙收敛了笑容，脑袋却转得飞快：这下可好，晚上和美夕多聊一会儿，迟一点回家也不会让阿娜起疑了，就说是“听你的话，在学校把书背熟了”，这个借口万无一失啦！

在心中偷着乐的少年，并不知道，此时此刻，自己的同伴、那名曾被评论为“不良”与“恶劣”的少年——萧遥，正冷眼望着他，并将他的一举一动收进眼底。

PART 12 再见，我的女神

傍晚时分，落日余晖将整个校园染上了一层温暖的橙红色，教学大楼仿佛被镶嵌了金色的边缘，连道边的梧桐树都在晚霞中绽放出微红的暖暖光泽来。

随着下课铃声的响起，解放了的学生们三三两两，鱼贯走出教室。李瑞三下五除二地迅速收拾了书包，迫不及待地奔出教学楼，向操场狂奔而去。

将校园中的喧闹声抛在身后，少年一口气跑到操场上的僻静角落，站定在他习惯午睡的大树下。做了一个深呼吸，平静了一下心神，李瑞轻轻开口，唤起心上人的名字：

“美夕，你在吗？”

夕阳之下，少年的身影，孤零零地站立在树下，等候着自己暗恋的女孩子。清风拂过，吹动树叶轻轻摇曳，也拂动了少年的衣角，使他等待的背影显得格外萧索。

这幅仿佛文艺片的美好场景，本该有少女娉婷的身形，缓缓走近男孩，牵起对方微汗的手——这才符合青春懵懂文艺片的纯美纯爱风格嘛！

然而，事实上，悲剧的是，画面却向恐怖片的方向狂奔而去，一去不回头了。

只见在大树的背面，突然闪现出一条细细的黑线。黑线移动着，在天地之间平空拉开了一道不断扩展的平面。最终，平面展开在少年的面前，必须从特定的角度来看，才能呈现出人的形体——可即使是如此诡异的景象，都没有浇灭李瑞的热情。见怪不怪的他，完全无视了二次元和三次元的隔阂，只是对面前的游戏少女，露出了羞涩的笑容。

“晚……晚上好。”这是口拙的他，唯一能想到的开场白。

拥有着明亮眼眸的少女，同样羞涩不安。她下意识地攥紧了双手，垂下了头，任由清风吹动她鬓边的长发。她用只有李瑞一个人能够听到的声音，小声地表白：

“那个……我一直都在等你。”

只这一句话，就让李瑞的理智飞走了。不同于PSP恋爱游戏中，需要通过冰冷的按键做确认，此刻甜美的话语，也不是从机械喇叭中传出。那柔美的、青涩的告白，让少年的心中涌出酸酸甜甜的美好感受。

扑通、扑通……随着不断加快的心跳声，一个念头在李瑞脑中越发清晰起来：

原来这就是恋爱啊。

这无疑是他的人生初体验。虽然李瑞是恋爱游戏方面的高手，但是在实战当中，他的经验为0，等级只是传说中的“初心者”。在人生的十几年当中，第一次面对自己心仪也心仪自己的女孩子，他的手脚都不知道该往哪里放。他想大胆地伸出手，按住美夕的肩头，却又始终不敢抬起双手，怕唐突了美人。

就在他内心无比纠结、思索着“牵不牵小手”这个千古难题的时候，一个冷酷的声音，打破了这甜美的氛围。

“原来如此。”

冰冷的声音，似乎让周围的温度都下降了，梦幻美妙的气氛也被这冷静的声音驱散。李瑞一愣，随即循声望去。只见萧遥抱着双手，站在墙边，也不知道来了多久。

拥有“黑暗力量”的创世界斗士，此时面无表情地站定在那里。无法从对方的面容上瞧出他的意图，李瑞下意识地上前一步，用自己的身体挡住了美夕。而来自《心动之樱》的游戏美少女，也从萧遥的身上感觉到了无形的压力，畏惧地攥紧了李瑞的衣角。

看见同伴这保护欲十足的动作，萧遥瞬间有一种“被洗黑成了反派BOSS”的可笑感觉。他扬起瘦削的下巴，冲美夕的方向点了点：

“这就是你的‘糊涂心思’？”

这一句正是“政治范”批评李瑞的。李瑞这才意识到，原来从上课的时候，萧遥就已经发现了自己的反常行为。没想到他瞒过了阿娜，却没有瞒得过这位不打不相识的友人。

“萧遥。”李瑞讪讪地开了口，他想辩解两句，可是又无从辩解，只有闭上嘴，忐忑地注视着朋友。

萧遥举起手中的雨伞，指向美夕的位置，却是冲李瑞说话：“没想到你小子还挺能耐，能骗得过阿娜。”

看来药无医送伞的时候，已经将阿娜带路的事情告诉萧遥了。自己心里那一点小盘算，全都给萧遥看得个一清二楚，李瑞无言以对。找不出任何借口的他，只能沉默地望着自己的朋友。最终，他一把握住了心上人的手，将美夕护在身后的同时，坚定地向朋友表达自己的心声：

“萧遥，我……”

“够了，”李瑞的话还没说完，就被萧遥打断。这位脾气不佳的少年，不耐烦地掏了掏耳朵，“我知道你要说什么。村田美夕的事情，我不会让药无医知道。但是，你自己心里有数，她在会有什么后果。”

萧遥所谓的“后果”，李瑞不是不明白。这不仅仅是收留美夕一个人的问题，而是涉及整个创世界的平衡。如果不将这些动漫游戏角色送回他们原来所属的世界，创世界与现实的裂口就会被不断拉大，导致越来越多的奇异角色进入现实。完全不懂得常识的他们，可以无视物理定律与科学知识而存在，一定会搞得世界大乱的。

李瑞垂下头，不言不语。握住美夕的右手，传来不属于这个世界的温度。手中奇异的触感，那属于二维世界特有的平面形体，无一不在告诉他一个不可辩驳的事实：美夕不属于这个世界，不属于他。

将李瑞的挣扎看在眼里，萧遥也不再多说，只撂下一句：

“给你一天的时间。明天傍晚，我会来送她回去。”

说完，萧遥转身离开。李瑞默默地注视着同伴离去的背影，良久，他才转身，回望自己身后的美丽少女。

不属于人类应有的闪亮大眼睛、不符合生物学的五官、接近八头身的修长人体比例、看上去很壮观的美胸——好吧，这个其实是平面，还得找准角度才看得到——这一切，都是特属于动漫游戏 ACG 世界的审美标准，离“现实”二字简直相距了十万八千里。

明明是知道的，他明明知道美夕不可以留在这里，但是看见自己暗恋了许久的女主角出现在自己眼前，他根本无法压抑自己的私心……

“学长。”

美夕突然开了口，将李瑞从万千思绪中拉了回来。回过神的少年，凝视着面前的心上人。这位来自于游戏世界的二维美女，露出了甜美的笑容：

“学长，请你不要为难。我来到这里，就是想亲口对你说出我的感受。能看见学长你，我就已经很满足了，我的愿望已经达成了呢。”

少女以温柔的语调，低声诉说着自己的愿望。她的眼角闪烁着晶莹的水光，李瑞忍不住伸出手，为她拭去眼角的泪珠。美夕微红了双眼，笑容却更加灿烂：

“学长，就让我们好好度过这一天吧！带我参观下你的世界，好吗？”

“好。”

向来吐槽能力十足、唠叨起来简直能放连珠炮的宅系少年，此时只能应承下一个“好”字。他牵起少女的手，领着她向校门外走去。

夕阳将二人的身影投映在地面上。温暖的落日之下，地上的阴影没有二维和三维之分，像每一对正常的情侣那样，手牵着手，并肩同行。

对于李瑞来说，这一天，是他头十七年的人生之中，最浪漫的二十四小时。

在跟萧遥串好词之后，李瑞给阿娜打了个电话，谎称晚上在萧遥家过夜。幸好“心灵传送”的力量不能通过电波传送，继续 PPTV 之路并开始沉迷于清宫穿越剧的阿娜，对同伴的说辞并没有产生疑心。

于是，初次体验“约会”二字是什么含义的少年，带领来自游戏世界的少女，在现实的城市里享受着罗曼蒂克。

安静的校园里，二人爬上教学楼的最顶楼，在天台上观赏着日暮西沉的美好景致。夕阳无限好，温暖的橙红光芒低低地笼罩了校园，像是一层红色薄纱，轻轻地铺陈在大地与楼宇之上。

后来，两人又漫步于灯火通明的市中心，看车水马龙。夜色之中，五彩斑斓的灯光，让城市沉浸在梦幻的氛围里。少年将少女背在身上，向她介绍一座座流光溢彩的大楼，哪里有好吃的，哪里有好玩的，哪里的电影院环境最好、3D 和 IMAX 效果最给力……

再后来，走累了的两个人，在市民公园小憩。坐在市民公园的湖畔草地上，感受夜风里的阵阵清凉，仰面便是明亮的圆月。虽然看不见漫天的璀璨繁星，但是白色的月光静静地洒在草叶上，那另是一种恬淡与幽静的气氛。

到了午夜，阿娜先前所说的“药氏”天气预报终于应验，淅淅沥沥的小雨飘落下来，打湿了青草，也打湿了二人的发丝。担心美夕受凉，李瑞慌忙将自己的校服外套脱下，罩在美夕的身上。可事实证明，2D 的形体很不容易被雨淋湿——就连雨也得找准角度，才能打湿美夕。这个认知，让两个人哑然失笑，美夕浅笑着将外套还给李瑞，被凉雨打得全身发冷的少年，连打了几个喷嚏。

细密的雨丝并没有破坏这一夜。雨夜之中，二人喁喁私语，淅淅沥沥的雨声就像背景音乐似的，为他们深情地配一曲伴奏。

美夕说起她那里的游戏世界，虽然也是现代校园的题材和背景，可事实上，有太多太多的事情，与现实截然不同。即使李瑞是 ACG 方面的达人，也难以想象如果身处于 2D 世界，将是怎样的光景。不仅是身处其中的人们，就连建筑和场地，都是纸片一样的平面。那个场景，光是想象就觉得异常有趣了。

李瑞则说起他初次看见《心动之樱》时的情景。在店铺里，漫无目的地在几百款游戏中随意挑选的他，无意中瞄到了墙上的宣传海报。那是一位穿着水手服的长发女孩，笑靥如花，她的笑容比她身后飘散的樱花更加绚烂。自那一刻起，他就坚定了买下游戏、将美夕追到手的信念。

——这大概就是所谓的“一见钟情”吧。

少年在心中默念，却不敢将这句话说出口，让坐在自己身边的女孩子听见。

明明有维度的隔阂，分别来自 3D 和 2D 世界的两个人，却似乎有着说不完的话。雨渐渐停了，东方的天际浮起淡淡的白色。晨光一缕一缕地，透出了地平线，驱散了黑暗。李瑞和美夕自然而然地停止了交谈，一齐望向晨曦微露的地方，等待着日轮升起。

“好美的日出，好壮观，”美夕不由轻声感慨，“如果每天都能这样，就好了……”

“嗯？”李瑞随声附和，发出疑惑的声音。

美夕将视线从初升的旭日上收了回来，转而望向坐在自己身侧的少年，轻声诉说自己的愿望：

“每天都有学长在身边，一起看日出，看日落……”

“……”李瑞沉默了。美夕所说的，明明是那么动听的话语，他却无法回应。他想重重地点头，大声地说“好！”——然而，他明白，这是永远不可能实现的愿望。

纠结的心情，随着时间一分一秒地逝去，变得越来越强烈。临近傍晚的时候，李瑞几乎想拖着美夕，临阵脱逃，远远地逃离这座城市，到一个阿娜和萧遥他们找不到的地方，可理智还是让他作出了无奈的选择。

当温暖的暮光再次笼罩这个城市，李瑞牵着美夕回到校园，一步一步，缓缓地走向熟悉的操场。

远处的树下，立着一个高瘦的身形，那是如约前来的萧遥。昔日并肩作战的同伴，此时显得是那么冷酷，让李瑞心里不是滋味。

“学长，”看出了李瑞的踌躇，美夕轻声劝慰，“你不用担心，我明白的。”

美夕的话让李瑞更难受了。这短短一百米的距离，却让他饱受煎熬，每一步都好像戴着名为“责任”的脚镣，苦苦拖行。

萧遥将李瑞的挣扎看在眼里。这名曾经被同学们贴上了“不良”标签的酷男孩，也并非那么不近人情。为了保全李瑞的秘密，他并没有带上自己的同伴药无医。在看见李瑞那纠结到几近扭曲的面容时，萧遥无声地叹了一口气：

“再给你们五分钟道别。”

得到“特赦”的李瑞，那张苦瓜脸显得更加忧愁了。他望着美夕，却一句话都说不出口。倒是来自异世界的少女，展露出温柔又甜美的笑容：

“谢谢你，学长。这一天，是我最最开心的一天，我会将它珍藏在记忆里，永远，永远……”

李瑞却仍是无言，这位擅长吐槽的宅系少年，在这时只有沉默。

时间一分一秒地过去，先前给二人留下独处时间、因而退到一边溜达的萧遥，再次走了回来。他摊开手掌，召唤出“无限黑暗”的力量。在黑色雾气渐渐聚集的同时，萧遥将最终的选择权丢给李瑞：

“你想不想用‘精神创造’的力量送她回去？如果你下不了手，可以我来。”

沉默了两秒之后，李瑞缓缓作答：“我来。”

说完，他低声念了一句“精神创造”。空气之中，突然产生了淡淡的光华。像飞散的流萤一样，那些闪烁着五彩光芒的粒子，飞舞着渐渐聚集在一起，继而像全息画面一般，展现出美丽的场景——

在流光幻彩的光点之中，淡粉色的樱花花瓣随风舞动着。碧蓝的天幕下，淡粉的樱花如雨一般飘落。粉嫩的花瓣被明媚的阳光所映衬，缓缓地落在修长的草叶上。一滴露珠顺着叶片尖端滑落，在日光下反射出点点晶莹。透过幕帘一般的樱花雨，远远的，是一座钟楼。

那是美夕所在的学校的标志性建筑。

看见“精神创造”的力量呈现出了自己的校园，美夕微微垂下头。当她再度仰起头时，只见她的眼角飞红，同时唇边勾勒出柔美的弧度，温柔地笑：

“最后的最后，其实我一直想告诉你……我对你……我喜欢学长……谢谢你。”

笑着流泪的少女，迈开步子，走向“精神创造”所召唤的光点之中。

就在她即将穿过这扇现实与“创世界”之间的门扉时，突然，所有的光点骤然消散！

钟楼、校舍、樱花，全部消失了踪影，只有宅系少年单薄的身形：

“什么创世界和现实的和平，都滚一边去吧！我只要美夕留在这里！”

李瑞收回了“精神创造”的力量，大声宣布自己的抉择。美夕手足无措地站在原地，不知道该如何是好。而原本静静观看这一切的萧遥，冷冷地开了口：

“四眼，别再犯傻了。”

“我这是犯傻？真好笑，”眼镜少年高声反问对方，“你以为你是谁？正义使者吗？你对什么创世界斗士根本不感兴趣，不是吗？为什么偏偏要来管我的闲事！我又没做坏事，为什么不让我和美夕在一起？”

面对李瑞连续的质问，萧遥抱起双手，淡淡地回答：“我的确不是什么正义使者，但我也没兴趣看人对着纸片意淫。你和她能有什么？牵手？打啵？上三垒？

要找准角度才能看见的女人，我可没有兴趣。”

“找准角度才能看见的女人”——这几个字无疑戳中了李瑞的死穴。恼羞成怒的他，已经没有理智去分析萧遥是否有道理，更不可能听出对方是道出了二维和三维之间的本质隔阂。被激怒的少年，只是一味地捍卫自己的心上人：

“我不管她是不是纸片人，我不准你侮辱美夕！”

“侮辱？哼，”萧遥冷哼一声，“我哪句话侮辱她了，纸片还是三垒？或者我应该说，这种大眼睛的卡通人，根本就是长得跟妖怪一样？”

对于李瑞这个宅男来说，美夕就是他心目中的女神，他绝对不能容忍别人将他的女神说成“妖怪”。怒火中烧的他，高高地举起拳头，向同学脸上砸去。

萧遥侧身，轻松地避过。李瑞一击不成，直接以自己的脑袋，狠狠地向萧遥撞去。没想到他竟然会来这一招，萧遥的下巴给他撞个正着。

吃痛的萧遥也上了火，攥起拳头狠狠地击向李瑞的小腹：“浑蛋！你给我清醒一点！”

怒火愈盛的李瑞咬紧牙关，不顾被揍疼了的肚子，一手拽住萧遥的胳膊，一手攥住衬衫领口，和对方扭打起来。

比起打架的经验，曾是不良少年的萧遥当然比李瑞丰富了不知道多少倍，三下两下就摁住了李瑞的胳膊，以一个擒拿的姿势锁住了他的右胳膊。

眼看战局处于劣势，无法出拳的李瑞大吼一声：“精神创造！”

幻彩的光点再度聚集，将萧遥团团围住。无数精神幻象闯入萧遥的脑中，让他思维混乱，被各种幻觉困扰。没想到李瑞竟然为了一个动画女，拿这种招式对付他，萧遥也动了真火，在掌中蕴出“无限黑暗”的力量。

黑色的雾气与幻彩的光点打得如火如荼，两名少年的近身肉搏也是越打越没章法，拳脚相加，互放大招。但评起攻击力，还是萧遥更为强大。

就在黑雾即将吞噬幻光的时候，打红了眼的李瑞，张嘴狠狠咬向萧遥的胳膊。萧遥吃痛，手一抖，“无限黑暗”的黑雾歪向一边，像是一条黑色毒蛇一样飞速闪出，正好打在村田美夕的身上——

雾气凝成了幽深的黑洞，来自游戏世界的美少女，愕然地瞪大了眼，瞬间被黑暗所吞噬……

惊呆的李瑞，眼睁睁地看着美夕被分解为尘埃，在黑暗之中消失了踪影。愣了好半晌，少年才悲痛地呼唤起心上人的名字：

“美夕！”

然而，回答他的，只有傍晚的风声。晚风吹散了“无限黑暗”的雾气，连同少女的身影，一同消散于天地之中。

PART 13 同伴就是用来相信的!

“我一定要打倒你！”

鼻青脸肿的少年，倒在地上喘着粗气，重重地对身侧同样挂了彩的同学宣布。

后者只是冷哼一声，抬手擦干嘴角的血迹，然后头也不回地大步离开，消失在暮色之中，只留下李瑞一人，还躺在地上呼气。

受到“无限黑暗”力量波及的美夕，没有回到《心动之樱》的游戏创世界，而是被彻底地击溃了。看到那一幕，李瑞拼了命地和曾经的同伴大打出手。眼镜被打碎，脸颊被打肿，李瑞却始终不放手，一个劲地拼狠出拳。他那不要命的打法，让萧遥也不得不顾忌，吃了多次拳头。

到最后，断打的两个人都筋疲力尽。打架经验颇为丰富的萧遥，看准李瑞脱力的一瞬，狠狠一个勾拳将他揍趴下了。这场战斗终究以宅系少年的失败而告终，面对离去的对手，李瑞立下“一定要打败你”的誓言。

夜幕降临，将校园笼罩上一层深色柔纱，晚风吹得树叶沙沙作响。在这寂静的空旷操场，失去气力的少年平躺在地面上，默默地望着深沉的夜色。

与美夕肩并着肩、笑看日出日落，那短暂的二十四小时，像一场美好的梦境。他所恋慕的女孩，就这样从这个世界上消失了，而导致这一切的，是曾经和自己一同面对死亡、并肩战斗的好朋友……

这个认知，让少年痛苦地闭上了眼睛。他曾与萧遥一起潜入夜半的校园、营救阿娜，他也曾与这位伙伴面临杀人激光的生死关头、一同对付 DR.BE……他以为他们是朋友，却怎么也想不到，这个朋友会如此冷酷无情，将美夕打入了“无限黑暗”之中。

你等着，总有一天，我要打败你！

面对漫天星辰，宅系少年缓缓地捏紧了发出阵阵钝痛的右拳，在心中默默地起誓。

三天后。

温暖的阳光自窗口洒入教室之中，在木质地板上投映出耀眼的光斑。然而，教室里的气氛，却与这明媚的阳光背道而驰。每个学生都压低了声音，嘀嘀咕咕地说些什么，每个人的脸上都多多少少地带着沉重，好似有一朵无形的阴云笼罩在教室的上方。

“简直太可怕了……”几名女生聚在桌边，窃窃私语着：

“听说他脾脏都被捅破了！”

“啊啊，别说了，光是想就觉得好恐怖了。我就觉得那个顾霖，平时不吱声不吱气的，看上去怪怪的，竟然会是这种人！”

旁边一名女生听得打了一个寒战：“我做梦都没想到，杀人犯就在我们身边，就在班上，天啊！”

女孩子们的闲言碎语，隐隐约约地传入李瑞的耳中。

眼角上青紫色的浮肿还没有消下去，这使得他连眼镜都没法戴上。平时被同学们称为“四眼”的少年，此时只能微微眯起眼，困难而勉强地望向前方不远处那张空着的椅子。那是他的“同好”——顾霖原本的座位。

就在不久前——确切地说，是在两个小时之前的下课时间，顾霖忽然从书包里抽出一把水果刀，默默地走到前面的男生背后，一刀捅进了他的腰际。

在鲜血涌出、将校服染红的那一刻，整个教室陷入了可怕的寂静之中。直到被捅的男生因为疼痛而支持不住，重重地倒在了地上。之后，有女孩子尖叫出声，哭的，跑的，场面一片混乱。

顾霖右手紧握刀柄，面无表情地站在那里，默默地看着自己的同学渐渐倒在了血泊之中。周围的同学尖叫着、哭喊着，纷纷逃离教室。还是以“不良”著称的萧遥，三步并作两步上前，一脚踹飞了顾霖手里的水果刀。

再后来，老师、保安们一齐冲了进来。前者拨打120并将被血流不止的男生送进了救护车，后者则一拥而上，企图制伏一言不发的顾霖并将他扭送到保卫科先行处理。然而，谁都没有想到的是，平时看上去挺老实的顾霖，竟然跳窗而逃，六名人高马大的保安都没有追上他。面对脱逃的学生，最后，校领导决定报警。

包括班主任“政治范”在内，好几名任课老师都跟着去了医院。临时停课、被安排自习的同学们，想到刚才那一幕都是心有余悸。在班上毫不起眼、几乎是个“隐形人”的顾霖，一下子成了舆论的焦点。

在女孩子们的口中，顾霖已经成为“罪恶”的代名词。有人猜测，这次的“血案”跟感情纠纷有关。也有人反驳，被捅的男生和顾霖平时一点过节都没有，肯定是顾霖受了什么刺激，突然发了神经。还有人用非常专业的口吻作出判断：顾霖一定是一名抑郁症患者，平时看不出来，发作的时候则会作出过激行为。

性格内向、不擅长交谈的顾霖，与同班同学几乎没有什么交流，所以大家对他的评价都很模糊。但是在李瑞看来，顾霖却是一个很好的人。

同样喜欢动漫游戏，同样对ACG很有研究，对某部作品、某个人物有着相同的喜好，这种人互相之间成为“同好”——李瑞和顾霖，正是这种“同好”。因为都很喜欢美漫“超级英雄”系列的缘故，两个人在这方面很有共同语言，还经常互相分享自己收藏的漫画书。在李瑞眼里，顾霖平时的沉默少言，绝对不是什么抑郁症，而是因为他非常容易害羞，不知道怎么跟别人说话，特别是一到女生面前就脸红结巴。

李瑞怎么也不能相信，那么羞涩的一个人，会残忍到杀人的地步。更何况顾霖最爱的故事就是超级英雄，坚信正义的顾霖，怎么也不可能会做出“背后捅刀”“伤人潜逃”这么十恶不赦的事情。前几天顾霖还想找他一起去买动漫书，可是自己因为有事情没有答应。如果那个时候一起出去，说不定能知道他最近有没有发生什么事情。

一定是有什么缘故……难道是创世界角色搞的鬼？

这个念头闯入李瑞的脑海里。他下意识地望向同为创世界斗士的伙伴萧遥，可下一刻，“我们已经绝交了”这个认知就让他又将脑袋扭了回去。

三天前，被揍得鼻青脸肿的李瑞，拖着疲惫的步伐走回家。父母的惊诧和询问，都被他以“骑车摔倒”这么个蹩脚的借口骗过去了。可与他心灵相通的阿娜，那一关就没这么简单了。事实上，李瑞也没有多余的力气去想怎么骗过阿娜，和美夕约会、与萧遥厮打的场景，一幕一幕地在脑中重复，挥之不去。不用开口询问，阿娜就已经了解到了事情的前因后果。

从来与“好脾气”三个字不沾边的阿娜，并没有因为李瑞的欺瞒而“大刑伺候”，只是瞥了少年一样，然后又转到继续她的PPTV之路。

对于李瑞来说，如果这时候阿娜大骂他一顿，他说不定还更好过一些。完全被无视的他，沮丧地坐在床沿，经过好一番思想斗争，他才张口：

“阿娜，我……”

“明天开始集训，”阿娜忽然抢过话头，“虽然这次我站在萧遥那一边，但是那个嚣张的小子，我不爽他很久了。”

李瑞瞪大了眼，他完全无法理解阿娜的逻辑：既然阿娜支持萧遥的做法，为什么又要他集训、打败萧遥？

“笨蛋，这还不简单，”阿娜头也不回，目光依然锁定在偶像剧上，“我赞同他不代表我喜欢他，我想抽你个糊涂蛋不代表我不支持你。美夕的账咱们回头慢慢清算，萧遥那小子好胆敢动我罩着的笨蛋，这笔账，我可要跟他先讨！”

心头涌出莫名的暖意，少年眼眶一热。虽然心里不由吐槽着“其实这个逻辑好像有点是非不分啊”，但此时此刻，一句支持的话就能让李瑞鼓起勇气，正视自己的错误，以及与萧遥的争斗。

其实，“绝交”是一个单方面的决定。无法面对萧遥的他，连一个字都不想跟对方说，更别提主动开口去提什么绝交了。身处同一个班级的他们，这三天来，彼此都开启了“无视”这项终极技能，将对方当成了空气一样，视而不见。

然而，眼下事关“同好”，而且还是会判为刑事案件的大问题，李瑞在心中劝说自己：“事分轻重缓急，什么私人恩怨，暂时先摆在一边吧。先抓住那个捣乱的创世界浑蛋帮顾霖洗刷罪名！”

想到这里，李瑞鼓起勇气，呼唤同伴：

“喂……”

不用指名道姓，萧遥已经循声望了过来——带着极度不爽的冷眼，斜眼睨他：

“干吗？”

冷冰冰的口气，踧踧的态度，好像别人欠了他好几万块钱的臭脸，明明是怎么看怎么讨厌、怎么看怎么欠扁，但对方语气不善的一句回复，却让李瑞舒了一口气。刚才他真担心，如果萧遥继续无视他，那该怎么办，他可不想继续喊下去、热脸贴人家冷屁股。

将互殴到鼻青脸肿的“往事”先丢一旁，两名少年统一步调地“先以大局为重”。趁着课堂上一团混乱，每个人都在就“顾霖捅人”的凶案而议论纷纷的时候，李瑞与萧遥从后门溜出教室，来到无人的天台。

“顾霖绝对不是坏人！”这是宅系少年的开场白，紧接着，他将自己和顾霖“同好”的交情说给萧遥听，连同两个人一起萌漫画、一起喜欢SUPER HEROS的情况。

“所以，”萧遥微微挑眉，“按照你的逻辑，跟你一起看动漫、喜欢正义超人的，就是好人？”

“这个……”从对方的语气里听出了讽刺的意味，李瑞迟疑了两秒，最终还是坚定地点了点头，“我相信他，绝对不会做出这种事情！”

对于他的说法，萧遥嗤之以鼻，冷哼了一声：“事实就在眼前，你还拒绝相信。自欺欺人到你这种地步，也算是人间极品了。”

被评价为“极品”的李瑞急切地反驳：“可是，也有可能是创世界的角色在搞鬼啊！这么反常的事情，难道你就不觉得奇怪吗？”

“是，是很反常，但是哪个杀人案不反常？”萧遥冷眼瞥他，“马加爵、药家鑫，照样有人说他平时是好学生，可他们就干出了穷凶极恶的事情。就凭你和顾霖那点浅薄得可笑的交情，你凭什么认为他不是另一个顾家鑫？”

面对萧遥的说辞，李瑞沉默了。他无法反驳，只能弱弱地抗议：“才不是浅薄得可笑……”

“不是可笑是什么？”萧遥截过话头，打断了对方的辩解，“因为和你喜欢同一部漫画，就可以判断一个人的品性了吗？杀人犯也可以喜欢《超人》，贩冰毒的可能喜欢《蜘蛛侠》，看《新闻联播》的人成千上万，你当其中没有小偷强盗和纵火犯？你少天真了，傻B！”

一句“傻B”让李瑞彻底怒了：“你才傻B！对，我就是能确定顾霖是个好人，就凭他和我喜欢同一部漫画！你说的那些，杀人犯可以喜欢《超人》，但他一定不会喜欢超人对付罪犯的手段！卖病毒的就算喜欢《蜘蛛侠》，也肯定是喜欢里面的反派角色而不会去欣赏彼得·帕克！什么《新闻联播》就更扯淡了，就算有十万个人看《新闻联播》，有可能这十万个人都喜欢吗？说不定有九万个都在那儿吐槽呢！”

换了一口气，李瑞继续说下去：“我和顾霖的交往虽然并不深，但是我们会一起讨论漫画里的剧情。我知道他充满正义感，对英雄惩恶扬善的行为赞不绝口；我知道他恨那些反派BOSS，恨不得看他们接受正义的制裁。在你而言或许只是看动漫而已，但通过讨论动画漫画，我就是能看出他三观很正，他绝对不是坏人！”

灿烂的阳光照耀在天台上，也映照出少年未脱稚气的面容。反光的玻璃镜片之下，是一双执着的眼睛。

萧遥默默地注视着自己的同伴，在对方眼中读出了不可动摇的信任。这份对“同好”的信任，是萧遥从未接触过的，他无法理解，也无法认同。沉默了几秒之后，他终于开了口：

“既然你这么有信心，就去找关于创世界的线索好了。不过依我看，你这纯粹是浪费时间。”

李瑞冲同伴扬起了拳头，大声宣布：“咱们走着瞧！我一定会找出幕后黑手！”

如果当真有黑手的话——这句泄气的话，萧遥并没有说出口，他只是望着李瑞奔下天台，开始着手去寻找很可能莫须有的“线索”。再然后，萧遥掏出手机，拨通了自家剑客药无医的号码：

“路痴，去找阿娜。”

风声“呼呼”地划过耳际，两侧的行道树急速倒退，李瑞拼了命地踩着脚踏，几乎将自行车踩成了风火轮。发挥善于挤和钻的钉子精神，穿行在车流中的他，引来路人的斜眼和叫骂：“超毛啊！急着赶死啊！”

被诅咒的少年，将所有负面的怒骂抛在脑后，他的眼里只剩下前方的道路，他的目标只有一个——同好顾霖最有可能藏身的地方——“秘密基地”。

位于城市北角的大学城内有一家ACG真实之屋，是专门卖动画、漫画、游戏相关书籍、碟片、手办和其他周边的商店。因为处于大学城，在周围“宅”之学子的供养下，店铺的发展越来越好，现在已经拥有两层楼的店面。

以前，李瑞和顾霖曾经结伴去“真实之屋”买漫画。当看到SUPER HEROS的绝版漫画书，顾霖吞了吞口水，将双手在校服上擦了又擦，才以几近虔诚的神态，慢慢地捧起那本书，摩挲着崭新的封面。

付过了钱，两个宅人却迟迟不肯回家，在“真实之屋”旁边的K大里转悠。K大是以园林专业闻名的综合性大学，校园里的绿化做得非常好，处处都是郁郁葱葱的树木，每走几百米就有一个小庭院。顾霖领着李瑞，走到一座小园子里：

“看，像不像维奇的后花园？”

在同学面前沉默寡言的顾霖，在“同好”面前却有着活泼的一面。他高举双臂，以欢呼的姿势，向李瑞介绍自己的发现。

在他的引导下，李瑞定睛一看：一道乳白色的拱门上，爬满了美丽的紫藤。如珠串一般垂下的紫色小花，形成了天然的天花板，阻隔了阳光。在拱门旁边，整片的葱兰在风中摇曳着碧绿的叶片和洁白的花朵——这幅场景，和漫画《维奇世界》里主角所上的学校的后花园，极为相似。

“果然！神相似啊！”李瑞大声赞叹，并使用了宅男们常用的短语结构。

找到“同萌”的顾霖，竖起大拇指，给了李瑞一个“你懂的！”的眼神。然后，他扬起嘴角微笑起来，笑容中带有对二次元的憧憬：

“这里才是真正的‘真实之所’，维奇和我们的秘密基地！”

想到自己竟然在漫画角色的世界里，李瑞也热血起来，大声赞同：“嗯！维奇和我们的秘密基地！”

再后来，只要李瑞和顾霖去逛“真实之屋”买漫画和手办，就都会去“秘密基地”转一圈。也许是因为地处校园僻角的关系，那里很少有大学生出现，两名宅系少年也就乐得清闲，在基地里做着属于动漫故事的美梦。

眼下，顾霖捅伤了人之后，就跑了个无影无踪。李瑞也打了电话给他本人和他的家里，都没有人接听。思来想去，李瑞觉得，“同好”最有可能去的地方，就是“秘密基地”——对于他们来说，那是连接二次元和三次元之间的接口，是虚幻动漫和真实世界的交界点，是他们唯一可以逃避现实的地方。

一路电掣风驰，当李瑞停下疯狂转动的自行车轮、气喘吁吁地赶到K大的时候，已经下午四点多了。穿行在校园里，他熟门熟路地绕过一座座院系楼，向偏僻的“秘密基地”进发。最终，绕过由蔷薇叶编织的绿色屏障，李瑞终于看到了那座熟悉的拱门。

临近傍晚，本就不算明媚的日光，在紫藤花的遮挡下已所剩无几。一眼望去，由石柱和绿叶构成的长廊里，一片昏暗。

李瑞将自行车停在一旁，向昏暗的紫藤长廊走去。静谧的花园里，只有他的脚步踏在卵石小路上所发出的轻微声响。这沉静的气氛，让李瑞也不由得压低了声音，呼唤“同好”的名字：

“顾霖？”

回答他的，只有清风拂过叶片的沙沙声。李瑞缓缓底走进紫藤长廊，视野忽然变暗，光亮的落差让他一时不能适应。过了好一会儿，他才继续向前，并在长廊的深处，看见一“团”人。

没错，是一“团”人。那个裹着校服的微胖男孩，正抱着双膝坐在地上，将自己蜷缩成了一个团子。他的校服外套上，还残留着斑斑血迹，那是犯罪的证明。似乎是听见了李瑞的呼喊，顾霖的身体微微抖动，同时将脑袋埋得更低。

“……”不知道该如何安慰的李瑞，沉默着站在“同好”的身旁。过了好一会儿，他弯下身，一屁股坐在顾霖身边，学着对方的模样，也用双手抱住膝盖，将身体蜷缩起来。

好空旷。这是李瑞的第一个感觉。当蜷起身体，外部空间被异常放大，自己却显得越来越渺小。世界那么大，却没有自己的容身之所。想将自己裹得严严实实的，可始终觉得周围空荡荡的，怎么填都填不满。唯有在这狭窄昏暗的长廊里，世界才变得触手可及。

凉风穿过长廊，紫藤花轻轻摇曳，像是在凝视着躲在它们庇佑之下的两名少年。在阴暗的狭小空间里，李瑞感受着同伴轻微的颤抖。他怎么也不能相信，身边这位害怕到躲藏起来的顾霖，会是同学们口中所述说的“激情杀人者”。

“呐，我说，”李瑞用动漫里的翻译腔开启了话题，“你记不记得，维奇也曾经被人冤枉过？”

顾霖没有回应，只是将校服裹得更紧。李瑞瞥了一眼“同好”蜷缩的模样，继续说下去：“维奇也曾经遭人陷害被人冤枉，甚至连正义联盟的盟友都不相信他，可他还是坚持心中的正义，挺胸面对……”

“你说的根本不是一回事！维奇是被冤枉的，可我杀了人！”

向来不善言辞的少年，突然爆发出一声怒吼。他猛地抬起头，瞪圆了双眼，怒视李瑞。从那双布满血丝的发红的眼睛里，李瑞瞧出了暴戾的气息。顾霖的表现，让唯一相信他的“同好”心中“咯噔”一下，不由愣住。

看见李瑞傻愣愣的表情，顾霖因怒气而泛红的双眼，渐渐浮上了一层雾气。他垂下头，再次将自己裹成一个球。良久，才从那个“球”里，传出沉闷又哽咽的声音：

“你去叫警察好了……”

听见朋友哽咽的声音，李瑞心里也不好受。但同时，他也不得不承认，顾霖这样软弱的样子，让他放下心来：这家伙还是老样子，那个逃避在二次元世界的软弱宅男，而不是变成了暴戾凶悍的杀人魔。李瑞呼了一口气，轻轻地说：

“我来这里，不是为了抓你的。我只是想知道，当时究竟发生了什么。你身上怎么会有刀？为什么要捅他？”

一连串的疑问脱口而出，事实上，李瑞恨不得抓住顾霖的衣领拼命摇，直接问他有没有遇到什么怪事碰到什么怪人在什么地方有可能着了创世界什么角色的道。但如果这么问，势必涉及阿娜、萧遥、药无医他们之间的种种经历。李瑞只有旁敲侧击，希望能找出蛛丝马迹。

“我……我不知道……我没有带刀上学，我不知道抽屉里为什么会有刀……”

李瑞猛点头：“对对，然后怎么样？”

“然后……我发现刀……我拿起刀，当时我的脑子里一片空白，我不知道自己在干什么……等回过神来，就已经……”一回想到不久前自己的作为，顾霖的声音带上了哭腔。

“这就对了，”李瑞猛一拍巴掌，喜形于色，“莫名其妙出现的刀，还有你的脑子一片空白，就表示这件事有猫腻，绝对不是出自你本身意愿啊！”——肯定是哪个创世界角色搞的鬼，比如科幻故事中能控制别人思想的邪恶超能力者，或者是奇幻故事里喝了能让人变得很暴躁的药。

李瑞过于兴奋的语气，让顾霖错愕地望向这位本来被自己定位为“朋友”的同好。察觉到对方的目光，李瑞也意识到，自己先前的喜悦大概会被归为“幸灾乐祸”的行列。他慌忙摆动双手，急切地辩解：

“我不是那个意思！我……我绝对没有在开心，我只是……唉，怎么说，我的意思是，顾霖你伤人的举动，并不是你有意的，说不定事情还有转机！”

越说李瑞就越急躁，这些话说出口，他都觉得自己是传说中的“神逻辑”了。就像萧遥先前说的那样，人赃并获，事实无法否认。而且学校也报了警了，他们要怎么向警察证明，顾霖伤人是事出有因呢？就算他们说出事实真相，说出创世界的事情，也不会有人相信啊！

想要寻找一个完美的理由为“同好”开脱，可李瑞想得脑仁都生疼，也无法给出一个合理的解释——“创世界”的反派恶人，这种理由说出口，别人不把他们当成疯子送到脑科医院才怪！

“怎么办怎么办怎么办……”李瑞喃喃自语，一遍一遍地质问自己。

比起他热锅上的蚂蚁一般急得团团转的动作，已经心灰意冷的顾霖，只是颓然地坐在地上。他低垂着头，怔怔地望着自己满是血迹与泥土的双手。

已经干涸的血迹，与泥土混在一起，形成一块一块黯淡的印记。凝视着这双手，直到此刻，顾霖都无法相信，自己竟然会做出拿尖刀捅伤同学的事情来。

“他……怎么样了？”良久，顾霖抬起头，询问李瑞。

“呃，”李瑞支吾了一下，他不知道自己该不该说出实情。在顾霖求助的目光下，他最终艰难地开了口，“没有生命危险，听说是……脾脏破裂。”

顾霖怔了有半分钟之久，然后，他抬起双手，捂住了自己的脑袋：

“怎么办！怎么会这样！我简直是鬼迷了心窍！我不是故意伤人的……我……我不想做少年犯……”

面对顾霖自责的神情，李瑞连忙安慰：“你别急，咱们一定能想出办法的！”

话虽这么说，可李瑞心里其实一点底也没有。就在他一筹莫展的时候，忽然，顾霖想到了什么似的，他猛然抬起头，眼里闪过了希望的光芒：“我认识一个K大的学姐，她是法学院的学生！她或许能想到什么办法！”

“那你还愣着干什么，赶紧打电话啊！”李瑞催促道。

顾霖赶紧拨打了电话，在简单讲述了自己的情况之后，对方让他在原地等待。大约十分钟后，一名女生快步走进紫藤花长廊，进入了二人的“秘密基地”。

“就算是故意伤人的案件，也不是没有民事和解的可能。”

学姐的声音柔而动听，她穿着白色收腰衬衫，领口系着蓝色蝴蝶结，与之呼应的是同色系的深蓝长裙。她五官清秀、一头乌黑的长发，绝对可以用“美女”来形容。

看见李瑞打量的目光，美女微微一笑自报家门：“我是K大法学院的学生，你就跟着顾霖，喊我一声‘学姐’吧。”

“学姐，我……我该怎么办？”顾霖将求助的目光投向对方。

美女学姐拍了拍手里的课本，那是一本《刑法学》。她扬起唇角，笑容温和而灿烂：“你别急，我先帮你分析一下可行的办法吧。”

救星！这是李瑞脑中闪过的第一个念头。他与顾霖二人面面相觑，下一刻，李瑞一个箭步冲到学姐面前，激动不已：“真的吗？学姐，真的可以解释清楚？”

“不是解释，是和解。”美女学姐笑着纠正李瑞的错误，随后开始进行阐述：

“如果我没有猜错，现在你们的困境是，顾霖持刀伤人，并造成了同学脾脏破裂的后果。这件事往严重了说，故意伤害罪，可以判处三年以上十年以下有期徒刑。而且按照我国法律，已满14周岁的自然人有故意伤害致人重伤或死亡行为的，都应当负刑事责任。也就是说，顾霖已经符合坐牢的条件了。”

这句话将李瑞刚刚升起的希望彻底击碎了。听见自己要坐牢，顾霖两手捂住脸孔，啜泣起来。学姐将他们悲惨的模样收进眼里，继续说下去：

“但事情也并非没有转圜的余地。我刚才也听得出来，顾霖自己也极有悔意。如果接下来的事情处理妥当的话，可以力求和解，不但不用坐牢，而且可以不留案底。也就是说，不造成任何负面后果。”

李瑞急切地问：“真的吗？那要怎么做？”

“我有一个学长，现在是市里有名的律师，”学姐淡淡一笑，轻声说，“我可以领你们去他的事务所，他有着丰富的律师经验，处理这种事情，对他来说是轻而易举。”

李瑞和顾霖忙点头答应。美女学姐领着两个少年，在校门外拦了一辆TAXI，一路向传说中的律师事务所疾驰而去。

将所有希望放在这个“学姐”身上的两名少年，并没有注意到，当学姐转过身，她的嘴角，浮起一抹令人通体生寒的邪恶笑容。

话分两头。

当李瑞在K大“秘密基地”找到顾霖并随着学姐一同前往律师事务所的时候，药无医与阿娜也赶到了学校，与萧遥碰面。

约定地点仍然是在人迹罕至的顶楼天台。在药无医和阿娜到达之后，萧遥锁住了天台大门，防止有不明真相人士误闯。一直待在药无医身后背包之中的阿娜，随即显出了她2D的身形。面对两位来自创世界的斗士，萧遥将顾霖如何捅伤同学、李瑞又如何打算维护“同好”的经过，做了简略地陈述。

“那个笨蛋，”手持法杖的少女魔法师，毫不留情地以贬义词称呼自己的同伴，“别说顾霖伤人到底是不是本意，就算跟创世界有关，就凭他一个人能做什么？送死吗？少搞笑了！”

她的说法得到了萧遥的赞同。与二人不同的是，药无医却坚决站在李瑞这一边：“小兄弟重情重义，心系友人安危，不惜孤身犯险。这份侠义之心，药某敬佩他。”

萧遥瞥了他一眼：“什么‘孤身犯险’，我看是自己找死才对。”

“去找死也就罢了，连招呼都不打一声，哼，当老娘死的吗？”嚣张的天才魔导师开始自称“老娘”，那是她蓄满怒气值的表现。

萧遥与阿娜的一唱一和，让药无医不由冒出冷汗，并在心中为城市另一边的少年祈福：小兄弟，你自求多福。

“四眼有提过顾霖吗？”萧遥挑眉，向阿娜提问。

阿娜迅速在她与李瑞共享的脑内记忆中，搜寻顾霖的相关信息。没多久，女魔法师“啪”地打了一个响指：“宾果！我想起来了，那笨蛋曾经跟个胖小子一起去K大，还说什么‘秘密基地’，应该就是那里！”

对于脑波同步的伙伴来说，根本没有什么“秘密”可言。确认了目的地，萧遥的疑问只剩下一个：

“这事和创世界有关吗？”

具有奇幻感知能力的魔法师，挥舞着她的法杖，试图寻找有关创世界的蛛丝马迹。半分钟后，她摇了摇头：

“感觉不到创世界的气息，”她一挥法杖，帅气地指向前方，“管他有没有人搞鬼，眼下最要紧的，是把那个乱跑的笨蛋抓回来K一顿！”

三人很快作出“追”的决定，萧遥将阿娜装在背包里，与药无医一齐奔出校园，随手拦下一辆TAXI，的士一路飞驰，向城北进发。

大约半小时的车程之后，出租车驶离了主干道，进入大学城的道路。由于是高校林立的新建城区，这里的视野相当开阔，六车道的马路两边并没有多少行人，学生们更乐于在各自的校园以及被称之为“后街”的生活区里活动。在这宽阔的大道上，司机彪悍地将车速提到了七十码，突然，车体猛地一震：

“嘭！”

刺耳的响声传入众人耳中。突然，疾驰的TAXI向道路一边歪斜。大惊失色的司机猛打方向盘，但这个动作并不能阻止车子的走向，飞速偏转的出租车向马路旁的绿化带狠狠撞去。

剧烈的撞击力让车上的人都重重向前倒去。坐在一旁的药无医猛地伸出手，拦在了萧遥的额头前，使得少年的脑门没有直直地磕在驾驶员背后的钢质围栏上。幸好司机系着安全带，才避免了一头撞在玻璃上的惨剧。大概过了半分钟，回过神来的司机骂骂咧咧地打开车门，下车查看自家“坐骑”的状况：车头已经撞得完全变形，保险杠掉落在地，瘪瘪的左前胎软趴趴地瘫在地面上。

“×！好好的爆个毛胎！”司机大骂不止。

跟着下了车的萧遥和药无医，也都绕到了车头前。来自武侠江湖世界、对机动车一无所知的药无医，忽然蹲下身，伸手触摸发烫的轮胎。

“怎么？”见他面色凝重，萧遥问。

药无医没有回答，只是继续摸索着车轮。几秒之后，他收回了手，向萧遥摊开了掌心：

那是一枚黑色铁器，通体布满了锋利的尖刺。

铁蒺藜。这种东西，萧遥只在武侠小说里读到过。没想到传说中的江湖暗器，竟然会出现在现实世界里，还是导致他们车祸的罪魁祸首。一个可怕的猜测出现在萧遥脑中，他默默地望向身侧的剑客，只见药无医抿紧双唇，眉间成川。

“这玩意儿的主人，你认识。”这句不是疑问，而是陈述。萧遥从兜里掏出

一张百元大钞，递给司机之后，他将装有阿娜的背包背在身上，微微挑眉，与其说是疑问，不如说是确认，“《人在江湖》？”

“不错，”药无医轻轻点头，“这枚铁蒺藜属于一名故人……”

话音刚落，只听破空之声，一件黑色物事，直冲萧遥面门。

药无医骤然出手，他“唰”地抖开腰间软剑，以剑身挡住了暗器。“铿”地一声，剑吟不绝，铁蒺藜应声而落。

“啪、啪、啪。”

不远处的小巷里传来零零落落的掌声。一个身穿黑色劲装、戴着墨镜的高壮男人，慢悠悠地从巷口现身。他的唇角扬起歪斜的弧度，漫不经心地拍了拍手，道:

“没救小儿，别来无恙？多日不见，身手倒并未退步，这实是让我意外。”

说话的同时，就在他鼓掌的双手之间，忽射出数道黑光！

早有防备的药无医，手中长剑如光如电。只听十二声脆响，铁蒺藜应声落地。这一招名为“落花十三式”，是唐门暗器的不传之招。药无医面色一变，只见萧遥身侧的出租车车门上，一枚铁蒺藜已入钢三分。

“没救小儿，你变得迟钝了，”男人发出“啧啧”的声音，笑着摇了摇头，“这个世界不仅剥夺了你的方向感，连你的听力也被削弱了吗？”

对方挑衅的言论，并没有激怒药无医。他身形未动，目光依然锁定对手，只是冲萧遥沉声道：“主上，你带着司机先走。”

“哈哈哈哈，‘主上’？”男人忽然大笑出声，笑不可遏。他摘下墨镜，露出他的面孔。他的鼻梁上有一条疤痕，一直从鼻骨划到右脸颊。当他笑起来，这道疤痕就随之扭曲，说不出的狰狞。好半天，男人止住了笑声，以那双透露着阴沉之色的黑眼，冷冷地望向药无医：

“这么多年，你还是没变，甘愿做他人的走狗。”

同伴被骂作“走狗”，这让萧遥忍无可忍。他伸出手掌，在掌心蕴出“无限黑暗”的力量。药无医以仅剩的一只眼瞧见了萧遥的动作，并出手阻止了他。轻声叮嘱了一声“快走”，药无医拦在萧遥身前，沉声道：

“欺师灭祖，罔顾养育之恩，陆千秋，你的所作所为，连畜生都不如。”

被称呼为“陆千秋”的男子冷笑一声，他手腕一翻，从靴筒里亮出了双刀：

“人不为己天诛地灭。多说无益，想跟我讨老头子的命债，那也得你有这本事。

你说对吗？陆兄。”

一声“陆兄”，让药无医面色微白。面对疾奔而来的仇敌，他只有握紧手中长剑——

战！

PART 14 江湖恩怨怎么破?

残阳似血。夕阳铺陈在宽阔的路面上，好似泼上了一层血漆。两个对峙的人影，被落日投映在地。晚风微凉，拂过剑侠的鬓角，也拂过刺客手中冰冷的双刀。

陆千秋疾奔而来，身形如电，尖刀利刃在落日之下反射出耀眼的寒光。药无医踏出一步，身形微沉，一招“云出岫”，软剑剑气如行云流水，密不透风地封住了陆千秋的刀向。

药无医的守式虽然完备，但他毕竟失了一眼，武技稍有折扣。而陆千秋却是步步紧逼，刀刀致命，手中双刀攻势越急，一刀一刀与药无医软剑相击，刀剑相接之音铿锵不绝。

“哈，”搏命之时，陆千秋竟大笑出声，“这么多年，你竟还在用死老头的那一套，可笑！”

“住口，”药无医厉声喝止，“不可侮辱师尊！”

陆千秋微微眯眼，眼露阴霾之色：“成王败寇，胜者为王。什么师尊，不过是死在我刀下的手下败将！”

说话的同时，陆千秋纵身一跃，寒光之刃兜头劈下，直取对方天灵。药无医侧身相避，同时手中软剑自侧方斜刺，有如高崖之松，虽因强风日夜侵袭枝叶稍移，但根基稳若泰山。这稳若山松的一招，正名为“松千涛”。

药无医侧身斜刺，眼看将要击中飞腾而起的陆千秋。陆千秋在这时，竟扬唇嗤笑：“没救小儿，你未免太小看了我！好歹我也跟着死老头学了四年，这种把戏，休想伤我！”

话音未落，陆千秋猛地腾转身形，手里已多出数枚铁蒺藜，尽数向药无医周身飞速击去！

药无医长剑回旋，剑光流转，只听金属相击铿锵之声，铁蒺藜被剑身一一拦下。

而陆千秋杀招不减，在药无医出招之间隙，双刀急舞，眼看这一刀斩开长剑，就要卸下对方一条胳膊——

“无限黑暗！”

“炎之矢！”

一团黑雾直袭而来，与之相伴的，还有燃烧着的火焰之箭。耀眼的火光缠绕着邪恶的黑气，那是萧遥和阿娜同时出招，一齐向陆千秋发动进攻。司机扔下了车，早就跑得没影没踪。

陆千秋冷哼一声，旋身挥刀，将两股不属于现实的奇幻力量一刀劈开。黑色的雾气在他的刀锋散去，火焰被刀气荡平，继而熄灭。

敌手轻轻松松地将“无限黑暗”与火焰魔法的力量打散，这让来自于2D世界的少女魔法师皱起了眉头：“啧，3D游戏的BOSS么……”

萧遥立刻会意。上一次遇到的3D角色——DR.BE，差点让他们全军覆没。在“维度”这条不可逾越的鸿沟前，就连法力超群的阿娜，也没有把握伤到陆千秋。

不过，虽然这两招没能伤及对手，却也打断了他的杀招。药无医寻得破绽，舞剑回击，剑气纵横，逼退陆千秋数步。

“坏我大事，臭小子，我就先拿你来祭刀！”

陆千秋目露凶光，瞪向萧遥和阿娜。只听“铿——”的一声，他将双手上的弯刀重重撞击在一起。独特的榫卯结构，竟让双刀拼接起来，形成一把宛若月轮的奇刃。陆千秋一步踏后，微微弓身，运气蓄力，猛地将奇刃击了出去！

“小心！”

瞧出陆千秋这一招是唐门秘术“双燕斩”，药无医提气一跃，飞纵至萧遥与阿娜身前。就在此时，陆千秋的唇边扬起一抹邪气的笑容：

“这么多年，你还是一点长进都没有啊，始终是一条愚蠢的忠犬。”

话音未落，已是血光飞溅。陆千秋那一招“双燕斩”，不偏不倚正击在药无医的前胸，登时在他的胸膛上划开一条硕大的血口。原来，陆千秋早就料到药无医护主的行动，他佯装攻击萧遥，其实是算准了方位和角度，为的就是重创敌手！

鲜血喷薄而出，染红了衣襟。“双燕斩”并没有就此罢手，划开皮肉之后继续飞速旋转，企图割断肋骨，将药无医开膛破肚！

“暴雪冰封，封！”

冰之魔法在空气中召唤出凛冽的冰霜，急速向飞旋的奇刃侵袭。冰晶爬上双刀的刀刃，结起一层薄薄的白霜。双刀飞旋的速度减缓，最终被冻结，掉落在地，发出一声脆响。

阿娜的魔法阻止了陆千秋的攻击，萧遥冲上前扶住药无医。此时的剑客浑身浴血，他轻轻推开了自己的同伴，低声叮嘱了一句“快走”。紧握长剑的他，用仅剩的一只眼牢牢锁定敌手。

开膛破肚之招，被阿娜的冰魔法打断，陆千秋却不以为意，只是扯动嘴角歪斜地冷笑：“啧，纸片女，看来你倒是很闲嘛。”

“你什么意思？”听出他话里有话，阿娜挑眉问。

陆千秋邪气地一笑：“就不知道那个李瑞，现在是死是活了。”

不只阿娜，萧遥和药无医都是大惊。陆千秋竟然知道李瑞，看他的样子，似乎是对四人的关系了如指掌。原本以为对头从《人在江湖》的3D游戏创世界中来到现实世界，只是为了来找自己的麻烦，可现在看来事情绝非这么简单，药无医沉声道：“陆千秋，你究竟为何而来？李小兄弟究竟怎样了？”

陆千秋大笑出声，他右手成爪，微一运气，地上的双刀就飞回到他的手中。他不急不慢地敲了敲满是冰霜的刀刃，冰晶应声碎落。他斜了一眼浑身浴血的剑客，笑道：“凭我们的交情，难不成你以为我会告诉你么？陆兄。”

再次被称呼为“陆兄”，药无医长叹一声。陈年旧事一齐浮上心头，儿时的记忆中，那些欢笑与痛楚，少年时的情义，曾经历练的背叛与悲愤，一幕一幕，犹在眼前——

在人来人往的繁华街道上，两个衣衫褴褛的孩童，蜷缩在饭馆的墙脚下，眼巴巴地望着吃得大腹便便的食客们抹着嘴巴从饭馆里走出。饭菜的香味从朱红的门扉中传来，年纪稍小些的那个男孩忍不住吞了吞口水，发出“咕噜”一声。大的那个听见了，轻轻地摸了摸弟弟的脑袋，安慰道：“再忍忍，再忍忍，一会儿就有吃的了。”

在哥哥的安抚下，小的那个乖乖地点了点头，抱着膝盖继续等待。这一等就等到月上枝头，直到饭馆打烊的那一刻，大孩子吩咐弟弟在门口乖乖等着，自己则跨进门槛，学着小二的模样，搬开竖起来比他人还高的长条板凳，将条凳一张一张地摞在桌子上，小心地拾掇着。店小二显然也不是第一次看见他，乐得有人搭手帮忙。待到最后一张桌椅收拾完毕，小二从厨房里拿出两个卖剩下的馒头，塞进了大孩子的手里。

大孩子捧着馒头点头道谢，然后奔出大门，摇醒靠在门边已经睡着了的弟弟，将馒头放进对方小小、脏脏的手掌心。睡得迷迷糊糊的弟弟一见馒头，连瞌睡都被抛到了九霄云外，忙不迭地啃起来。看着他吃得无比欢脱的样子，大孩子又将自己的那一份掰了一半，再次递给弟弟。面对弟弟疑惑的眼神，大孩子温柔地笑了笑：“哥不饿。”

对于两个孤儿来说，他们的日子虽然艰苦，却因彼此的陪伴而温暖快乐。一个馒头，一只在地上捡的破烂花灯，都能让两个孩子露出真心满足的笑容。直到有一天，一名老者的出现，让二人的命运，从此踏上了不同的轨迹。

慕英白，江湖上富有盛名的“剑圣”，多少武林人士想拜他为师，可这位耄耋之年的老者却从未收徒，直至他路经小镇，看见两个蜷缩在墙角的孩童。虽是衣衫褴褛，明明可以用“穷困潦倒、朝不保夕”来形容，两个孩子却是满脸笑容。

更令慕英白啧啧称奇的是，精通道术的他，在两个孩子的面容上，读出了截然不同的运势。若论根骨，两个孩子都是学武的奇才。可若论面相，这两个偎依在一起、分享着同一个馒头的孩子，竟是死敌之兆。瞧出这一点，慕英白决定收二人为徒，希望以己之力，逆天转运，让这两个孩子避开刀剑相向的命运。

然而，天命注定，慕英白此举，竟是一手促成了悲剧。他将两名少年收为弟子，大的那个取名“陆无双”，小的那个取名“陆千秋”，并教二人读书习武，文有四书五经，武有惊世剑法。

七年之后，陆无双年满十六，陆千秋年满十三。慕英白为突破剑术新境界，决定闭关一月，细细参详。见师尊闭关，生性活泼好动的陆千秋便拉着陆无双下山，却被唐门中人所捕。

唐门与慕英白素有仇怨。“剑圣”之名威震江湖，锄强扶弱的慕英白数次破坏了唐门的好事，唐门将他视为眼中钉、肉中刺。此次捉到剑圣爱徒，唐门中人自然不会放过这个大好机会。他们逼迫两兄弟服食毒药，以二人性命相挟，要陆无双、陆千秋向慕英白下毒。

“师尊于我二人有养育之恩，犹如再生父母。你们要杀要剐，放马过来便是！想借我之手毒害师尊，绝无可能！千秋，黄泉路上，有兄弟相伴，也算一件幸事！”

当身中剧毒的陆无双发出如此豪言壮语之时，陆千秋却犹豫了。年方十三的少年，在毒物的折磨下，痛楚难耐。最终，稚嫩的少年苦苦哀求：

“哥，难道我的命，比不上那个老头？师父与我们不过相识七年，我却是你的亲弟弟啊！”

此言一出，陆无双立刻甩了对方一个巴掌。由于他的手上铐着铁镣，这一巴掌带动铁链，划过陆千秋的鼻骨，竟将他打破了相。贯穿了右脸颊的伤口，汩汩地冒出鲜血。

被向来疼爱自己的哥哥所伤，陆千秋惊愕异常，只有愣愣地瞪着面前的兄长。伤口火辣辣地疼，良久，少年微微地眯起眼，冷冷道：

“人不为己，天诛地灭。你不在乎我的命，我亦不想给你陪葬！”

自此，陆千秋为保性命，投入唐门，并立誓“毒杀慕英白”。他将兄长陆无双囚禁在唐门之中，自己则回到山上，向剑圣慕英白禀报说陆无双被贼人所掳。在慕英白急切下山、打算营救徒儿的时候，陆千秋趁老者不备，设计将其毒杀。

至此，兄弟二人，终成死仇。

黑暗的牢笼中，伤痕累累的青年被铁链拴住。一脸阴霾之色的少年，缓缓走进牢房，以唐门双刀斩断了陆无双身上的锁链。面对奄奄一息的兄长，陆千秋冷笑道：

“今日我放你一条生路，算是报答过往的恩情。往后若再相见，必报你一掌破面之仇，休怪我手下无情！”

陆无双默默地注视着少年，看对方脸上皮肉翻出的伤口，让这位曾经的弟兄面目狰狞。撑起一口气，陆无双挥剑割袍，断情绝义。

而从此之后，他也抛弃了过往的姓名，自称“药无医”。他苦练剑术，为的是有朝一日，可以制裁陆千秋和唐门，为师尊报仇。

——这一段陈年往事，浮现在药无医的回忆之中，也通过“心灵传送”的力量，传达到了萧遥的脑子里。

没想到《人在江湖》的故事里，药无医的身世竟如此坎坷，萧遥拍了拍浴血的同伴，跨前一步，挡在了药无医的身前，在手中蕴出“无限黑暗”的力量。

“主上，”身后传来药无医的低声呼唤，“这一战，乃是我的宿命，亦无须他人插手。请主上带着阿娜姑娘离开，解救李小兄弟，才是当务之急。”

萧遥没有动，他连脚趾都没有挪动，摆明了当药无医的话是耳边风。

“绝对不会丢下你。”

——少年这一句坚定的信念，通过“心灵传送”，传入药无医的意识里。平日里都是一脸严肃的剑客，此时微微扬起唇角，露出了极温和的微笑：

“药某何其幸，能结识主上。多谢……再会。”

——当脑中传来这一句告别，萧遥错愕转身，可下一刻，他只觉得腰间一紧，整个人天旋地转，飞腾在半空，然后重重摔落在地。

原来，药无医以一根长索缠住了萧遥的腰，使力一甩，将他摔了出去！

“娜姑娘，拜托了！”

这是剑客对同伴所说的最后一句话。只见他舞起长剑，银龙长啸，剑吟不绝。剑气荡起满地落叶，在日头之下化作一条银龙，径直向陆千秋击去——

“九俱焚灭？”陆千秋恨声道，“看来你是宁可不要命，也要置我于死地了？”

药无医没有回应，只是凝神贯气，将手里的剑舞得更急。这一招实是招如其名，“九俱焚灭”，乃是玉石俱焚、同归于尽的招数！他一人一剑，几成一体，飞纵于长空，如流星赶月一般，剑气横扫四周，浩气如潮！剑气所荡之处，草木为之伏倒，皆被剑气扫飞出去！

陆千秋冷哼一声，架起双刀，出招与药无医相击！

剑光与刀光相接，轰鸣之声如若雷击。刀气、剑气，排山倒海一般，凌厉肆虐，震得道边落叶纷飞！

重击之下，药无医胸前伤口鲜血涌出，而他双眉微敛，剑势不退。面对他的攻势，陆千秋面色阴沉，面上疤痕愈显狰狞。只见药无医长剑银光皎如游龙，间或闪过血光点点。他挥剑平荡，竟似劈山之势，气劲凌厉，直将地面上轰出一道裂口，碎石纷飞！

陆千秋双刀轮转，一刀架起药无医之剑招，一刀直刺对方胸腹。对这一记狠招，药无医竟避也不避，一刀入腹，血流不止，他却像是不觉疼痛似的。敌手攻之越急，他的剑法也就越快！

见他这不要命的打法，陆千秋面露骇然之色，他意欲抽回双刀，伺机再出杀招。可药无医却以左手死死扣住腹上尖刀之刀柄，继而牢牢抓住陆千秋执刀之手。

陆千秋大急，他使力挣扎，想要挣脱药无医的桎梏。然而，任由他怎么拧动手里的尖刀，药无医的眉头竟不皱一下，任由对方将自己捅了个肠穿肚烂。

额头被刀气划破，鲜血顺着药无医的面颊滑下，将衣襟尽数染红。他胸前、腹部的伤口止不住滴血，一滴一滴，落在脚下草丛与落叶之中。可即便是在此时此刻，他仍是将脊背挺得笔直。面对眼前这位曾经兄弟情深的敌手，药无医淡淡一笑，左手死死捏住陆千秋手腕将他拉近身前，右手长剑骤然落下——

长剑自陆千秋背后刺入，穿胸而过，又扎进药无医的胸膛，贯穿至背心。银白的剑尖自药无医背后透出，鲜血汇聚而下，一滴，又一滴。

“千秋，兄长对不住你……”

药无医轻声道，一如年幼之时，在弟弟耳畔叮咛安抚。下一刻，年轻的剑客运起全身气劲，施展“九俱焚灭”禁断之招——

爆裂！

漫天红雨，鲜血洒落在大地上，染红了道路和道边碧草。两名武林顶级高手，消散于一片血雾之中，再无可寻。

这一切发生得太快，二人搏命之招都是在瞬息完成，萧遥只有眼睁睁地看着那位称呼自己为“主上”的忠诚的剑客与对手同归于尽，化为漫天凄迷的血雾。

“……”

少年发不出声音，他怔怔地望着那血泊，不敢相信那就是同伴最终的归宿。没有多久，就连地面上的血泊都消失了，整条街道恢复了原来的面貌，就像什么都没发生过一样。

身形高大的剑者，再也不会跟在自己身后，说些“孔曰成仁，孟曰取义”的大道理。他明明嫌对方啰嗦，明明讨厌自己的一举一动都会被对方洞悉，他还经常设计把那个路痴甩到几公里以外的地方，害他迷失在水泥森林里……

可是，他每一次，每一次都会找到他。他总是一身风尘仆仆的样子，走到他的身边，喊他一声："主上。"

眼眶忍不住泛了酸，心脏像是被一只无形的手揪住了，又被狠狠地拧了几下。在同学之中向来被冠以"冷酷"这个评价的萧遥，愣愣地望着前方。

落日西沉，他似乎还能看见剑者的身影，看见他手持长剑的模样。那些唠叨似乎还在耳边，从不曾离去。他想起李瑞曾经的质疑："你们是从游戏世界来的，绝对不会死的对不对？游戏GAME OVER了都可以读档重来的对不对？你告诉我药无医没有死对不对？"

然而，萧遥明白，自己的守护者终究离开了这个世界。他一遍又一遍地尝试着去和自己心意相通的伙伴进行脑波沟通，可结果一次又一次地让他失望。

药无医，真的不在了。

为了保护他们，药无医与陆千秋同归于尽了。

——这个认知，让少年颓然地闭上了眼。他无力地蹲在地上，双手捂住了自己的脸孔。

温暖的液体，从指缝间滑落。

曾经，他一直以为药无医会跟随他，只是为了保护创世界这项任务。他将这个古板的江湖剑客当作自己的随从，毫不在意地呼来喝去，因为他觉得，保护自己是药无医必须执行的任务，他们之间只是互相利用的关系。

直到这一刻，他才意识到，药无医在他的心里，绝对不是随从那么简单。他们是心意相通的同伴，是可以相互信任、相互托付的战友。药无医从来不曾利用他什么，剑侠的苦口婆心、剑侠的宽厚沉稳，从来都是为了帮助他，仅此而已。

曾经被李瑞评价为"中二"，不惮以最大的阴暗想法来揣测别人、不惮以最大的恶意来抱怨社会的萧遥，突然觉得，心底有什么东西破碎了。

那些黑暗的力量，化成了淡淡的黑色雾气，从萧遥的身体中渐渐浮出，飘荡到空气里，渐渐消散。

感受到友情可贵、学会了感恩的萧遥，失去了"无限黑暗"的力量。

当最后一抹阳光消失在地平线之下，街道上亮起了一盏盏璀璨霓虹，将都市映照成闪亮通明的不夜城。跟随着温柔学姐的脚步，李瑞和顾霖走下TAXI，却发现车竟然已经开到郊区来了。

奇怪，按理说这种律师所应该设置在人群聚集的市中心，可学姐为什么带他们来到人迹罕至的郊区来呢？

“那个，学姐，”暗暗起疑的李瑞忍不住开口询问，“咱们这是往哪儿走啊？”

“我学长的律师事务所啊。”美女学姐笑得异常温柔。

“可是这么晚了，律师也该下班了吧？”

面对李瑞的疑问，自称“K大法律系”的美貌学姐只是用轻轻一笑作为回答，笑得高深莫测。

这时，三人已经走到了市郊的一条大道上。虽然说是“大道”，但毕竟不同于市中心的繁华热闹，或许是到了“饭点”的缘故，路上少有行人，只偶尔有几辆私家车飞驰而过。

从内心深处来说，李瑞真心地希望这位相貌秀丽、举止温柔的学姐是来帮助他们、为他们提供法律援助的。然而，这越来越偏僻的道路，让他不由得产生了疑心。他按住了失魂落魄的顾霖的肩膀，故意放慢了脚步，和前方的学姐拉开了距离，做好了见势不妙就拖着同学逃跑的打算。

似乎察觉到他的意图，美女学姐停下步子，转身笑着望向二人：“怎么了？走不动了吗？”

在她开口的那一刹，路灯忽然“咔嚓”一声熄灭了。在黑暗的瞬间，李瑞分明看见，学姐的瞳孔绽放出一种妖异的紫色。

不好！突然意识到不妙的李瑞，拉紧了同学的手，开始向后退：一定是创世界的角色，但这么真实的人物，难道又是出自什么3D游戏？

李瑞的脑袋转得飞快，他突然一手捂住肚子，苦着脸向“学姐”解释：“不是走累了，是实在尿急啊！那个，学姐，我支持不住了，想去路边解决一下，你能不能……那个……非礼勿视啊……”

少年故意装作苦恼和害羞的样子，这让“学姐”发出一声娇笑，笑骂道：“就你事多。”

“人有三急嘛，”李瑞一边往路边的绿化带里撤，一边招呼同学，“喂，顾霖，过来一点，帮我把个风。”

不明究竟的顾霖，跟随李瑞走到路边。李瑞躲到树后，佯装解裤带，高声说：“学姐，不许偷看啊！”

李瑞偷偷探头望，瞥见学姐真的转过了身，他一把抓住顾霖的胳膊，低声说了一句“快跑”，同时已经拽着人撒丫子向路边小巷子里狂奔。

两个人奔跑的足音，立刻引起了“学姐”的注意。妖异的紫眸在黑暗中闪亮，学姐扬起唇角，笑得异常诡异：“竟然识破了吗？想跑，没那么容易！”

话音未落，学姐那身得体的裙装，瞬间化为片片晶体，碎裂消失，露出一层晶莹透亮、仿佛钻石一般的皮肤来。

学姐暴露出她非人的面貌，这让边跑边回头的顾霖吓得大叫，继而眼前一黑，整个人昏了过去。

“尼玛啊！”李瑞气得爆粗，他使劲拖起同学瘫软的身躯，企图背着顾霖逃跑。可是被同学们称为“小胖子”的顾霖，比起瘦竹竿似的李瑞，那根本就不是一个吨位的。李瑞费尽九牛二虎之力，好容易才搭着顾霖的胳膊拖起半个身子。而这时，露出真面目的“学姐”已经追至身前。

近距离看到妖异“学姐”，李瑞可以在她闪亮亮的皮肤上——好吧，如果那能够称之为“皮肤”的话——看见自己的身影，看见自己拖着同学一脸纠结的狼狈面貌。李瑞忍不住在心里吐槽一句“真是破坏我英明神武的形象”，然后报出了对方的名字：

“镜之女王，来自《MIRROR！ MIRROR！》，具有幻化超能力的女BOSS。”

“不愧是神明大人相中的货色，果然见多识广，我这么冷门的游戏角色，你都认得出来。”镜之女王轻轻一笑，随着她的动作，全身的镜片折射出璀璨的光芒。

我才不想认出来呢！尼玛幻化什么的超能力最坑爹了，比孙悟空的七十二变还变态，想扮谁就扮谁，真是破坏游戏平衡的卑鄙设定啊！

——李瑞不由如此腹诽。《MIRROR！ MIRROR！》是一款动作类冒险向游戏，玩家扮演的主角王子殿下要在奇幻世界中打败各种妖精，最终拯救自己将要迎娶的公主。这个类似童话一般老套的主线剧情让很多玩家不屑，因此游戏销量也相当惨淡。不过游戏里的一些BOSS设定，绝对可以用“BT”来形容，比如这位镜之女王，她会藏身在市镇里，变化成NPC的模样，玩家如果不能在30分钟之内将她找出，就会直接宣布GAME OVER。

游戏里就罢了，没想到在现实世界还是着了对方的道，李瑞暗暗骂娘。眼见现在逃也逃不掉，被吓昏过去的同学赖在地上拖也拖不动，李瑞干脆直面惨淡的人生：

“说吧，你究竟想怎么样。我一没钱二没势三没色你想打劫也劫不出什么。好歹你在创世界也是个BOSS级的人物，来现实跟我们折腾个什么劲啊！我看故事里你也没什么愿望没什么野心为什么非要来现实里折腾啊？”

全身亮闪闪的镜之女王，笑着华丽地一转身，每一片镜子上都映出了李瑞的囧脸。这位奇幻世界里的女王，娇笑着向少年伸出了纤细的手臂，说：“我并没有什么愿望和野心，只是顺应神明大人的召唤，为他分忧解难罢了。”

李瑞侧身躲避，那全是以镜片组成、明晃晃的手，光是看着就很吓人了。他强忍着一榔头把它捶个稀巴烂的冲动，继续问：“什么神明大人？”

“乖乖跟我走，就能见到神明大人。”

面对镜之女王的回答，李瑞嘀咕了一声“鬼才跟你走呢”，一边召唤出“精神创造”的力量。

“精神创造！”

顿时，空气中闪烁起绚烂的萤光，光点飞舞着，组成了校园的模样。高耸的教学楼，空旷的操场，花花草草一应俱全。忽然，教学楼的大门被打开，门内奔出无数个李瑞，每一个李瑞都拖着一个昏倒的顾霖。

“你以为就你会幻化吗？也让你尝尝‘大家来找茬’的滋味，小样儿！”

每一个李瑞都在向镜之女王撂狠话，无数得意的表情看上去极其嚣张，简直到了欠抽的地步。

面前的景象，让镜之女王迷惑了。她怎么也没有想到，自己设计玩家的把戏，现在竟然反过来困住了自己。她抬起双臂，发出白色的激光攻击那千千万万个李瑞和顾霖，可是“精神创造”所召唤的光点，在转瞬之间又重新聚集，再次组成了被破坏之前的画面。

就在镜之女王同无数幻影搏斗的时候，真正的李瑞拖着昏倒的顾霖，绕过她向反方向逃跑。这时，他听见了一声熟悉的呼喊：

“喂！傻缺！”

前方的视野当中，忽然出现了 2D 少女魔法师和不良少年的身影。李瑞眼睛一亮，他刚想喊同伴的名字，可突然又想到了什么，戒备地保持了沉默：肯定是那个镜之女王故意变成阿娜和萧遥的模样，引他出声。

“引你妹啊！”脑中传来熟悉的声音，那是阿娜用“心灵传送”的力量，回应他先前的猜测。放下心来的李瑞，加快了脚步，冲到同伴的身前：

“阿娜，我……”

话还没说完，一个“栗暴”已经敲在他的脑门上。阿娜弯曲了手指，狠狠地瞪着他：“下次再敢一声不响地跑掉，小心我做了你！”

被教训了的少年捂着脑袋，委屈地站在那里。要不是萧遥察觉到了创世界的能量波动，估计光凭自己根本找不到李瑞。阿娜的想法传达到了李瑞的脑子里。虽然脑门上还热辣辣地疼，但痛感却真实地证明了同伴的存在，光是这一点，就让李瑞的心底变得温暖起来。

“对了，药无医呢？”左看右看看不见剑客的踪影，李瑞问，“又迷路了？”

回应他的，只有漫长的沉默。阿娜望向身侧的萧遥，后者一言不发，只是暗暗捏紧了拳头。

感觉到气氛不对的李瑞，不自觉地小声问：“你们……到底怎么了？”

“药无医他，”被剑客称呼为“主上”的少年、这个世界上与剑者最为相熟的人，缓缓地、缓缓地开了口，“他……走了。”

“啊？走了？”李瑞愣愣地重复这个说辞，他还不能理解萧遥话里的意思，“什么是‘走了’？他回到《人在江湖》的世界了吗？”

闭嘴！你别问了——阿娜用脑波制止李瑞继续问下去。与此同时，她也将先前发生的一切，通过“心灵传送”的力量送达至李瑞的脑中。

那一幕幕惨烈的景象，剑侠与刀客生与死的对决，玉石俱焚的禁断之招，漫天红血之中剑者最终的归宿……

当少年“看见”那场惨烈又悲壮的争斗，当他“听见”剑客叮嘱阿娜和萧遥说“解救李小兄弟才是当务之急”，当他的脑海中浮现出剑侠最后的笑容，一如初见之时，礼貌而诚恳。

“药无医。”李瑞喃喃地念出剑侠的名字，眼泪不争气地滑落。

然而，BOSS级别的镜之女王，却没有给予众人伤感的时间。当李瑞因为药无医的事情分了神，先前“精神创造”的力量也自然地被削弱。光点急速消失，一切幻象都化为乌有。锁定了目标，镜之女王立刻追至众人的身前：

“已经带你们俩到这么偏僻的地方了，竟然能这么快被找到，看来不能太小看你们了。看来陆千秋并没能阻止你们，真是个没用的东西。我就说，区区一个凡人，怎么能作神明大人的随从，太可笑了。”

镜之女王的话让李瑞倒吸一口冷气：如果说镜之女王和陆千秋这种BOSS级的人物，都是那位“神明大人”的随从的话，那“神明大人”到底是个什么东西，将会有怎样可怕的力量？

“你们究竟想干什么？”李瑞急道。

镜之女王却不再回答，只是举起了她闪亮的臂膀。登时，璀璨的光芒聚集在她的手中，那是她的绝招“镜之光华”。

察觉到她的意图，李瑞大吼一声“快跑”，一边试图故技重施。然而这一次“精神创造”的力量还未放出，镜之女王的攻击已经迎面而来。

伴随着炫目到令人无法直视的光华，是一片碎裂的声音，嘈杂纷纷到令人无法忍受。这是类似“感官剥夺”的招数，能使人顿时陷入“目盲”和“耳聋”的状态。视力和听力受到严重影响的李瑞别说逃跑了，连东南西北都分不清。

“暴雪冰封！”

阿娜吟唱起冰之魔法，想要抵挡镜之女王的攻击。可是当冰雪的墙壁铸成之时，冰晶与镜面相呼应，反而让“镜之光华”的力量更加强大了。

阿娜放下了法杖，因为她已经猜出，无论是“暴雪冰封”还是“雷电之壁”，这两招防御系列的魔法，都会助长敌人的威力。特别是“雷电之壁”，如果祭出闪烁的雷光，在场的众人都会先瞎掉吧。

就在2D的少女魔法师一筹莫展的时候，萧遥试图召唤黑暗的力量，来吞噬“镜之光华”：

“无限黑暗！”

预期中的黑色雾气并没有出现。无论他怎么努力，那些来源于心灵阴暗部分的力量都无法再次汇聚。

“可恶。”萧遥低咒一声。在这场战局之中，他不得不接受自己成了一个多余的废人这样的现实。为了不给李瑞和阿娜增添麻烦，萧遥咬着牙向后撤退，并且扛起了一直昏迷的顾霖，将他拉出战局，让同伴无后顾之忧。

“呜……”

就在此时，萧遥听见低低的呻吟。原本被吓昏过去的顾霖眼皮动了动，渐渐清醒过来。萧遥刚想叮嘱他“不要怕、赶紧逃”，可下一刻，对方的拳头重重地击向萧遥的脸颊。

万万没有想到他会突然反水，萧遥没能躲开，被这一拳揍得嘴角出血。那不是属于同学的正常力量，简直是比职业拳击手还要可怕的力道。

只见顾霖睁开双眼，透出与镜之女王相同的妖异紫色。他用那双诡异的紫瞳注视着萧遥，露出了不怀好意的笑容。

这家伙被附身了。

意识到这一点，萧遥立刻握紧双拳，摆出了一个军体拳的起手式。论近身格斗，他有信心不会输给任何一个普通人。虽然无法以“无限黑暗”的力量参与战局，但他至少要制伏顾霖，不让这个被附身的家伙给李瑞和阿娜添乱。

抱着这份决心，萧遥毫不留情地挥舞拳头。可就在他的铁拳要击中顾霖的那一刹，两人四目相对，萧遥忽然觉得全身骤起一种可怕的寒冷，身体仿佛僵硬了一般，让他无法动作。

紧接着，那妖冶的紫色光芒似乎透过他的双眼，直击他的心灵深处……

附身，转移了。

PART 15 GAME OVER?

“镜之光华”的璀璨光芒，将黑夜映成了明亮的世界，镜片碎裂的“咔嚓”声，穿透了众人的耳膜——这剥夺了人类感知的恐怖绝招，仅仅是一个开端而已。镜之女王舞动起她明晃晃的闪亮身躯，召唤出无数仿佛利剑一般的碎片，疾速向众人飞去。

躲闪不及的李瑞被镜之碎片刺中，脸上登时被划开一个口子。阿娜仗着2D体型的优势侧身避过，随即吟唱“暴雪冰封”的咒语，召唤出冰之墙，想要以此来挡住碎片的攻击。然而，硬度更高的玻璃，轻易地砸穿了冰块，继续向李瑞和萧遥他们的方向砸去。

“小心！快跑！”

李瑞回头一看，发现萧遥竟然愣在原地发呆，这让他急得大吼出声。先前的所有过节，什么绝交不绝交的宣言，此刻都被抛到了九霄云外。

眼见箭矢一般的镜之碎片，径直飞向萧遥的脑门，就在李瑞和阿娜都以为将要发生血的惨剧之时，突然出现了令人瞠目结舌的一幕——

当飞速袭来的锋利碎片即将击中萧遥的那一刻，少年的周身忽然浮起了一圈紫色光芒。镜片在进入紫光范围的瞬间消失了，仿佛蒸发了一样，无影无踪。

萧遥缓缓地转过身，昂起高傲的头颅，带着藐视众生的冷酷神色，斜眼扫视众人。他的瞳孔不再是正常的黑色，而是变成了无比妖异的紫。

“神明大人，”镜之女王微微扬起玻璃质地的唇角，露出诡异而迷人的微笑，“属下恭迎您的回归。”

说着，镜之女王微一躬身，优雅地伸出手臂，欢迎她口中“神明”的到来。萧遥——不，确切地说，是被不明生物附身的少年，以那双紫色的眼眸，冷冷地瞥了镜女一眼，随后，他缓缓地握住了对方伸出的手臂，轻轻一握。

“咔嚓！”

伴随着清脆的声响，镜之女王的手臂碎裂了。细小的碎片纷纷扬扬地落下，仿佛是宇宙中的星之屑，瑰丽却又残酷。

一手捂住断臂，镜之女王露出痛苦的神色，却不敢痛呼出声，只能咬紧下唇，默默地退下。

“萧遥”冷哼一声，他连看都不看镜女一眼，缓缓地走近李瑞。面对他紫眸的注视，李瑞的脑中忽然响起了一个沉厚的声音。

——吾，梦魇之神。

那声音在李瑞的脑中回荡，切近却又无比遥远。似乎是来自于远古的混沌，似乎是来自于宇宙的星河，那是一种难以言喻的宏伟感知。

“梦魇……之神？”

李瑞喃喃地重复这个名字。听见这几个字，阿娜立刻变了脸色，惊道：

“竟然是他？他就是造成现实和创世界混乱、制造空间 146

裂隙导致穿越发生的罪魁祸首。”

阿娜紧张的语气也感染了李瑞。面对“梦魇萧遥”的步步逼近，李瑞连连后退。他试图召唤“精神创造”的力量，可就在幻光聚集的那一刹，“梦魇萧遥”只抬了抬小指，那幻光就立刻消散在空气之中。

——雕虫小技，于吾无效。

脑中传来梦魇之神的声音，这让李瑞备感压迫：怎么办怎么办，到底要怎么办才能对付这个神，救下萧遥？什么招数才能起作用？这个梦魇之神到底有什么能耐，是会召唤魔兽还是能使用魔法？

就在李瑞胡思乱想的时候，被梦魇之神附身的萧遥露出了诡谲的微笑。他抬起右手，一道强光自他掌中发出，直冲云霄。紧接着，只听一声尖锐的嘶吼，乌云之中雷光闪烁，一个巨大的黑影从云间俯冲而下，降临大地，掀起一阵尘土——巨大的形体、金色的瞳孔、黑色的羽翼，竟然是一条黑翼巨龙！

召唤出巨龙的梦魇之神，缓缓地抬起了右手。顿时，狂风大作，风沙走石，吹得李瑞几乎站都站不稳。狂风迅速组成飞速旋转的漩涡，所到之处，割裂了大地，拔起了树木，那是风系究极魔法——“飓风之怒”！

“停下！停下！小瑞，不要想，不要想！”

阿娜的声音在狂风之中渺小得可怜。好在有“心灵传送”的力量，将她的想法传递给李瑞：

“梦魇之神是创世界的三主神之一，他来源于现实世界，生长于创世界，以妄想、幻想的力量作为饵食。换句话说，他是现实人类的妄想所激发的产物，靠着各种不切实际的妄想和梦境渐渐强大，最终成为可以支配创世界的无上力量。

小瑞，不要想，不能想，你越是想，他就越可怕！你脑子里的所有妄想，都将是他美味的食物，会使他变得越来越强大！在他面前你所想到的一切，都会变成现实。”

——多事的东西。

梦魇之神不悦地打断了阿娜的脑波。似乎是得到了神明的指令，黑翼巨龙金眸一转，张开双翼，挥舞着巨爪，直冲阿娜而去。少女魔法师高举法杖，吟唱着冰系魔法的咒文，与巨龙对抗：

“寒狱冰龙！”

漫天的飞雪飘落，冰霜在大地上蔓延，冰晶迅速凝结成冰墙，将战场封闭成了冰雪的牢笼。狂风最盛之处，竟将空间撕出了一个裂口。冰蓝色的脑袋自裂缝处伸出，巨大的犄角、威严的面孔、鼻翼飘浮着的胡须，蓝色的冰龙自时空裂缝中向外游移。

黑翼巨龙立刻扑上，与冰龙扭打在一起。两条巨龙发出巨大的呼啸声，几乎震破李瑞的耳膜。龙尾甩过的地方，大地为之颤抖，土石崩裂，冰霜纷飞。

阿娜高举魔杖，祭出全部魔力，控制冰龙的行动。汗水自她的额头滑下，阿娜咬紧牙关，苦苦支撑。

反观“梦魔萧遥”那一边，他嘴角微微上扬，轻松而淡定地观看着巨龙的争斗，仿佛看着自己的狗在野外玩耍一般的惬意表情。

他这副稳操胜券的模样让李瑞心里七上八下：难道黑龙会喷火？

刹那间，黑龙周身骤然迸发出熊熊烈火，将黑夜映成耀眼的红色。黑翼巨龙张开大口，一道火焰喷薄而出，直击冰龙。冰霜与烈火齐飞，将世界映成冰火两重天。

然而，渐渐地，火势越来越凶猛，冰龙已经无法再与之抗衡。冰晶状的鳞片，在烈火的灼烧下化为水流，冰龙的形体越来越小，最终化为火海中的一缕青烟。

尼玛！李瑞扇自己一个嘴巴子的心都有了：尼玛让你乱想！让你乱想！

极度自责的李瑞，勒令自己不可以再胡思乱想。可思维是一个很奇妙的东西，越是禁止，联想的范围就越是扩大。思绪仿佛是脱了缰的野马一样，在李瑞脑中驰骋，并且翻出无数回忆，诸如他在游戏或者动漫里看见过的BOSS招式——

手握长枪的黑暗骑士，骑着奇幻世界的魔马，出现在李瑞面前。紧接着，骑士又瞬间分裂，无数的黑暗骑士在道路上排成了整齐的队列。只要梦魔之神一声令下，这只庞大的军队，就可以踏平现实世界。

与此同时，还有古今中外的各种妖魔鬼怪，他们或嬉笑、或嚎哭着爬出碎裂的土地，从地狱前来的妖魔使者，在梦魔的命令中，开始了“百鬼夜行”。

李瑞痛苦地抱紧了脑袋：

不要想！不要想！不要想！

他一遍遍地对自己重复，可记忆中的各种ACG画面仍一幅一幅地闯入他的脑中，挥之不去。

——四眼。

忽然，脑海里响起一个熟悉的声音。李瑞惊异地抬起头，望向面前的人。

眼前梦魇之神的动作变得僵硬，那双妖异的紫眸显得微微黯淡。

那是萧遥在挣扎，他的意识正与梦魇之神争夺身体。

当梦魇之神附身萧遥的那一刹，萧遥的主观意识就被封印在了脑海的最深处。同时，梦魇的记忆也被共享身体的萧遥所察觉：

被人类的妄想所滋养的梦魇之神，在这个思想开放的时代，变得前所未有地强大。数以亿万计的幻想，给予他打破现实世界与创世界分界的能力。而当这种平衡被打破，创世界撕开了通往现实的裂口，各种创世界的角色开始穿越到现实，他们的存在，不仅给了梦魇之神新的能量，而且还造成了现实人类的恐怖境遇——这些恐怖的梦境，正是梦魇最爱的美食。

然而，李瑞、阿娜、萧遥、药无医这四名创世界斗士组成的小队却阻挠了梦魇的计划。于是，梦魇之神先是召唤出村田美夕，后来又附身在顾霖身上让他捅伤了同学，为的就是挑拨离间，挑拨两名少年之间的关系，将李瑞和萧遥他们逐个击破。

一切按照梦魇之神的设想，李瑞和萧遥果然绝交。梦魇又召唤出镜之女王和陆千秋，分别对付两个人。事实上，梦魇的计划，就是利用李瑞对 ACG 的熟悉、利用他的妄想，来使自己成为战无不胜的全能之神。李瑞越是不安，越是想象梦魇有怎样的不可思议的力量，那些妄想就会在下一刻变为现实。

这是一场无解的战斗。唯一的解决办法，只有……

萧遥扬起唇角，总是以“冷酷”和“不良”著称的少年，此时露出了温和的笑容。这一刻，他突然想起了自己忠诚的剑侠，明白了药无医的决定。

为了伙伴，死又有什么好怕的？

——四眼，再会。

向同伴传达出最后的道别，萧遥以自身所有的意志力，牢牢地控制住自己的躯体。不顾梦魇之神如何想要努力地夺回身体的控制权，萧遥执着地坚持，绝不后退，绝不放弃。

缓缓地，他抬起手，召唤火焰系的魔王级魔法“灭世炎龙”。能打倒梦魇之神的唯一力量，就是梦魇自身的能力。

萧遥的掌心涌出奔腾的火焰，直冲天际。黑暗的天幕中，闪烁起红色的火光，烈焰迅速汇聚成漫天的火云。在那片不断燃烧的火云中，一条狰狞的火龙从天而降，向地面喷薄滚滚火舌，顿时，地面上的一切都被燃烧成了焦土。

火龙昂起头，将所有的火焰吐息，喷向站在战局中央的人——

萧遥闭上眼，等待死亡来临的那一刻。

忽然，金色的光芒笼罩了萧遥，冲淡了那魔性的紫光。就在萧遥以坚定的意志决定和梦靥同归于尽的时候，强大的信念让他领悟了新的力量：

“信念之力。”

奇异的力量涌入萧遥的身体，这让他惊奇地睁开了眼。周身环绕着的金色信念之力，仿佛金色锁链一般，缠绕住那妖冶的紫色光华。

感觉到这一刻，梦魇之神的意识有了迟滞，萧遥一边努力禁锢梦魇的行动，一边大吼出声：

“快！就是现在！”

收到同伴的指令，李瑞立刻召唤出“精神创造”的力量。五彩的光点飘浮在火光之中，像是飞舞的流萤，组成了一幅幅画面：

两名少年为了解救阿娜，半夜潜入校园。因为柳书鸿的故意陷害，两个人被保安当成小偷抓住的时候，四眼少年一遍遍地重复，萧遥没有偷东西，萧遥不是坏人。

两名少年登上UFO，共同对付DR.BE和他的水人杀手。明明是在几千米的高空，两个人相识一笑，毫无畏惧地跳出舱门……

“朋友”，简简单单的两个字，却是这世间最美好的词语之一。曾经最讨厌的家伙，曾经比试的对手，曾经绝交的对象，如今，却是自己最信任、最依赖的朋友。

“将我的朋友还给我！”

李瑞高声呼唤。五彩幻光的光芒大作，与金色的信念之光一起，一点一点地吞噬梦魇之神的紫色光华。

就在此时，阿娜高举法杖，朗声念出禁忌的咒语：

来自亘古的火焰，
来自永恒的海洋，
来自狂怒的暴风，
来自瞬息的雷电……
以万物之名，唤万物之力，
将不属于明世的生命，
召回！

描绘着幻象的光点忽然变得异常明亮，继而爆发出耀眼的光芒。偌大的光圈将梦魔之神包围。梦魔企图控制萧遥的身体，召唤魔法用以对抗光明。可是萧遥坚定的信念，却让他的躯体不能移动分毫。

梦魔之神痛苦地号叫着，他想使用妄想之力脱离困境，可眼前的萧遥却没有任何可怕的联想，在他的脑海中，只剩下“朋友”两个字，只剩下“解救朋友”这样一个简单的愿望。

最终，紫光渐渐暗淡，梦魔之神终究被光明吞噬。

镜之女王、黑翼巨龙、黑暗骑士、百鬼夜行、炎龙气息，一切的一切，都随着梦魔之神的败落而消失。

大地重回安宁，黑夜重回静谧。恐怖的战斗终于结束，现实世界重新获得了平静。

李瑞简直难以置信，他们竟然击败了梦魔之神！

就在他冲向同伴，打算狠狠拥抱阿娜和萧遥的时候，阿娜缓缓地放下了法杖，她回过神，轻轻地笑起来：

“这么看来，我也该回去了。”

“什么？！”震惊的李瑞停下了脚步，他愣愣地站在阿娜身前，一时不能接受对方话中的含义，“阿娜，你说什么？你再说一遍？”

平日里脾气火爆的阿娜，此时却是难得地有耐心。她冲面前的少年微笑，解释说：

“既然梦魇之神被打败，现实世界和创世界的通道很快就要关闭了，我也得回到《虹之彼岸》的游戏里了。”

“风太大，我……我听不清！”

李瑞拒绝接受事实。掩耳盗铃的他，以为自己装作听不见阿娜就不会回去。这种幼稚的心态让少女魔法师嗤之以鼻。敛去温柔的微笑，阿娜恢复了往日里的嚣张与暴力，她一手拧住了李瑞的耳朵，将他拽向身前：

“喂，傻缺，到底听清没听清！”

“要掉了要掉了……”歪着脑袋的李瑞，一边痛呼一边点头。在他红红的眼眶里，有晶莹的水光在闪烁，也不知道是不是疼的。

阿娜松开手，任由李瑞捂着耳朵“嘶嘶”地直抽气。她向萧遥挥了挥手，说了一声“拜拜”之后，又转而望向李瑞：

“喂，傻瓜，我走了。”

“……”少年背过身，以沉默作为回答。

阿娜屈起手指，轻轻叩了叩李瑞的后脑勺。

就在少女魔法师轻轻说出一声“再会”之后，一直被对方称为“傻缺”的少年猛地回过身：

“精神创造！”

幻彩光点，漫天飞舞。

晨曦微露，为蔚蓝的天幕添上了一抹嫣红。

清清露水，为那绿叶平添一点晶莹，更显得碧草青翠欲滴。

清风起，雪白的小巧花瓣如雪羽飘落，纷纷扬扬，仿佛在天地之间拉开了粉白的纱帘。

望着面前美丽的景色，阿娜扬起了唇角。

身后的少年发出“呜呜”的声音，早已哭得鼻涕眼泪糊了满脸。

口口声声说什么“听不清”，拒绝她离开的消息，却又为她编制了一个最最完美、最最浪漫的场景……这家伙啊……

那颗2D的心脏，虽然纤薄，但仍能感受到那种涌入心田的温暖。

阿娜没有回头，因为她明白，那个家伙此时一定哭得非常邋遢、非常难看、非常不希望她看见自己狼狈的模样。

她迈开步子，走向那流萤飞舞的美丽画卷之中，微笑着，轻轻地在心里说一声：

拜拜。

“拜——拜——拜拜拜拜——”

身后传来少年大声的呼喊，她几乎可以预料到，那个戴着黑框眼镜的少年，正红着鼻头，用力地挥舞手臂，傻兮兮地向她道别。

“喂，傻缺的小瑞，再会了。”

眼睁睁地看着阿娜消失在幻光之中，李瑞却仍然挥舞着已经发酸的手臂，一遍遍地摇摆。

直到一只大手，轻轻地拍上了他的后脑勺：

“你不是一个人。”

耳边传来同伴的声音。

哭得狼狈无比的李瑞，没有脸去面对萧遥。他狠狠地吸了吸鼻子，用手背抹干眼泪，然后重重地点了点头：

“嗯！”

地狱般的六月已经结束，高考完毕的李瑞不过不失地考入了本市的一所二本大学。令他倍觉不平的是，总是一副不良少年状态、拿到课本就睡觉的萧遥，在格斗方面比他强也就罢了，竟然在读书方面也开了挂，轻轻松松地考入了与他相同的学校。

拿到录取通知书的刹那，心里放下一块大石的李瑞，拒绝了萧遥“出去喝一杯”的邀请，而是贯彻他的“宅”之属性，窝在了自家小屋里。

十平方米的小房间里，仍是塞满了美少女和机器人的手办，参考书和课本早已被丢到了不起眼的角落。四眼宅男打开了尘封已久的电脑，鼠标点击那个熟悉的彩虹图标：

虹之彼岸。

24 英寸的液晶显示器上，闪现出绚烂的二维动画。伴随着充满元气而劲爆的片头曲，画面上出现了帅气的男剑士和他的同伴们。李瑞的目光一一扫过高贵纯洁带有禁欲气息的牧师、娇小可爱 Loli 型的盗贼、成熟美艳御姐型的弓手，最终停留在脾气火爆身材更火爆的魔法师身上。

“我……我考上大学了，这下子真的会有导师了。”

少年牵动了嘴角，勾勒出一抹无可奈何的笑容来。他伸长食指，轻轻地触碰屏幕上的魔法师，蹭了蹭她的脸颊。

良久以后，他轻轻地念出了同伴的名字：

“阿娜……”

游戏里的少女魔法师，会听话地等待着玩家的操作指令。可是李瑞明白，她绝对不是这么乖巧的角色：

嚣张，暴力，完全没有女人味，就算被画成巨乳的胸部，也是要找准角度才看得见，其实说穿了还是飞机场嘛……

“轰——”

爆发的火系魔法，将整个电脑屏幕都映成了燃烧的红色。澎湃的热量扑面而来，热浪掀动了李瑞额前的刘海。

“咦？”

李瑞怔怔地凝视着自己的刘海，过近的距离几乎让他成了对眼，但这并不妨碍他对现实的观察——跳动的火焰正肆意地吞噬着他的发丝，伴随而来的，还有一股焦糊的味道。

一只平面的白皙的手，从显示屏中伸了出来……

“喂，你皮痒啦！刚才说谁是飞机场？”

【完】

创世界的烦恼

——《战魔王》番外篇

【创世界 · 虹之彼岸】

在幽深黑暗的甬道尽头，有一扇厚重的石门。门上古老而斑驳的印记，被厚厚的尘灰所覆盖着。一位娇小可爱的少女，好奇地走上前，伸手一点点擦去石门上的灰尘，一只展翅喷火的狰狞巨龙，渐渐在门上呈现了出来。

“就是这里！龙之殿堂！我们找到了！”

少女惊喜地喊道。她身着便于行动的武者短装，手持一对银色短匕，腰间还挂着一个小巧的粉色腰包。只有少女身后的同伴们知道，这粉色小包绝不像看上去的那么可爱，里面可装满了锥子、锉子、钢条等一系列作案工具。而石门前这位娇美可人的小萝莉，正是虹大陆数一数二的盗贼——莉露。

话音还未落，莉露已经从她的“百宝袋”中掏出了锥子。她用那双白皙而小巧的手，像是在拨弄琴键一般，熟练而灵巧地在石门上游走。然而这一次却不像往常那么顺利，她的额头上泌出了细小的汗珠，粉嫩的小脸蛋上露出了“伤脑筋”的表情。

“傻瓜，这是以魔法封印的古代殿堂，可不是你所擅长的那种机关。”队伍中走出一位成熟美艳的御姐，一身绿色的鱼尾长裙，深V字的设计凸显出她丰满诱人的身材。御姐背着一副金色弓箭，如果仔细看，便能发现她浅金色的长发下，掩着尖尖的耳朵，她是精灵弓箭手艾弗蒂尼。弓手迈步走到石门前，认真观察了一番，微微思忖后，轻声说：“只要咱们找到封印的关键所在，就能打开龙之殿堂……”

“不必这么麻烦了！”

一个活力十足的声音，打断了精灵弓手的话。莉露和艾弗蒂尼回过头，只见有着火红色头发、脾气火爆、身材更火爆的美女魔法师——阿娜，正豪气万千地走出队列。她手持法杖，毫不犹豫地指向石门，朗声诵道：

比黑夜还要深沉，
比时间还要久远，
比生命还要火热，
亘古的神祇啊，
请赐予我们您的威严，
将阻挡在我面前的邪恶，
全部化为灰烬——祝融之怒！

顿时，四周的空气变得灼热起来，虚空中闪烁起红色的火光，烈焰迅速汇聚成漫天的火云。在那片不断燃烧的火云中，一个庞大的身影若隐若现，成千上万条火舌从天而降，像是傲天降世的火龙一般，向地面喷薄滚滚火焰。贲张的火舌狠狠地撞击在石门上，溅射出的火花险些烧着莉露，幸好队伍中牧师及时张起了防护之壁。

“阿娜，你呀你呀，出招前也该和我说一下呀。”温柔的声音，来自身穿纯白长袍的牧师——加雅。此时的她，正合起双手祈祷，将圣洁的护御之光，洒在每一位同伴的身上。

除了这四位美女之外，也在沐浴着金色光点的，还有先前一直没说话的骑士。一身银色铠甲的他，身形高壮，五官英俊，手里还提着把半人高的重剑。他冲伙伴们竖起拇指，然后将剑往肩上一扛，率先走向火海，伸手推开了已经破碎了的石门——

下一刻，伴随古老门扉轰然粉碎的巨响声，伴随着还在周围跃动不休的火焰光芒，骑士的身形突然僵住了。他的身体瞬间化为了银色的光点，消散在虚空之中……

天际随之响起沉厚而冰冷的声音，落入虹大陆每一位成员的耳中：

“脚、本、结、束。”

前一秒还在喷薄的火焰戛然而止，黑暗甬道中不断回荡着的可怖配乐也随之停歇。Loli 莉露拽下腰包，不开心地将它甩在地上，又狠狠地在上面跺了两脚，噘起嘴，气鼓鼓地望向阿娜：

“娜姐！你怎么又把他给烧死啦！已经是这个星期的第七回了！我们天天都重复这一段，到现在还过不去，烦都烦死了！”

“喂，关我屁事啊，”阿娜毫不客气地伸出手指，重重地戳向 Loli 的脑门，“你以为我不想过关吗？你以为我想放火吗？可是游戏情节就是这么规定的啊，我这里必须施展祝融之怒轰开大门，总是把他烧死我有什么办法！”

牧师加雅打起了圆场：“你们两个别吵了。莉露，这不是阿娜的错。我们和瑞哥是队友，根据游戏规则的指示，同队是有豁免权的，阿娜的魔法不会伤害到他。肯定是哪里出问题了。”

“难道是系统出 BUG 了？”艾弗蒂尼一手摸着下巴，认真思考着。

阿娜暴躁地揪着头发：“啊啊啊啊！要烦死了！游戏策划都是白痴吗？ BUG 都不测试好，害咱们得困在这里等那个白痴！好烦啊！”

就在这时，地面忽然震颤起来，从古代殿堂的内部，奔出一只足足有几十米高的巨龙。这只体型巨大、面目狰狞的龙，此时眼角却挂着两行海带状的热泪。本该是古代神殿大 BOSS 的它，此时只能一脸悲哀地在大门前，一边用它那双壮硕的爪子，将碎成渣的石块，一块一块地重新垒起来，一边痛哭地抱怨着：

“别说了，你们再烦有我烦吗？这都多少次了，你们要杀就杀，要剐就剐，不要每次都卡在门口，害我当维修工好吗！”

阿娜摊了摊手，莉露吹起口哨，艾弗蒂尼将双手枕在脑后，三个美女全当没听见。还是牧师加雅比较有良心，冲巨龙鞠了一躬，轻声说：“龙 BOSS 大人，您辛苦了。”

巨龙泪流满面，它一边修理着自己的大门，一边还在不满地嘀咕着：“管拆不管建，你们到底是来打 BOSS 的，还是来当城管的啊……”

【人间界】

与此同时，在遥远的另一个世界，一个贴满了海报、装满了手办的小房间里，有位穿着高中校服的男生，正对着他的电脑泪流满面：

“爱姬，爱姬，你 HOLD 住、HOLD 住啊！你死机那么多次我都没有怪过你，你一定要坚强啊，你可不能挂啊！”

少年近乎虔诚地祈求着他的“爱姬”小电，然而，电脑屏幕却始终保持着漆黑的状态，主机箱也随之发出躁动的声音。李瑞伸手一摸机箱，滚烫的温度吓了他一跳，他慌忙开启了空调，将风口对准了电脑。

在这还带着寒意的四月天里，空调制冷的效果格外强劲，没几分钟，李瑞就冻得打起了哆嗦。他慌忙抱起被子裹在身上，把自己卷成了一个毛毛虫，焦急地望向他的“爱姬”。

令人忧伤的是，这物理治疗方案，解决不了电脑的“热感冒”。没过两分钟，主机背后便传出了焦糊的味道，同时冒出了一缕白烟。李瑞瞪大了眼，愣了几秒后，抱着主机箱发出了痛苦的悲鸣：

“小电，你不能死啊，我还没攒够钱换新机啊！”

【创世界・虹之彼岸】

碧草上凝着晶莹的水珠，木质的啤酒桶上被水汽润得深一块浅一块，绘着啤酒杯图案的椭圆形招牌，正挂在屋角并随着清风微微摆动着。这里是镇上唯一的一家酒馆，也是平日里清静的小镇上最为喧闹的地方，客人们酒醉后大笑的声音正透过雕着花纹的木质窗户，震动着路人的耳膜。

“阿娜还没离开吗？”精灵弓手艾弗蒂尼半倚在吧台上，右手举着一杯金黄色的啤酒，这个动作让她显得格外妩媚。

牧师加雅无奈地回答：“是啊，她还留在古代殿堂，说是想和龙BOSS大人聊聊天。”

“聊天？”艾弗蒂尼昂首灌下一口酒，“她那种个性，说不到三句话就会暴走，难道还会和BOSS谈理想谈人生吗？说到底，还不是为了等那个玩家，这个嘴硬心软的家伙。”

加雅露出犹豫的表情：“说到这个，艾弗，你觉得瑞哥还会回来吗？也常听说玩家腻了，再也不回来的消息。你说瑞哥会不会因为被BUG卡住，一气之下，再也不来《虹之彼岸》了？”

“那不是更好？”艾弗蒂尼淡淡一笑，“如果没有玩家的参与，我们就不用听从于系统脚本的指示，可以随时出来喝酒，想去哪里就去哪里，也不用和魔族打个你死我活，更不用去进行那种脏兮兮的冒险。那些玩家有什么好？”

“可是，如果不是为了玩家，也不会有《虹之彼岸》的世界了。再说了，瑞哥也和咱们一起冒险了这么久，难道你对他一点感情都没有吗？”

加雅的问题，让艾弗蒂尼轻笑一声：“你啊，和阿娜一样，都太死脑筋了。搞清楚一点，《虹之彼岸》只是人类无数个创世界中的一员，在他们的世界里，我们只是众多娱乐消遣中的一个，小到几乎可以忽略不计。玩家爱来就来，爱走就走，咱们只能随着他的时间，配合着进行游戏脚本。在玩家眼里，我们只不过是召之即来挥之即去的玩物。对于这种玩家，你把他放在心上干什么，难道你是受虐狂吗？”

说到这里，艾弗蒂尼顿了顿，抬眼望向酒馆里的镇民：“你看看他们，哪个不比那个破李瑞强？虽然系统大神的脚本，给他设定的是骑士角色，可事实上呢？真正打起架来，哪次不是咱们几个姐妹帮忙出头。那小子打个怪都磨磨唧唧的，看见大BOSS还躲躲藏藏，遇到战局就手忙脚乱。我看他啊，简直恨不得能直接躲过 BOSS 去拿宝箱走剧情。从他操作与作战的手法，就能看出他是个软弱的人了。”

艾弗蒂尼灌下最后一口酒，狠狠地将酒杯砸在了吧台上，继续说：“一想到我们的生活，竟然会被这种人控制，我就恶心！”

“他也没那么糟糕吧，”加雅小声辩解，“他一开始进入游戏，系统脚本让他杀十只小兔子，瑞哥纠结了好久，才拔出剑呢。”

艾弗蒂尼冷笑道：“那只是懦弱罢了。如果不是有系统脚本的限制，如果不是有那该死的同队伤害豁免设定，我真想一箭射穿他的心脏，GAME OVER，最好他一气之下再也不来游戏，咱们也能安心享受自己的生活，不用受系统召唤，陪玩家进行傻乎乎的冒险。”

加雅吓了一跳，她瞪大眼望向美艳的精灵女郎：“艾弗，你、你怎么会这么想？”

“为什么我不能？归根到底，我们都是玩家所在的那个‘人间界’中的游戏制作者，制造出来服务玩家的玩物。如果有一天，我能进入那个世界，我一定会更改系统脚本，剥除玩家的存在，让虹大陆得到真正的自由！”

精灵弓手的双眸中，闪烁着坚定的光华。她所描绘的那个世界，让牧师不禁期盼起来：不用按照既定的脚本进行故事，不用进行固定的冒险，不用去找龙 BOSS 大人的麻烦，不用一遍又一遍地杀戮 NPC 来获取经验值……

“叮铃……”

酒馆的大门应声被人推开，门后的风铃也随之摇摆起来。Loli 盗贼莉露冲进酒馆里，气喘吁吁的她，冲二人挥动着胳膊，惊声道：“艾弗姐、加雅姐，我、我听见一个消息，咱们可以去人间界啦！”

“什么！”

“什么？”

艾弗蒂尼、加雅异口同声地喊道。

莉露跳上吧台边的木椅，要了一杯冰镇果汁，咬着吸管喝下一口后，好容易顺过气来，接着说：“我听说，帝国军的王子安杰尔殿下，已经进入人间界了。”

“哐当！”酒杯自艾弗蒂尼手中滑落在地，顿时四分五裂。她伸出双手，紧紧抓住莉露的双肩，厉声质问：“你说什么？”

莉露吓了一跳，她皱起小巧的眉头：“艾弗姐，你捏疼我了。我听说，人间界有个女孩子，似乎很喜欢安杰尔王子，于是写了一篇叫做《亲亲王子在身边》的小说，是幻想安杰尔王子穿越到人间界的故事。据侍卫们说，安杰尔殿下在巡查帝国军的时候，天空中突然撕开了一条裂缝，在创世界和人间界打开了一条通道，接着就把他吸过去了。”

“……”艾弗蒂尼沉默不语，她反手取下了背上的弓箭，将之攥紧在掌心中，然后头也不回地，大步走出了酒馆。

【人间界】

在名为“ACG 异次元”的动漫主题店里，聚集着各式各样从小学生到大学青年的宅男。他们有的站定在玩具柜前，对着橱窗内的精美手办指手画脚；有的将身体陷进了柔软的沙发里，双手捧着手柄，对着 46 寸的液晶电视屏幕不停地“吼吼哈嘿”；还有的则弓着背在微矮的书架里，翻找着心仪的漫画作品——顾霖就是其中一员。

“找到了！”背着书包、体型微胖的顾霖，从排列整齐的书堆里，挑出了一本罪案类漫画。封面上的肌肉男，戴着酷酷的墨镜，穿着贴身的警服，凸显出他异常发达的肱二头肌。顾霖欣喜地翻了两页，却又在两秒后突然垮下脸来：

“坑爹啊！哪个混蛋干的，竟然在凶手旁边标了个圈！这是人干的事吗！”

然而，身边的同学 + 同好，却并没有附和他的话。愤愤不平的顾霖，转头望向自己的好友，却看见李瑞没精打采地站在一旁，双目无神，还不时地长叹一口气，发出“唉——”的叹息声。

“喂，从放学到现在，你已经叹了一万八千次气啦！”顾霖拿肘子捅了捅他，“到底怎么了？”

李瑞惨兮兮地抬起头，眼睛里湿漉漉的，“我的爱姬……挂了。”

“哇，小电挂了？怎么搞的？”

李瑞又叹了一口气：“你也知道，我那机子是四年前配的，显卡太老了。《虹之彼岸》的硬件要求又比较高，每次阿娜一使高阶魔法，画面就卡得不行，害我平时只敢用小火球烧怪……结果结果，游戏里有一段过场，必须是阿娜使‘祝融之怒’，我在那边都卡了七、八次了，每次都死机。昨天更倒霉，显卡直接烧了……唉……”

“坑爹的游戏策划。”顾霖拍了拍李瑞的肩膀，刚想安慰两句，突然又想起了什么，疑惑提问：“咦？可是我记得那个魔法师阿娜，是个隐藏角色吧，不是必须入队的。如果你不召她入队，不就不会卡机了？”

“可是我喜欢她啊。阿娜不但造型好看，魔法技能又好用，而且个性也很可爱啊。虽然脾气有点暴躁，但是敢爱敢恨，说到做到言出必行，行动力爆表，简直帅呆了！”一提到心仪的角色，李瑞的话匣子就收不住了。

顾霖一针见血地指出事实：“原来你喜欢母老虎啊。”

“不，”李瑞立刻摇头否定，“对阿娜我只是欣赏！美夕才是我永远的至爱！”

两名少年一边聊着游戏中的美女，一边走出“ACG 异次元”，准备一起回家。但没走多久，李瑞就听见了孩童的哭声。他循声望去，只见一个背着书包、看上去八九岁的小姑娘，正可怜兮兮地缩在墙角，掩面哭泣着。距离她不远的地方，一只高高壮壮的哈士奇，正冲小女孩龇牙咧嘴。而哈士奇的主人，一位打扮时尚的女郎，正腾出两只手折腾着她超大屏幕的手机，而将狗链随意地丢在地上。

李瑞深吸一口气，攥紧了拳头：虽然这狗看上去很凶，但如果是阿娜，如果是阿娜在场……

他鼓足勇气，往前跨一步，走到那时尚女郎身旁，小声说道："小、小姐，请你注意一点，公共场合拴好狗链，别吓到别人。"

"你才是小姐，你全家都是小姐！"女郎犹如被踩了尾巴的猫，尖声呵斥。下一刻，她伸手向李瑞一指，同时发出命令："哈小罗，追！"

哈士奇"汪"地一声跳起来，撒开蹄子向李瑞冲去。宅系少年吓得连忙转身，拼了命地往前逃窜。马路上，一人一狗撒丫子跑得正欢，眨眼间就融入了汹涌人潮之中，再也看不见了，只留下少年凄惨的哀嚎回荡在空气中：

"啊啊啊啊啊——"

望着好友被狗追着满街跑的背影，顾霖瞠目结舌，过了好半天，才无奈地摊了摊手："唉，这家伙游戏打多了，真当自己是救世主啊？没那个当英雄的命，就别学人打抱不平啊。"

【创世界·虹之彼岸】

古代神殿，龙之殿堂，到处都是光彩熠熠的奇珍异宝。地上堆积的并不是泥土，而是满满当当的、亮闪闪的金币。殿堂的中央，是一潭蔚蓝的清湖，那是用最纯净的蓝宝石雕琢而成，波浪与涟漪都精致得栩栩如生。湖水的周遭，是闪耀着异样光彩的绿色植被，那郁郁葱葱的树冠，是用绿宝石和翡翠雕刻而成的树叶，而且每一片都用金线和银线绘出叶片上清晰的脉络。

然而，此时此刻，巨龙却没有心情欣赏它珠光宝气的神殿，而是抬起巨爪，专注地盯着爪子里的小巧卡片，然后小心地抽出一张：

"大鬼。"

戴着彩色帽子的小丑，被丢在了铺满金币的地面上。巨龙

BOSS 的终极杀招并没有能得意多久，对面的红发魔法师，迅速丢出四张不同花色的老 K：

“炸弹！嘭！”

阿娜将四张牌摔在地上，空着的右手比了一个八字。她冲巨龙挤了挤眼睛，装作开枪状“BIU——”的一声，然后将指尖凑到唇边，淡定地吹了一口气。

这嚣张的动作让巨龙不满地跺了跺脚，震得大地颤动，翡翠叶片摔在地上，四分五裂。暴躁的它，发出悲愤的痛呼：“喵了个咪的，当 BOSS 简直没人权啊！系统脚本里要给你们杀掉，给那个白痴骑士送钱送经验，出了脚本还要陪你打牌被你虐。小姐，我拜托你，你没有别的地方可以呆了吗？你去别的地方等你的骑士不行吗？让我清静清静……”

“谁在等他啊！”巨龙还没说完，就被阿娜打断，她一脸受辱似的表情，“那种关键时刻掉链子的蠢货，我才不会惦记呢！”

巨龙摊开它庞大的爪子，无辜地耸了耸肩：“我听帝国军团说，那个人类玩家最经常使用的技能，就是你的魔法技能，熟练度都烧到 300% 了。还有他操控的那个骑士，守护技能都锁定在你的身上，我那群狼娃儿们费了老脖子劲儿，都干不掉你……”

“那是他们弱爆了！什么兵团，简直不堪一击好吗？”

就在阿娜反驳巨龙的说法时，天际忽然传来系统大神冰冷的声音：

“脚、本、开、始。”

【人间界】

狭小的房间内，少年蹲在被拆开的电脑主机旁，灰头土脸地捣鼓着。四眼宅男将新显卡插入主板，露出了欣喜的笑容。他直起身，将起子放在一旁的小桌上，按下了 POWER 键。

当显示器跳出熟悉的 WINDOWS 界面时，少年发出了“哦哦哦哦”的赞叹，他一屁股坐在转椅上，对着跳出“进度 LOADING 中”

的显示屏摩拳擦掌：

“《虹之彼岸》，我胡汉三又回来啦！”

【创世界·虹之彼岸】

古代殿堂的石门外，阿娜手持法杖，摆了一个“FIGHT”的POSE，准备就绪的她，随时可以投入战斗。然而令她疑惑的是，平时接到系统脚本命令就该第一时间冲到LOAD载入点的同伴们，却并没有像往常那样及时出现。

“阿娜！”幽深黑暗的甬道中，传来焦急的呼唤。牧师加雅急匆匆地朝她跑了过来，一把扶住阿娜的肩膀，气喘吁吁地说：“出、出事了！艾弗蒂尼她、她要去人间界！”

【人间界】

“咦？”李瑞发出疑惑的声音，他扭头看了看床头的闹钟，时间已经过去了五分钟，但电脑屏幕上的画面，仍是停滞在“进度读取……95%……”的页面上，数值一直没有任何变化。他微微皱起眉头，伸手拍了拍机箱：“不会吧？又死机了？”

【创世界·虹之彼岸】

天空一片阴霾，密布的乌云涌成巨大的缺口，呼啸的狂风犹如一条狂怒的巨龙，在天与地之间打开了一条诡奇的通道。肆虐的龙卷风，掀开了宫殿的穹顶，似乎将这个世界都撕裂了一般，天空的孔洞中露出紫色的光华，人间界的高楼大厦，从那缝隙中时隐时现。

当阿娜跟随加雅赶到现场的时候，看见的就是这样诡异的场景。这里是《虹之彼岸》系统脚本中的最终场所——帝国宫殿，精灵弓手艾弗蒂尼，正站在破碎的穹顶上，高举着双手，向空间裂缝中的紫影发出诚挚的请求：

“梦魇之神，请带领我进入人间界！”

狂风拂动起艾弗蒂尼的长裙，她浅金色的长发随风狂舞。缝隙中的紫影微微游移，露出嗜血的红光。艾弗蒂尼妩媚的身姿被旋风卷起，整个人腾空而起飞向空中裂缝。

“艾弗，别做傻事！”加雅急切地呼唤，然而回答她的，却是艾弗蒂尼疯狂的笑声。

“我做傻事？我做过最傻的事情，就是陪那个蠢货进行无聊的冒险，一遍又一遍地闯关，一遍又一遍地打倒帝国军！”

本是成熟妩媚的精灵美女，此时露出了狰狞的神色，怒气让她的美貌荡然无存。仔细琢磨着她的话，阿娜忽然意识到了什么，她惊呼一声：

“艾弗，原来你对安杰尔……”

“闭嘴！”艾弗蒂尼粗暴地打断她的话，反手取下背上的弓箭，将锋利的箭矢对准了阿娜，“你这个人类的走狗，你懂得什么！你们知道每次看见安杰尔倒在骑士的剑下，我的心里是个什么滋味吗？你们只知道那个人类是你们的同伴，可你们怎么就不明白，我们永远只是人类的玩物，这里的一切，这里的每一个人，才是你们真正的同类！”

“可是，艾弗你是知道的，即使安杰尔殿下在脚本中被打倒，他也不是真正的死亡啊。”加雅急切地劝说。

“对啊对啊，”Loli 莉露也拼命点头，“就跟老龙还有狼人他们一样，在剧情之外，安杰尔照样是活蹦乱跳的，还是可以和我们喝茶聊天啊！”

“闭嘴！你们不明白！”艾弗蒂尼大吼出声，“为什么我们不能违抗脚本，为什么我们要顺着既定的方案展示剧情，为什么我要一次又一次地看着他倒下，还要亲手出箭攻击他？我不服！这样无耻的脚本设定，就由我来颠覆！”

加雅难以置信地掩住了唇，莉露不知所措地呆愣当场。面对艾弗蒂尼痛恨的神色，阿娜举起了手中的法杖，她微微蹙起了秀气的双眉，毫不畏惧地道：

“为了虚假的死亡，你要选择真正的杀戮吗？你这个玻璃心公主病的家伙，为了不让自己伤心难过，你连游戏制作者创造我们的恩情都不顾，反而想要杀害你的‘生父’吗？你这种家伙，说穿了根本就是个白眼狼！”

言语的利箭，毫不留情地飞向艾弗蒂尼。抓狂的精灵弓手，完全不顾昔日的同伴情分，拉动手中的弓弦，疯狂地将箭矢射向阿娜。后者面不改色，高举法杖，朗声念诵出火焰系的魔法：

比黑夜还要深沉，
比时间还要久远，
比生命还要火热，
亘古的神祇啊，
请赐予我们您的威严，
将阻挡在我面前的邪恶，
全部化为灰烬——祝融之怒！

阴霾的天空中，火光骤然升腾。贲张的火舌瞬间将箭矢吞没，并随着旋风飞上天际，仿佛是一条沸腾的火龙，咆哮着，怒吼着，想要吞噬那通往异世界的通道。火舌侵上艾弗蒂尼的裙摆，将她困在烈焰之中，动弹不得。她悲愤地望向虚空中的裂缝，却在其中看见了少年的面目：

那个戴着黑框眼镜、灰头土脸的少年，正焦急地盯着显示器，一边双手捣鼓着主机，一边大声说：“顾霖，SOS，今天新买的那张显卡好像有问题啊，画面一直是卡死的，进度读取到百分之九十几，死活走不动了！”

开启免提模式的手机里，传来另一个男孩的声音：“是不是游戏BUG啊，实在玩不了就换个游戏呗，你别跟那什么《虹之彼岸》死磕了。”

“不行！”李瑞坚定地否决了朋友的提案，“阿娜、艾弗蒂尼、加雅、莉露都在等我！虽然只是个游戏，但在这场冒险里，她们就是我的同伴啊。我答应过她们，就不能说话不算话。”

“我真是败给你了，死宅……”电话里的声音，颇有些无奈的味道，“明天陪你再去买一块好了。”

眼镜少年哀怨地点了点头，他对着显示器握紧了双拳：“小电你要给力啊！阿娜，你们等着，我明天一定能打倒BOSS！”

飓风涌动，乌云滚滚，烈焰吞噬了异世界的通道，紫色魔影渐渐消散。当狂风停歇、烈火熄灭之时，艾弗蒂尼无力地跪坐在宫殿的废墟上。阿娜将法杖扛在肩上，大步走近，向同伴伸出了右手：

“喂，看见了吗？我们的确是玩物没错，但就是你口中的那些蠢家伙，创造了我们、牵挂着我们。面对这种蠢货，你还下得去杀手吗？”

艾弗蒂尼愣愣地望着阿娜，直过了有几分钟的时间，她才怔怔地伸出手，任由脾气火爆的魔法师将她拉了起来。这位精灵美女，此刻似乎还有些迷迷糊糊，她用左手揉捏着太阳穴，哑声道：“不知为什么，刚才那一瞬间，我好恨……只想杀去人间界，将那些人杀个干干净净……”

牧师加雅慌忙祈祷，为弓手施展了一道痊愈术：“现在呢？有没有好一些？”

在得到艾弗蒂尼肯定的答复之后，加雅和莉露同时松了一口气，露出了欣喜的笑容来。而阿娜则高傲地抬起下巴，望向依然布满阴霾的天空，皱起了眉头，重复那个邪恶的名字：

“梦魇……之神……”

【番外·创世界的烦恼　完】